JN064454

その愛の名は、仁義なき溺情

目次

その愛の名は、仁義なき溺情

プロローグ

東京下町の一角。昔ながらの商店街の裏手に、その小さな公園はあった。

遊具はなく、錆びたベンチがひとつ置かれているだけの、閑散とした場所である。

初夏のぎらつく太陽が傾いた頃、その公園に、背広を着た恰幅のいい男性が現れた。

厳めしい面持ちの初老の男で、手には赤い薔薇の花束がある。

男はベンチに座って大きな身体を丸めると、頭を垂らしてため息をついた。三十分あまり嘆息を繰り返した後、おもむろに歩き出し、公園の脇に停めてある黒塗りの車に乗って去っていく。

それが、ここ一ヶ月における男の日課だった。

その様子を同じベンチの端から見ているのは、赤いランドセルを背負う十歳の少女――北村藍。

商店街が見渡せるこの場所で、熱々のたこ焼きを食べることに幸せを感じていた藍にとって、毎日黄昏に現れるこの辛気くさい男の存在は、たこ焼きの美味しさを半減させる。

藍はこの悩みの種をなんとかするため、男になにかあったのか尋ねてみた。

「実は、おじさんには好きな女性がいてな……」

ぽつりぽつりと語り出した男曰く、彼には意中の女性がいるようで、彼女に求婚したいが、その勇気が出ないらしい。毎日花束を買っても渡すことができず、ここでずっと煩悶（はんもん）しているのだとか。

「完全におじさんのひと目惚れでな。毎日通った甲斐あって、それなりにいい雰囲気になったんだが、プライベートでは会ってくれないんだ。シングルマザーだからと、遠回しに客と店員以上の関係にならないよう一線を引いてくる。子供がなんだというんだ。おじさんは真剣なんだ。だからいっそのこと、子供ごと彼女をもらい受けようと求婚することにした。だが、もし断られたらと思うと、こう……勇気が出なくなってしまってな」

男は肩を落としながら続ける。

「それに子供の意志も無視はできん。彼女は子供のことを詳しく言いたがらない。許可されていないのに勝手に調べて、子供に接触するわけにもいかんだろう？　……なあ嬢ちゃん。子供の立場からすると、新しい父親が突然できるのはいやか？　母親の結婚の後押しはしにくいものか？　ここに私の欄を埋めた婚姻届も用意しているんだが、どうすれば子供にも祝福されて、彼女にサインしてもらえると思う？」

藍は話を聞いてイライラしていた。小学生の自分よりはるかに大人のくせして、自（みずか）ら動いてもみないで、なぜ憶測だけでグジグジと悩んでいるのだろう。

懐（ふところ）から出したその紙切れがなんなのかはわからないが、書いてもらいたいなら、書いてと言えばいいだけだ。花束だって受け取ってほしいなら、そう言って渡せばいい。家族になりたいのなら、彼女にも子供にもそう言えばいいだけだ。

遠くから眺めているだけでは結婚できるはずがないことくらい、子供だってわかる。

「ああ……どうすればいいんだ」

男は頭を抱えた。それを見た藍は自分の中で、なにかがぶちっと切れた音を聞いた。

彼女は呻(うめ)くような低い声で言う。

「……おっちゃん。ぐだぐだ言わず、行け」

完全に頭にきていた。

こんな腰抜け男のせいで、至高のたこ焼きの味が損なわれるなど、たまったものじゃない。

勝手に尋ねてなんだが、男の恋愛事情なんて知ったことか。

大事なのは、たこ焼きだ。なんといってもこのたこ焼きは、商店街にある人気店『たこちゅう』で働く母が作っているもの。藍は学校帰りに母の仕事場に近いこの公園でたこ焼きを食べつつ、母の仕事が終わるのを待つのがこの上ない幸せなのだ。

「女はフヌケに用はない。自分について来いと言うくらいの、男のカイショー見せてみろ！」

それは最近見たドラマでの台詞(せりふ)だ。意味がよくわからないところはあったが、背を向ける男を女が叱る場面だったから、たぶん使い方は間違っていないだろう。

藍は据わった目のまま続ける。

「父親になりたいなら、母親の幸せな顔を子供に見せてみろ。悩む前に、まず動け！」

「――わかった」

その迫力に押されたのか、男はごくりと唾を呑み込んで頷くと、その場から立ち去った。

たこ焼きの味を守った――正義のヒーローの如き満足感を得た藍が、満面の笑みでたこ焼きを食べ始めて二十分後。去ったはずの男が戻ってきた。

「ありがとうな、嬢ちゃん。嬢ちゃんが背中を押してくれたおかげで、うまくいったよ。子供ごと必ず幸せにすると強気で求婚したら、彼女……泣いて喜んでくれたんだ。嬢ちゃんはおじさんの恩人だ。まさか嬢ちゃんが……」

藍は律儀な男の報告など聞いておらず、男の隣にはにかんで立つ女性を凝視していた。

『たこちゅう』と書かれた法被を着た女性。それはどう見ても——

「お母さん……？」

藍が呟いた途端、強面の黒服の男たちがわらわらと湧いて出てくる。

何ごとかとびっくりする藍の前で、彼らは左右一列に並び、泣きながら一斉に拍手をした。

「組長、ご成婚、おめでとうございます！」

……叶うなら、藍は二十分前の自分に言いたかった。

情けは自分のためならず。見知らぬ男に声をかけるな、と。

声をかければ最後、母の再婚を後押しした上、ヤクザの……しかも組長の娘になるよ——と。

第一章　再会は突然に

時は移り変わり、東京――

文教地区と呼ばれる静謐（せいひつ）な地域に、五階建ての『アークロジック』本社ビルはあった。

関東圏を中心とした都市再生整備をメインとする、老舗（しにせ）の総合コンサルタント企業である。

八月上旬の早朝、『まちづくり推進プロジェクト』と札が掲げられた四階の会議室で、快活な女性の声が響いた。

「さあ、梅雨（つゆ）明けのじめっとした暑さに負けず、今日も元気に下っ端ＯＬは、働きます！」

誰もいない室内で、雑巾を片手に高らかに宣言したのは――入社二年目、今年二十五歳になる北村藍である。

肩にかかる柔らかな黒髪。目鼻立ちが大きく整った顔。

意志の強そうな黒目がちの目が和（やわ）らぐと、少しあどけない印象を周囲に与える。

藍はいつも始業の一時間前には会社にいるが、ここ数日は特に出社時間が早い。

理由は至極簡単。家のエアコンが故障し、扇風機だけでは暑さに耐えられなくなったからだ。

「あの蒸し風呂地獄に比べると、なんてここはパラダイス！　冷風に当たれるのなら、いくらでも早く来てお掃除しちゃうわ。……あ、コピー用紙切れてる！　よかった、確認しておいて」

たとえ社員といえども、冷房の恩恵をただで受ける性分ではない。経費がかかる分、きちんと労働力で支払っている。

始業四十分前。コーヒーメーカーにセットした珈琲ができ上がる頃になると、ドアが開く。

入って来たのは、藍より五歳上で、有能と名高い美男美女の同期コンビだ。

恋人同士でもなければ、示し合わせているわけでもないらしいが、大体ふたりは一緒に出勤してきて、朝から仲良く口喧嘩をしている。

肉感的で華やかな女性は、藤倉香菜。彼女の辛辣な言葉に負けじと声をあげるのは、爽やかスポーツマンタイプのイケメン、南沢慎也である。

「文句があるのなら、私より多く表彰されるか、難航不落な西条社長を陥落させてから言いなさいよ。チームリーダーの威信にかけて！」

「アポすら取れない厄介な相手だということは、お前も知っているだろうが。俺だって色々と考えているんだよ！」

ヒートアップするふたりの言葉が、ふと止まる。藍がにこにこと笑顔で立っていたからだ。藍の両手には、湯気がたちのぼる珈琲が入ったマグカップがある。

「おはようございます、リーダー、藤倉さん。まずは涼しい風に当たって珈琲をどうぞ。それと昨夜、今日のおやつ用におからクッキー作ったんです。よければ味見でご一緒に」

ふたりは、邪気のない藍の雰囲気のおかげでクールダウンすると、いつも通りの穏やかな顔に戻った。

「美味しい。北村ちゃん……、私の嫁に欲しいわ」

「北村は嫁というより、妙に所帯じみてオカン……を通り越して、ばあちゃん臭いところがあるよな。田舎のジジババのところへ行ったような、ほのぼの感というか……」

「南沢！　あんた、私たちより五つも若い北村ちゃんに、なんて失礼な……」

「いいんですよ。わたし下町生まれのひとりっ子で、年配の方に囲まれて育ちました。彼女たちから、シンママの母に代わって家事を教えてもらいましたし。母が再婚してからは、田舎のおじいちゃんと長く暮らして、高校からは独り暮らしを始めたので、ひとより生活臭が漂っているんだと思います」

笑って答えると、ふたりが妙にしんみりとしてしまった。

藍が慌てて弁解しようとした時、ピッと機械音がして冷風が止まる。

「黒鉄、お前……エアコンを消すな！」

南沢が文句を言った先には、ひょろひょろとして青白い顔をした男性が立っていた。黒鉄豊――藍より三歳年上の彼は、壁にあるリモコンをいじっている。

「現在、室温は二十二度。冷房は二十六度を保つために使用してください。経費の無駄遣いです」

悪びれた様子もなく、彼は席につく。背広を脱いでも長袖のワイシャツである。

どこぞの妖怪物語の主人公のように、顔の半分が長い前髪で隠れており、その不気味さが冷涼感を醸し出す。

黒鉄は、藍と同じ時期に中途採用枠でシステム開発部へ入社したらしい。ＩＴスキルがかなり高く、分析能力に優れているためか、多少コミュ障で神経質気味でも周囲は目を瞑っているのである。

(うう、せっかくのエアコンなのに、使わないなんてもったいない……)

黒鉄に砂糖山盛りカフェオレを出すと、今度はふたりの男性社員が現れた。

学生時代にアメフト部だったという山田剛と、柔道をしていたという太田清志だ。今年二十七歳のふたりは体格がいい上に暑がりで汗っかきのため、すぐに冷房を入れてしまい、ひと回り小さい黒鉄に叱られている。

藍は簡易冷蔵庫に用意していた珈琲に氷を入れて、しょげるふたりに差し出した。

最後に現れたのは、チームの指揮官である八城翔だ。

三十三歳の八城は、鷲の如き鋭い目をした、野性味に溢れたイケメンである。

伝説級の営業力を誇り、最年少で営業部長職についた彼は、出世間違いなしと言われている。

藍が慌てて氷なしの冷たい珈琲を用意して八城に差し出すと、彼は喜んで一気に飲み干す。

「サンキュ。下で専務に会ったら専務室に連行されてな。北村のおかげで生き返った」

八城は一見近寄りがたい印象があるが、実際はよく笑い、人懐っこい笑みを見せる。

三年前、文学部の大学生だった藍は、就活をするも全滅。就職浪人を覚悟した時、就職課の担当から面接を受けてみないかと勧められたのが、アークロジックだった。

八城は面接官のひとりであり、最初は怖いと思っていたが、入社後も顔を合わせれば気さくに声をかけてくれた。同じチームにいる今では、気軽に雑談もできる尊敬すべき上司だ。

すべてのメンバーが自席につき、各自が担当する外部団体との進捗状況を報告しあった。

（わたしもこうやって、活き活きと担当のお仕事がしてみたいなあ）

藍は羨望の眼差しで、メンバーたちの言葉を聞く。

ここはアークロジックの各部署から選抜された、七名の精鋭社員が集うプロジェクト本部だ。

東京の下町をターゲットに、自治体や組合などと連携しつつ、出店したい店主、土地活用をしたい地権者、施設を作りたい建設業者をとりまとめ、中心となって事業を進めている。

プロジェクトの総責任者は大江専務だ。八城のコネと手腕により可能となった管理事業なのに、重役会議で自らの手柄のように報告して鼻高々らしい。

八城は昨年末、メンバーを選出するため、部課や肩書きを問わずに企画レポートを募った。

題目は『東京下町の再開発』。

藍は、最初はこの新プロジェクトを他人事と思っていたが、下町が舞台だと知り、小学生の時まで母と住んでいた懐かしい場所を思い浮かべた。

人情味溢れた良いところだったが、その後に藍の黒歴史となったある理由から、冷たく手のひらを返された場所でもあった。

ノスタルジックな感傷に浸りながら、いつまでも温かく笑顔に満ちた町でいてほしかった……そんな思いをこめて、こっそり応募してみたところ、なんと採用されたのだ。

それまで先輩の補助や雑用しかしていなかった新米が、プロジェクトチームに抜擢されたのは異例のこと。一番驚いたのは藍だった。優秀な社員として常に名があがる、錚々たるメンバーに自分は未熟すぎるからと、辞退を申し出た。

しかし八城曰く、藍の企画書が一番具体的で住民目線に立っており、並々ならぬ熱を感じたとか。想定場所もちょうど、八城が狙っていた土地候補のひとつだったらしい。

『就職面接の時、お前は度胸と根性だけは自信があると豪語した。プレッシャーに負けず、企画書に込めた情熱を形にし、フレッシュな風を入れてくれ』

それを聞いて、藍は八城に、その下町は亡き母との思い出の故郷であると同時に、悪い思い出もあることを話した。正直、心の傷になっている場所と関わるのは複雑なのだと。

『お前の時間は止まったままなんだな。だったらこれから下町へ行くぞ。お前の時間を現実のものに合わせるために』

十五年ぶりに見る故郷は、老朽化が進み空き家ばかり。記憶より廃れて精彩さがない。

藍はかつての住居付近を巡り、名を名乗ったが、覚えている住民はひと握りだった。

母とここで生きてきた証が薄れている様は、母の死を二度受け入れるようで苦しかった。

『お前にとって特別な場所を、お前の手で守ってみたいと思わないか？』

自分に守れるだろうか。いや、自分が守りたい——

そうして藍は、下町改革プロジェクトの一員になる決心をしたのだった。

藍の願いから生まれた小さな企画は、八城を始めとした専門家の手で素晴らしい構想となった。

これは話題になると誰もが確信し、順調にプロジェクトは進められていったが、ただひとつ問題があった。……土地だ。

プロジェクトでは、イベントも開催できる公園を併設した、巨大複合施設が目玉だ。

今は工場跡になっているその土地を、地権者（オーナー）がＧＯサインはおろか、話し合いの席にもついてくれないのだ。

旨味（うまみ）がある事業なのだから、必ず食いついてくる――そんな目論見（もくろみ）を崩した地権者は、都心にある、創立七年目の不動産会社『カルブサイド』。西条グループの御曹司が社長を務めている会社だ。

西条は歴史ある巨大グループであり、各界に影響力がある。その御曹司がずっとＯＫを出さない事業に参加していいものかと、せっかく決まりかけている施工業者も、入店希望者も渋り出す始末だ。

早急になんとかしてほしいと外部団体からも訴えられ、今はメンバーが一丸となって、どうすれば西条社長と交渉できるのかを模索していた。

そんなある日の午後、南沢が外から戻り、シュークリームが入った箱を机に置いてぼやいた。

「アポなし突撃も、強行突破もだめ。しかもあそこの社員、やけに強面（こわもて）で威圧的な男ばっかりだから、社員と仲良くして……という懐柔案も無理。手土産（てみやげ）にするつもりで買ったシュークリームは、後で皆で食べようぜ。そっちは？」

すると、藤倉が目元を押さえながら答える。

「コールセンターも含め、西条社長へのアポ、今日も全滅よ。山田と太田から連絡はなし」

体力に自信がある山田と太田は、交代で西条社長の動向を見張っている。車移動でもしてくれれば、そこに突撃できるのだが、社長は今日も動く様子がないようだ。夜遅くまで交代で見張っているのに、何時に帰宅しているかすらわからないという。

（見張り場所は毎回変えていると言っていたけれど、それでも捕まらないなんて、社長……会社を住居にして引き籠もっているのかしら）

黒鉄は得意のコンピューターを駆使して西条社長の情報を集めるが、どれもこれもが謎に包まれ、めぼしい情報はない。写真も顔がよくわからないほど小さかった。

大きなため息をついた南沢は、ふと思い出したようにして藍に振り向く。

「なあ、北村。この前、郵送してもらった資料や書状に対する返事は？」

「一切、連絡ありません。見てくれたのかも謎です。メールも同様です」

「となれば、後は……自治体に協力要請に行っている部長に賭けるしか……」

しばらくして八城が戻り、メンバーたちは期待の目を向けたが、八城は首を横に振った。

「西条グループの力を怖がった自治体に、社長の父親である当主を動かすことを拒まれた。もしも土地問題が難航するようなら、別の下町に舞台を移した方がいいと言われたよ。それをなんとか保留にしてきた。せめて西条社長が、気乗りしない理由がわかれば、手を打てるんだが……」

藍は疲れた顔をした八城に淹れ立ての珈琲を差し出し、恐縮して言った。

「お疲れ様です、部長。お帰り早々で申し訳ありませんが、専務よりお電話が欲しいと……」

「早く結果を出したくて仕方がないんだろうな。これはまた専務のお説教コースだな」

片手で頭を抱えつつ専務と電話をしている八城を見て、藍もなにか協力できないかと考えた。

しかし、経験豊富な他のメンバーですら、どんな方法をとっても社長と会えないのだ。新米がアポなど取れるはずがないからと、電話がけを求められたことはないが、こうなればものは試しだ。

「これより北村、電話にて初アポ取り、行かせてもらいます」

メンバーたちは無駄だからやめておけと笑ったが、「新米でも女は度胸です」とガッツポーズで挑戦の意思を伝え、電話をかけてみた。緊張しすぎて、社名の次にフルネームを名乗ってしまったが、笑われることも断られることもなく、保留音に切り替わる。

しばらくして社長秘書だという男が電話に出て、社長の言葉を告げた。

明日の午後二時はどうか、と。

「あ、会ってくださるんですか⁉」

藍は声を裏返らせ、電話の声がメンバーにも聞こえるように、スピーカー状態にした。

『はい。明日午後二時、少しだけなら我が社でお会いしてもいいと、社長の西条が言っております』

藍は電話を切ると、ちょうど専務との電話を終わらせた八城に、弾んだ声で報告した。

「部長、奇跡が起きました！　ビギナーズラックです！　なぜか西条社長のアポ、取れました！」

「本当か⁉　北村、偉いぞ。よくやった！」

八城が喜ぶ隣で、他のメンバーは信じられないと、ただ口と目を大きく開けて固まっていたのだった。

◆・—・◆・—・◆

打ち合わせ当日、午後二時前――

都心にある『カルブサイド』は、周囲に建ち並ぶ大手企業の本社ビルに引けをとらないほどの存在感を示していた。さすがは西条グループの御曹司に相応しい居城である。

(初めての打ち合わせ……緊張する。でも昨日メンバーの皆と事業計画書は作り直して、終電ぎりぎりまで策は練ったし、部長がいるんだし。なにより、あの時の恐怖に比べたら……)

脳裏に大広間に集うヤクザたちの姿が蘇り、藍はぶんぶんと首を横に振ってそれを振り払った。

「大丈夫か？」

八城が心配げに声をかけてくる。藍は大丈夫だと笑ってみせた。

「北村。母親との思い出の場所を、喜びに満ちたものにしたいんだろう？　たとえ社長になにを聞かれても、俺の時と同じようにあの情熱を語ればいい。難しいことは俺がすべて引き受けるから」

「部長……。なんだか後光が差してます」

「なんだ？　俺に惚れたって？」

八城がにやりと笑って冗談を言うと、藍はすっと笑みを引かせて即答する。

「いいえ、それはありません」

「秒殺かよ。ささいなことでも意識をされたら、それはそれで面倒だが、ここまで平然とぶった斬られると、男としての自信が……」

「モテる男性の自信回復は、他の女性でなさってください。……あ、誰か来ました」

オフィスのドアが開き、受付嬢から連絡を受けたと思われる男性が現れた。

社長秘書の安田(やすだ)と名乗った彼は、上等なスーツを着て、黒々とした髪をオールバックにしている。

「いらっしゃいませ！　社長室へご案内します！」

電話の声より、えらく威勢がいい。

(歓迎されているみたいだけど……これはいい兆(きざ)しだわ)

安田はやけにちらちらと藍を見て饒舌(じょうぜつ)に話しかけてくるが、八城には愛想がほとんどない。藍はそんな安田の態度を訝(いぶか)しがりながら、妙な既視感を覚えた。しかし今は記憶を辿(たど)るよりも、ひとりでも多く味方を増やそうと、愛想笑いをして安田の雑談に乗じる。

安田は最上階にある社長室のドアをノックして、ドアを開く。

「社長。アークロジックのお……いや、く……？」

藍の苗字が出てこないらしい。藍はこほんと咳払いをして小声で援護する。

「北村と、営業部長の八城です」

「北村さん方が見えられました。さささ、お……北村さん。社長のそばまでどうぞ！　社長が、首を長くしてお待ちしています。では私はこれで」

社長室の奥に広がるのは、東京を一望できる大きな窓。

その前に、こちらに背を向けて立つ黒い背広姿の長身の男が、壮大な景色を見下ろしていた。

これが、難攻不落と言われる西条社長だろう。藍は名刺を用意して、元気よく挨拶(あいさつ)をする。

「西条社長。アークロジックの北村と申します。本日は営業部長の八城とともにお伺いしました。お忙しい中、お時間を取っていただき、誠にありがとうござ……」

藍の言葉が切れたのは、黒髪の男がこちらを向いたからだ。
陽光が、男のシャープな頬を柔らかく照らす。
秀麗に整った顔、それは――
「社長の西条瑛です」
どくん。
藍の心臓が、大きく跳ねた。
(まさか……)
艶やかな声。
光を浴びて金に輝く、琥珀色の瞳。
「お久しぶりですね、北村さん」
冷ややかな美貌を魅せるのは、どう見ても――六年前に捨ててきたはずの男。
藍の初恋を踏みにじった、非情な男。
(どうして彼が、西条の御曹司になっているの?)
藍が警戒に顔を強張らせると、目の前の男は口端を吊り上げた。
頭の中で、六年前の彼の声がリフレインする。
『いい夢を見れましたか?』
……そう言っているのだろうか、今もなお。
ぎりりと、蝉の羽音のような音を響かせたのは、歯軋りなのか、それとも心の悲鳴か。

（逃げ切れたと思っていたのに……！）

藍は唇を噛みしめながら、六年前の出来事を回想した――

※　※　※

『北村さん母子に声をかけたら、ヤクザに半殺しにされるんですって』

『草薙（くさなぎ）組組長の娘と話すのは、すぐにやめなさい』

ねぇ、わたしがなにをしたの。どうしてわたしを嫌うの。

『藍、お引っ越ししよう。新しいパパのおうちに。今まで、パパがいなくて寂しい思いをさせてごめんね。これからは藍がお食事作ったり、洗濯をしたり、家のことをいろいろしなくてもいいのよ。新しいパパ、藍が欲しいもの買ってあげるって言ってたわよ～。なにを買ってもらおうか』

わたし……お父さんがいなくて寂しいとか、家のことをするのがいやだとか、贅沢（ぜいたく）したいとか、そんなことを思ったことはないの。頑張るお母さんの力になりたかっただけ。

『藍、幸せになろうね』

わたし、今までも幸せだったよ。お母さんが笑顔でいてくれれば、貧乏だってよかった。

わたし……ヤクザのおうちに行きたくない。ヤクザの子供になりたくない。

お母さんだけの子供でいい。それが叶わないのなら――

『ぎっくり腰になったおじいちゃんと暮らす？　あんな田舎（いなか）の山奥に!?　お母さんは許さないわ！

藍がそんなに草薙組（くさなぎぐみ）をいやがるのなら、お母さん、結婚を諦める……』

お母さんを悲しませたいわけじゃないの。大好きなお母さんは、笑顔で幸せになってほしい。

お母さんの結婚を反対しないから、独りで暮らしているおじいちゃんのところに行かせて。わたし家事はできるし、ちゃんとおじいちゃんの看病をする。おじいちゃん、心配だもの。

『どうしても……行ってしまうのか？　ヤクザのおじさんは嫌いか。家族になったのに、同じ家に住んでお父さんと呼んではくれないのか。そこまでヤクザを嫌うのは、なにか怖い目にでも遭ったのか？』

前にヤクザが、近所の駄菓子屋のおばあちゃんとお店に、ひどいことをしていたの。だからわたし、おばあちゃんを守ろうと噛みついたら、たくさん叩かれて。

ワンワンが助けてくれなかったら、わたし……死んじゃっていたかもしれなかったんだって。

だからヤクザは嫌い。大嫌い――

「ん……」

そこで藍は目を覚ました。

築三十年の古ぼけたアパートの一室に、じりじりと喧（やかま）しい蝉の声が響いている。

テーブルにあるのは書きかけのレポートと、積まれた本。

隣には――テーブルに片肘をつき、こちらを涼しげに見ている美貌の青年がいた。

さらさらとした黒髪に、上品に整った秀麗な顔だち。

「おはよう、藍」

彼の美しさを際立たせるのは、魅惑的な琥珀色の瞳だ。

蜂蜜のような甘さを滲ませていて、ついつい吸い込まれそうになる。しかし安易に近づこうものなら、ばっさり切られてしまうような剣呑さも併せ持っていた。

彼は隣室に住んでいる、一ノ瀬瑛。

藍より三歳年上で、都内にある大学の四年生だ。今年二流大学にぎりぎり合格した藍など足元にも及ばない、難関大学に通っている。

瑛は、高校生だった藍がこのアパートでひとり暮らしをする前からの住民で、雨漏りをしたり台風で窓が割れたりして心細い時、力になってくれた。藍が進路や成績不振に悩んでいる時も親身になり、夕食のご馳走という報酬だけで家庭教師までしてくれた。そのおかげで、藍は志望大学に現役合格できたのである。

卒論で忙しくても、今もこうして藍のSOSに駆けつけてくれる彼には足を向けて寝られない。

「これは、そこにある洋書の要約。レポート残り九枚、頑張れ」

「ごめんなさい！　瑛を働かせておいて、わたしは寝ちゃうなんて……」

「いいよ、おかげで藍の寝顔が見られたし。涎を垂らして大いびき。十九歳の女子大生とは思えないほど豪快だったけど。写メ、見たい？」

藍の顔から血の気が引いた。

「……なんてね、嘘だよ。あははははは」

「もう！　意地悪なんだから！」

涙目で瑛をぽかぽか叩くと、彼は笑ってその手を受ける。そして顔を背けて、湿った咳をした。

「ただの夏風邪だ。少し前に薬を飲んだから、大丈夫。俺は元気だから、そんな顔をしないで」

(体調不良なのに悪かったわ。……瑛を看病したい女性、たくさんいるんだろうな……)

瑛には不思議と女性の影がない。女嫌いではないようだが、色目を使う女たちに辟易しているらしく、今は学業に集中したいとのこと。

しかし、藍だけは特別だよと、瑛はいつも笑う。妹みたいなものだから、と。

だから藍は言えなかった。いつしか瑛に向ける情は、頼り甲斐がある兄への思慕から、異性に対する恋情へと変化していることを。

女性として意識されたいと、化粧をして肩までの黒髪を巻いてみても、瑛と同じ甘いムスクの香水をつけてみても、瑛は出会った時のまま。三歳の年の差は、思った以上に距離があった。

ならば、誰よりも近くにいたい。妹ポジションでもいいから、一番に理解し合える近しい関係でいたい――それが藍の現在の願いだった。

「そういえば、藍、うたた寝で時折うなされていたようだったけど……」

「ん……。昔のことを夢見ていたの。お母さんの再婚で、草薙組組長の娘になった途端、腫れ物を通り越して罪人扱いした下町の皆のことや、その後のこと」

藍が今まで、自分から家庭環境について話したのは、瑛ただひとりだ。

恋する相手に隠し事をしたくなかった藍は、ありのままの自分を愛してほしくて、ありったけの勇気を振り絞り、身の上話をしたのだ。

その結果、彼は変わらずそばにいてくれている。たとえそれが兄としての立場であろうとも。

藍が瑛を異性として欲しながらも、今の関係をあえて崩そうとしないのは、今まで通り差別なく接してくれるだけで嬉しいからというのもある。

「おじいちゃんがぎっくり腰にならなかったら。おじいちゃんと暮らすことに反対したお母さんを、組長さんが説得してくれなかったら。ぎっくり腰が治ったおじいちゃんが、帰りたくないと泣いたわたしに味方してくれなかったら――わたしは大嫌いなヤクザの本家で暮らしていたのよね」

藍が高校に入った時、祖父が亡くなった。再び母に呼び戻されそうになったが、親の庇護が必要な子供ではないと拒んだ。長い話し合いの末、渋々出された条件は、母のいる東京に戻ること、社会人になるまでは今まで通り生活にかかる一切の援助を受けることのふたつ。

どうしても娘のためになにかしたいと泣く母に折れ、藍の独り暮らしが始まった。

そして母が用意した住まいが、最寄りの駅から遠い、この築三十年のアパートだったのだ。

母はなぜか、かなりここを気に入っているらしかった。確かにスーパーが近くにあるのは便利だし、長く親しんだ下町の住まいによく似ている。賑やかな地域ではないが、居心地がよかった。

「早くから親元を離れたけれど、お母さんは過保護なほどいつも気に掛けてくれて、組長さんとよく会いに来てくれた。そばで甘えられないのは寂しかったけれど、捨てられたわけじゃないし、不幸だと思ったことはないわ。綺麗になっていくお母さんを見るのは複雑だったけど、わたしを養うために色々我慢してきたお母さんに、新婚生活をプレゼントできたのはよかったと思ってる」

藍が笑うと、眼鏡を外した瑛の目が柔らかく細められた。

琥珀色の瞳が、光に反射して金色に輝いて見える。

「瑛の瞳って、本当に綺麗だよね。わたしなんかの野暮ったい黒とは違って」

まるで蜂蜜や、飴細工のような黄褐色――

「そんなことを言うのは藍くらいだ。この瞳、獣じみているって、気持ち悪がる奴も多いから」

「こんなに素敵な瞳を気持ち悪いなんて言うひとの気持ち、全然わからないや」

この琥珀色の瞳が熱で蕩けたら、彼の香りのように甘くなるのだろうか。

それとも獣のように、野生の男らしさを引き立てるのだろうか。

……そんな彼を間近で見ることができる女性は、どんなひとなんだろう。

つらつらと考えていると、いつの間にか至近距離に瑛の顔があることに気づき、慌てて離れた。

「藍。きみは大学やサークルでも、そうやって男に無防備に近づくのか？　警戒せず」

瑛の声は、どこか怒っているような、不機嫌なものだった。

「ちゃんとしているわ。瑛相手には、警戒なんてする必要がないだけよ」

藍は、彼を男として意識していることを悟られまいと笑った。ばれてしまえば、彼が厭う女のひとりにされて煙たがられてしまう。こんな風に、そばにいられなくなってしまうかもしれない。

「……警戒、しろよ」

ふと投げかけられた声は、恐ろしく低いものだった。

ぞくりとしたものを感じた瞬間、藍は仰向けになり、ラグの上に押し倒されていた。

「瑛？」

真上から見下ろす琥珀色の瞳には日頃の穏やかさはなく、熱を滾らせている。
藍が今まで見たこともない、獰猛なにかを秘めているようで——

「俺を警戒しろよ。俺が、きみを騙している悪いヤクザだったらどうするんだ」

双眸の強さとは相反して、実に弱々しく絞り出された声だった。

「瑛がヤクザ？　ありえないよ。それにわたし……瑛を信頼しているから。瑛はヤクザのように、わたしの嫌がることをして怖がらせたりしないって」

絶大なる信頼があることを迷いなく告げた藍に、瑛の目がぎゅっと苦しげに細められる。
そして、形いい瑛の口から苦しげな声が漏れた。

「……っくしょう」

次の瞬間、藍は両手首を頭上で縫い止められ、瑛に強引に唇を奪われた。

「……っ!?」

唇に感じる熱と柔らかさ。噎せ返るようなムスクの香り。
今、一体なにが起きているのだろうか。
驚きのあまりパニックになった藍の呼吸が止まる。それでも口づけは荒々しく、角度を変えて何度も繰り返された。やがて息苦しくて薄く開いた藍の唇から、瑛の舌が捻り込まれる。
それは獰猛に暴れ、藍の舌にねっとりと絡みついた。

（なにこれ……）

瑛の舌で弄られ、輪郭を持たないもどかしい痺れが身体に走る。この微弱な電流のようなものは次第にぞくぞくとした気持ちよさに変わり、藍は甘い声を漏らさずにはいられなかった。

好きな男にキスされている——その歓喜が藍を昂(たかぶ)らせた。こんな大人のキスは、兄と妹ではしない。……欲情、してくれたのだ。女として意識してくれたに違いない。

藍は瑛に誘導されるがまま、ぎこちなく舌を動かす。すると悦(よろこ)んでいるみたいに濃厚に舌を搦(から)めとられ、口づけが深まっていく。

(ああ、わたしのすべてをあげるから、もっとその灼熱(しゃくねつ)で溶かしてほしい……)

そこで藍ははたと我に返る。

(……灼熱(しゃくねつ)?)

瑛の身体があまりにも熱すぎる。男は欲情すると、こんなに発熱するものなのだろうか。

まさか、と訝(いぶか)った藍が、瑛の額(ひたい)に手を置いた瞬間、瑛がげほげほと湿った咳をする。

ああ、これは間違いなく熱がある。瑛がおかしいのもこのせいだ。

現実なんて、こんなものだ——泣き出したい心地になりながらも、藍は自分のベッドに彼を寝かせようとした。だが、またもや力尽くでその場で組み伏せられ、唇を奪われてしまった。

陶然とした至福感を強制的に与えられる中、行為はさらに進む。瑛の片手がキャミソールごと藍のチュニックを捲(まく)り上げ、レースがついたピンク色の下着ごと胸を揉みしだいていく。

やがて下着がずり下げられ、瑛の唇が尖りかけている胸の蕾(つぼみ)にちゅうと吸いついた。

「ひゃ……っ」

ぴりっと痛いような、それでいて甘美な痺(しび)れが全身に広がり、藍の身体が跳ねた。

瑛のくねらせた舌で愛でられた蕾は、赤くぷくりと膨れ上がり、舌先で揺らされたかと思うと、唇で引っ張られ強く吸われる。その愛撫は未知なる快感を生み、藍をぞくぞくさせる。

「あぁぁっ」

瑛の吐く息が熱く荒い。普段見せない瑛の〝男〟を感じて、藍は悦びに弾けそうになる。

ずっと待っていたのだ。彼に女として愛される日を。

しかし、これはきっと……刹那のひととき。一過性の熱とともに忘れられてしまうだろう。

そう思うとひどくやるせなく、少しくらい思い出を残したいと願った。

瑛の記憶に留まらなくても、この気持ちだけは偽りや幻で終わらせないために——

「好き……」

藍が気持ちを吐露した途端、瑛の目が大きく見開かれた。

ぶれていた焦点が定まり、熱に浮かされた自分がなにをしていたのか悟ったようだ。

後悔、罪悪感、恐怖……様々な感情をない交ぜにした顔をして、瑛は藍から飛び退いた。

「藍、ごめん。俺……どうかしていた。藍に手を出すなんて……」

藍を女として扱うことは、瑛にとっては〝どうかしていた〟こと。

生まれて初めての愛の告白は、皮肉にも瑛を瞬時に正気に戻すほどの威力——愛などはそこにないと突き放されたのだ。

わかってはいたのだ。完全に一方通行なのだと。それでも予想以上に拒絶されたのはショックで、藍は嗚咽が漏れそうになる唇を噛みしめ、服を整えることしかできなかった。

そんな藍の横で、瑛は苦しげに天井を振り仰ぐと、小さく呟いた。

「ごめん。――……から」

最後、なにを言ったのかよくわからない。だがきっと、すべてなかったことにしたいと告げたのだろう。藍が告白したこともすべて。

藍の目に涙が溢れる。それを隠そうと俯いていたら、ドアが閉まる無情な音がした。

ひとり残されたことを悟ると、藍の目から涙がとめどなくこぼれ落ちる。

告白などしなければよかった。ただ心のない人形のように、瑛に抱かれていればよかった。

たとえすぐに終わりを迎えるものでも、ひとときぐらい、幸せな夢を見られたのに。

じりじりと聞こえる蝉の声。それはまるで藍を嘲笑っているかのようだ。

その不快な音は藍の身体を蝕み、ぎりぎりと胸を締め上げてくる。

たまらず藍は、その場で膝を抱えて小さく丸まった。

「大丈夫。いつもこうやって自分を励ましたら、ひとりでもなんとか頑張ってこられたじゃない」

流れ続ける涙を手で拭いながら、藍は痛々しく笑い、己に言い聞かせた。

「明日、瑛になんでもなかったような顔をすれば、また妹としてそばに置いてもらえる。瑛の熱が下がったら、きっといつもの瑛に……いつもの関係が戻ってくる……」

この時の藍は信じていたのだ。明日になれば、瑛に会えると。

まさか藍が大学でレポートを提出している間に彼が引っ越し、連絡がつかなくなるとは予想だにしていなかったのである。

※　※　※

瑛がいなくなってから、一ヶ月が過ぎた。

蒸し暑さを増長させていた蝉はいなくなったが、依然酷暑は続いている。

隣室は今日、新たな住人を迎えた。

瑛が消えた現実が耐えきれず、藍は思わず外に飛び出し、涙で滲(にじ)んだ空を見上げた。

どこまでも澄み渡ったスカイブルーが、眩(まぶ)しかった瑛の笑顔に重なる。

好きだった。本当に好きでたまらなかった。

たとえ熱のせいでも、消え去らないといけないほど、自分は触れる価値のない女だったのだろうか。

それとも、絶縁するのが彼なりの責任の取り方なのだろうか。

あれが最後とは、あまりにつらすぎる――

涙がひとしずく頬を伝い落ちた時、キキーッと急ブレーキの音がした。

何ごとかと振り返れば、背後に黒塗りの車が停まり、中から黒服の男たちが降りてきた。

「自分たちについてきてください」

問答無用で腕を掴(つか)んでくる男たちに、藍は恐怖を感じて抗(あらが)った。

「な、なにするんですか！　大声を出してひとを呼びますよ！」

それでも退こうとはせず、じりじりと壁際に追い詰めてくる。藍が助けを求めようと声をあげると、男たちは顔を見合わせて藍に飛びかかってきた。そして強い力でひとりが藍の口を手で塞ぎ、もうひとりの男が藍の身体を抱えて後部座席に押し込めた。

慌てて逃げようとしたが、両横に座ってくる男たちに阻まれたまま車が発進してしまう。

藍が青ざめていると、助手席から声がした。つるりとした丸刈り頭の男だ。

「お嬢、手荒な真似をしてすみません。黙って自分たちについてきてください」

〝お嬢〟——そう呼ぶ相手は限られている。

「自分らは草薙組の者。昨日、お嬢の義父君である草薙組組長と、お嬢の母君である姐さんが……事故に遭い、お亡くなりになりました」

……なにを言われたのかわからなかった。

「なんの冗談……」

「冗談でも虚言でもありません。これは事実です」

瑛を失ったショックで朦朧としていた頭が、途端にしっかりする。

「誰かに殺されたということ？」

「いいえ。事件性はなにもないとのこと。おふたりでドライブをお楽しみ中、土砂降りに遭い、崖から転落したということです」

藍はスマホを取り出し、慌てて母親に電話した。だが、何度かけても通じない。

「——これから、おふたりが眠る草薙組にお連れします。お気をしっかりお持ちください。お嬢」

どうしっかり持てばいいというのか、突然の母親の訃報に。

車は、藍が生まれ育った懐かしの下町を横切り、隣町へ向かった。

やがて城壁の如き高い石垣が現れ、それを横目にしばし進むと、『草薙組』の看板がかけられた物々しい正門が出てくる。

横にあるシャッターが自動で開いた後、車はその中を進んでいった。

草薙組の本拠地は、日本庭園を有した平屋造りの純和風の屋敷だ。

凶悪な風格をした男たちがずらりと並び、一斉に頭を下げて出迎える中、車を降りた藍は丸刈り頭の男の後について、砂利を踏みしめて進んでいく。

やがて丸刈り頭の男が、開け放たれたままの入り口の横で頭を下げ、中に入るよう促した。

重厚な鎧兜が鎮座したエントランスホール。

そこで待ち構えていたのは――濃藍色の着物を着た男。

笑みを湛えたその整った顔には、見覚えがある。

「……瑛!?」

その男は藍の呼びかけには答えず、恭しくその場で片膝をつくと、頭を垂らして言う。

「――俺の名前は草薙瑛。組長と養子縁組をした、お嬢の義兄。組長……親父さんに命じられた、お嬢の目付役であり、草薙組若頭をしています。以後、お見知りおきを」

「な……」

『俺を警戒しろよ。俺が、きみを騙していた悪いヤクザだったらどうするんだ』

「若頭、目付……ヤクザ……」

しかもチンピラではなく、生粋のヤクザで、存在すら知らなかった義兄だという。

「わたしが、組長の娘だと知っていたからなの？　ずっと隣にいて、優しくしてくれたのは」

すると瑛は顔だけを上げて、藍を見た。

そこには穏やかさもなにもない、底冷えしそうな金の瞳を光らせた、冷淡な顔がある。

「俺はお嬢の目付役兼若頭として、組長の愛娘であり我が義妹が不自由ないよう、命を受けて近くでお守りしていただけです」

組長命令――

藍の全身から、血の気がさぁぁと引いていく。

すべてが演技。すべてが命令。彼は任務遂行のために、優しいふりをしていただけ。

「……守る？　勝手にいなくなったのに？」

藍の喉奥から、掠れた声が吐き出される。

瑛は悪びれた様子もなく、淡々と答えた。

「時期が来たので、家に戻っただけのこと」

瑛は無表情のまま、口端だけを吊り上げた。

「……お嬢。大人流のお別れの挨拶で、いい夢を見れましたか？」

『藍、合格おめでとう！』

『藍の料理は、癒やされるよ』

瑛に恋したすべての思い出にぴしりぴしりと音を立ててヒビが入り、ガラガラと崩れていく。

そして残ったのは——自分に傅く見知らぬ男。

コノオトコハダレ——？

……いなかったのだ、自分が慕った男など最初から。

冷たく凍ったものが、心に空いていた穴を埋めていく。

さすがは凶悪なヤクザだ。こうも簡単にひとを騙し、恋心すら蹂躙するとは。

ヤクザ嫌いを公言する女が自分に懐く様を、どんな気持ちで見ていたのだろう。

……ああ、もう散々だ。でも、誰が泣いてやるものか。

彼に片想いをしていた分だけ、裏切られた悲しみと憎しみが募る。

(そりゃあ熱を出したりして正気を失わない限り、監視対象に手は出さないわよね)

勝手にのぼせたのは、自分の方——

だとすれば、この恋心を凍りつかせればすべてが終わり。

「ええ、いい夢を見せてもらったわ。お役目ご苦労様」

わざと微笑んで言うと、わずかに琥珀色の瞳が剣呑に細められる。

「——任務は終了よ。わたしの前から消えて」

藍は怒りを込めて、瑛を睨みつけた。

それは藍からの絶縁状でもあった。

監視しているヤクザに恋をしていたなど、虫唾が走る。

もう二度と、心を揺り動かされるな。

……どんなに心が痛くて、壊れそうに軋んだ音を立てていても。

「消えて、と言うのもおかしいわね。ここはあなたの本拠地。消えるのはわたしだわ。……帰る。ここはわたしのいるべき……いいえ、いたいと思える場所じゃない」

妙な静けさに包まれた中、他の組員たちはなにを思い、若頭に突っかかる藍を見ているのか。

藍はヤクザの世界など知らない、素人の小娘だ。

けれど、素人の小娘なりの許せないものがある。穢されたくないプライドがある。

瑛に背を向けた藍が静かに歩き出す。瑛への未練を切り捨て、颯爽と。

「お嬢」

瑛が呼んだが、藍は振り向かなかった。

『お嬢』なんて知らない。自分の名前は北村藍。ただのしがない女子大生だ。

もう、その声に惑わされない――

そう強く決意する藍に、冷ややかな声で瑛が続けた。

「お母様が、この奥で眠られています。荼毘に付す前にお会いください。最後ですから」

ぴたり、と藍の足が止まる。

瑛は、自分にとって大切なものがなにかを把握している。効果的なものがなにかをわかっている。……それなのに、この恋心は完全無視して。

『いい夢を見れましたか？』

（なんて……非情い男）


冷房の効いた大広間には、母親と義父がふたり、ドライアイス入りの布団に安置されていた。

白い布を捲ると、薄化粧をして眠ったままの母が、うっすらと笑みを浮かべている。

『はい、藍。幸せのたこ焼きひとつ！』

『藍、元気にしていた？　藍に似合うと思って、可愛い洋服買ったの』

一緒に暮らしていなくても、ずっと愛情を注いでくれた母。

こんなに早くこの世からいなくなるとわかっていたら、親孝行をたくさんしたのに。

「お母さん……」

母の顔は冷たく、呼びかけに応えてくれない。優しい声は、もう返ってこない。

「お母さん……目を開けて」

それが死というものだと理解した途端、藍の背中に冷たいものが走る。

「わたしをひとりにしないでよ！　お母さん……お母さあああん！」

寒気と窒息感が藍を襲う。氷でできた、孤独の檻に閉じ込められたかのようだった。

藍はひとしきり泣きじゃくった後、今度はゆっくりと組長の白布をとった。

下町の公園で初めて会った時より、痩せて皺が増えていた。

『……なあ嬢ちゃん。子供の立場からすると、新しい父親が突然できるのはいやか？』

藍は震える唇を噛みしめると、居住まいを正して組長に語りかける。

「……腰抜けだって思ってしまってごめんなさい。ヤクザが嫌いだと言ってしまってごめんなさい。おじいちゃんとの暮らしを後押ししてくれて、感謝しています」

藍は呟いた後、組長に向けて深々と頭を下げた。

「長い間、母を幸せにしていただき、ありがとうございました。そして――お疲れ様でした。ゆっくりおやすみください。……お義父さん、お母さん」

初めて口にする義娘としての言葉。生前に伝えられなかったことを悔やみながら。

藍の気持ちも落ち着いてきた頃、見計らったかのように瑛の艶あるバリトンの声が聞こえた。

「お嬢、よろしいでしょうか」

返事をする前に襖は開く。瑛を先頭に、背広を着たインテリ風の男、そして丸刈り頭の男を含めて五人の組員が、物々しく入ってくる。

インテリ風の男は、組長の横に正座して言う。

「草薙組顧問弁護士で、組長付の御子神と申します。本日は組長の遺言状をお持ちしました」

御子神は手にしていたトランクケースを開けると、中に入っていた紙を巻物のように広げる。

「組長はこう遺言されました。もしも自分に万が一のことがあれば、草薙組は――お嬢様であられる藍様に任せたいと」

藍は、なにを言われたのか理解ができず、目を瞬かせた。

すると腕組みをしていた瑛が、藍に説明する。

「つまり――次期草薙組組長は、お嬢だということです」

「はいいいいい!?」

藍は正座をしたまま、その場で跳び上がる。

「なんでそうなるの！　それ、偽物よ。ただの女子大生に組の命運賭けるなんて、そんなこと組長がするわけないじゃない！」

そう叫んだ藍に、御子神が無表情のままで言う。

「これは組長の直筆の遺言状であり、正式なものです。組長は、藍様を次期組長に任命されました。なお、遺産相続については、藍様が組長になられた時に手続きするようにと言われております」

淡々と語られるが、藍からすると簡単に受け入れられるはずがない。

義父は、藍がヤクザを嫌っていることを知っていた。それなのに、そんな遺言を残したというのなら、それは嫌がらせの域を超えている。なぜ組長などしなければいけないのか。

「いやよ、絶対いや！　わたしは遺産なんていらないし、若頭がいるんだから、彼が組長になればいいじゃないの。そのための肩書きと序列でしょう!?　その方が組も安泰だし、外に示しもつくし……」

「お嬢。組長の命令は絶対です。それが遺志であるのなら尚更」

瑛は、表情を崩さず抑えた声でそう言い切り、続けた。

「俺は賛成です。組長があなたを次期組長だと言うのなら、任せたいと思えるほどのものがあったからでしょう。我ら組員は、組長に服従を誓っております。……お前ら、異存はないな!?」

すると組員たちは「ありません！」と声を揃える。

「おかしいわよ！」

「なにもおかしくなどありません。……大丈夫、俺があなたを支えます。あなたはなにひとつ不安に思うことはない。そのままのお嬢でいてください」

にこりと笑った顔は、藍がよく知る優しい隣人の顔をしていたが、藍は真っ青な顔で首を横に振り続ける。……ありえない。組長をするなど。

「それと、お嬢には申し訳ないですが、組長が亡くなった事実は隠し通せませんので、五日後の大安に、組の襲名式を行います。それまで、この屋敷にいてもらいますので」

事実上の監禁宣言。しかも瑛は、五日後に地獄の宴(うたげ)が催(もよお)されることを宣言したのだ。

「冗談じゃないわ！　わたし、帰る！」

「だめです」

「だめと言われても帰るから！」

帰る場所などない。それでもここから出たい。

だが――

「だめだと言っているだろう！　お嬢が帰るのは、俺がいるこの組だ！」

畳をバアンと叩き、爆(は)ぜたように叫んだ瑛に、藍は怯(ひる)んでしまう。

ああ、やはり彼はヤクザなんだと、藍は失望と諦観する気持ちを持つしかなかった。

※　※　※

草薙組の歴史は比較的新しい。藍の義父である草薙寛（ひろし）は四代目組長になる。

草薙組は代々息子に恵まれないため養子をとることが多く、その結果、血よりも濃い親子関係が築かれたという。

指定暴力団など大組織に属さない独立した組であるものの、創立当時は近隣にあったいくつかの組と、支配権を巡っての抗争はあったようだ。それを藍の義父が主体となり休戦協定が結ばれ、草薙組は、地元住人にも穏健派ヤクザとして受け入れられるようになったらしい。

草薙組本家は広大な敷地を有している。日本庭園を取り囲むように母屋（おもや）と、組長と親子の盃（さかずき）を交わした子分たち約五十人が共同生活をする数棟の離れがある。

組長と兄弟の盃（さかずき）を交わした者は舎弟（しゃてい）と言い、子分たちからは『叔父貴（おじき）』と呼ばれるが、舎弟（しゃてい）は組の継承権がないため、屋敷の外に住んでいた。

そんな事情を頼んでもいないのにぺらぺらとしゃべったのは、ヤスと呼ばれる丸刈り頭の男だった。彼は子分たちを束ねる兄貴格で、瑛の忠実な部下でもあるらしい。

彼は離れの一室にいる藍に食事を運んできたのだが、藍からハンガーストライキを宣言され、戻るに戻れなくなってしまった。少しでも藍の心を解かそうと、フレンドリーに接しているのだが、食事の話題になると藍はつーんと横を向いてしまう。

「お嬢、食事をとってくださいよう。お嬢が食べているのを確認しないと、俺、若に怒られてしまいます。あのひと、とっても怖いんですよう。だから俺、髪が生えないんです」

突っ込んでほしいのか、真面目な訴えなのか微妙なため、髪云々は聞いていないふりをした。

薄い眉毛を下げた顔もその言葉も、ヤクザらしからぬ情けないものだ。拉致した時はもっときりっとしていたように思えたが、子分たちの手前、そう振る舞っていただけなのかもしれない。

（ヤスさん相手ならわたしが絆されると思って、瑛は彼を寄越したんだわ。まあ、単純に顔を合わせたくないから、ヤスさんに小間使いをさせているのかもしれないけど）

板挟みになるヤスのことは気の毒に思うが、こちらも人生……いや、命そのものがかかっている。

遺言書が公開されてから今日で三日目。何度か気まぐれに現れる瑛に直訴はしたが、聞く耳を持たない。藍よりも、組長の遺志の方が最優先されるべきものだと言わんばかりだ。

アパートにいた時は、どんな状況でも藍の言葉には耳を傾けてくれたというのに、今ではもう見る影もない。瑛は、情け容赦ない——ヤクザなのだ。

何度か脱出を試みた。しかし見張りを撒いても、神出鬼没な瑛に連れ戻される。そしてそのたびに見張りがレベルアップし、今ではプロレスラーのようなごつい巨漢たちが、ずらりと廊下に並んでいる。その異様な迫力にたじろぎ、トイレすら気軽に行けない。

正攻法が無理ならばと、ハンガーストライキを敢行することにしたが、なぜか藍よりも食事を勧めるヤスの方がげっそりとして、今にも倒れてしまいそうな顔色をしていた。

「ヤスさん、おかしいと思わない？　組長と血も繋がっていない女が、ヤスさんの組のトップになって、服従しないといけないのよ？」

「組長が決定されたことですから」

ずいぶんと組長は、子分を飼い慣らしていたようだ。その返答に迷いやブレはない。

「自分たちは組長に大恩があるんです。居場所と生きる意味をもらいましたから。そしてお嬢は、そんな組長の恋を実らせたキューピッド。組長の恩人は、自分たちの大恩人でもあります。だから、組長の決定には喜んで従います」

「組の命運かかっているのよ!?　あなたたちの居場所を、わたしに潰されても構わないと言うの？」

「……ならばそれこそ組長が望んだことだと、皆が納得します。いや、若が納得させるかと」

自信満々に答えるヤスに、藍はさらに説得を試みる。

「ねぇ、若頭は組のナンバー2なんでしょう？　養子縁組までして組長に可愛がられていたのなら、彼が組を継ぐべきよ。それとも、そこまであの若頭は人徳がないの？」

「人徳なら十分過ぎるほどありますよ。若は、組長とはまた違うカリスマですし。今どきのヤクザは世襲性ではないですからね。ただ、若は組長に拾われ、学歴をつけてもらい、親にまでなってもらった――そこまで愛情をかけられた恩は死んでも果たしたいと、常日頃より自分たちに語ってますから、組長の遺志は必ず遂行させるでしょうね」

心酔する組長からの命令があれば、彼はなんでもする。そのためには、藍の恋心なんてどうでもいいのだと思い知らされ、傷がまだ癒えていない心がじくじくと痛む。

「だったら若頭は、組長に忠実な飼い犬なのね。若頭という肩書きは、名ばかりってこと？」

ヤスに当たっても仕方がないと思うが、ここまで見事に藍の意思を無視されれば、文句や嫌味を言いたくもなる。するとヤスは、慌てて首を横に振る。

「とんでもない。若は〝死の猟犬〟と呼ばれ、皆から恐れられる怖いひとなんですよ」

（〝死の猟犬〟？　なに、その……物騒すぎるふたつ名は）

ヤス曰く、瑛は昔からよく他組の男色家から狙われたらしいが、誰もが例外なく、えげつない返り討ちにあったとか。ヤスは瑛の握力は半端ないからと笑うが、その握力でなにがどうなったのかは、あえて聞き流した。

また、別組の会長が草薙組組長を狙ったと知るや、瑛は単身丸腰で乗り込み、傷ひとつ負わずに組員を素手で叩きのめした後、恐怖に震え上がる会長を舎弟にしたとか――武勇伝は尽きない。

そうした無敵伝説を誇る瑛の活躍により、草薙組は小さいながらも極道界で一目置かれるようになり、組長は周辺の組との休戦協定を結ぶことができたらしい。

今の瑛は落ち着いて、頭脳派のインテリヤクザに転向しているという。

（穏やかで柔和な大学生に見えていたけれど、その時点でわたしは騙されていたのね。ここで反抗的な態度を取り続けているわたしが無事なのは、奇跡なのかもしれない）

「若は敵に回したら怖いですが、味方になれば心強い。組長亡き今、若の主人はお嬢です。しっかりと手綱を引いてください」

「それは無理よ。わたしは組長にも瑛の主人にもなる気はない。元の世界に帰らせてもらうわ」

藍が即答すると、ヤスは屈託なくカラカラと笑った。

「それこそ無理な話です。若はお嬢を離しませんから。若にはお嬢を突き放しても、お嬢の前から消えるという選択肢はありゃしません。お嬢への溺愛度は半端ないっすから」

溺愛とはなんだろう。不快感と違和感しか残らない。

思わず顔を顰めた藍を見て、ヤスが苦笑して説明した。

「ヤクザにとって『お嬢』という存在は神聖な溺愛対象なんです。特に草薙組にとっては、お嬢は組長の恩人でもある愛娘。今回だって、お嬢がここに来るとわかった途端、組長を亡くして泣いていた組員たちは不謹慎にも浮かれ出し、床屋に散髪に行って無精髭を剃ったくらいです。いいですよねぇ、散髪するだけの毛があって。俺は磨くしかできませんでした」

ヤスは、つるりとした頭を手で撫でた。

彼はどう反応してもらいたいのだろう。藍はとりあえず空笑いをして流した。

「若はお嬢を出迎える際、若頭の襲名時に誂えた藍染めの着物を身につけた。なぜ今まで眠らせていたそれを選んだのか、お嬢はおわかりですよね」

……『藍』だから、とでも言いたいのだろうか。

自分と同じ名のものを身につけていたからといって、それが溺愛の証になるとは限らない。

溺愛されていたら、アパートであんなに拒まれることはなかっただろう。

大体、本人が騙していたことを認め、監禁してまで無理矢理組長にさせようとしているのだ。

「ねぇ、お嬢。どこへ逃げても〝死の猟犬〟は地の果てまで追いかけ、邪魔だてする相手の喉笛を噛みちぎります。若が本気で狩りに出れば、お嬢は骨までしゃぶられますよ」

ヤスは笑った。彼もまたヤクザだと思い知らされるような、嗜虐的な笑みを見せて。

（ま、負けないんだから。……まずは、ひとりきりにならねば）

「ふぅ～。ヤスさんとの会話が楽しくてお腹が空いた気がするわ。少し食事をいただこうかしら。でも見られていると恥ずかしいから、ひとりにさせてくれる？　お願い」

あざとい上目遣いで頼むと、ヤスは少し赤い顔をしてふたつ返事で出て行った。

こんな手が通用するとは、なんともチョロいヤクザである。

「ヤクザの脅しに屈して、人生詰んでたまるもんですか！」

ヤスが退出した後、藍は食事など見向きもせず、決意を新たにする。

「逃げる。相手がどんな怪物であろうと、とにかく逃げ切ってやる！」

部屋には窓があるが、以前窓から逃げようとしたところ、待ち兼ねていた瑛に捕獲されて失敗。今では格子柵が取りつけられてしまった。

「こうなったらプランB。この畳を捲って、床下から外に出るしかないわね」

策を練る時間なら十分あった。今の時代、スマホで色々と調べられるから便利である。本来ならば畳を返すのに専用の道具が必要らしいが、ドライバーでもできるらしい。それならば箸でも転用できるだろうと思い、それを手に入れるため、食事を残してもらったのだ。

畳の縁の部分に箸を差し込み、てこの原理で持ち上げる。

「は、箸が折れる……！　でももう少し、もう……よし、畳を掴んだ！」

「……お嬢。あなたも懲りないひとですね」

突然聞こえた声に振り返ると、藍色の着物姿の瑛が腕組みをして壁に凭れて立っている。

(いつ、部屋に入ってきたの!?)

「床下から、あなたの嫌いな虫やらネズミやらが出てくる可能性を考えていませんね」

驚きのあまり手から滑り落ちた畳に近づいてきた瑛が、その上を片足で踏みつけた。

しんと静まり返った中、八畳間の和室が華やかなムスクの香りで満ちる。

どこまでも甘美で、心が締めつけられる――大嫌いになった香り。

冷えきった琥珀色の瞳と視線が絡むが、藍は臆せず黙したまま毅然と睨みつける。

重苦しい沈黙に耐えきれなくなったのか、彼は小さくため息をついた。

「……一緒の部屋にいるのも、いやですか?」

傷ついたと言いたげな悲痛な顔を向けてくる。

暴虐なヤクザのくせに、なにを傷つくことがあるのか。被害者は、こちらなのに。

「ええ、ヤクザはいや」

「ヤスとは仲良く長話をしていたのに?　……ヤスが浮かれるほどに」

それは獣がぐるると唸っているかのような、低い声だった。

「彼は同じヤクザでも暴力的ではないし、比較的話しやすかっただけ。血塗れの〝死の猟犬〟さんとは違って」

そのふたつ名を口にした途端、瑛のまとう空気が剣呑さを強めた。

「……ヤスがお嬢に、その名を?」

「そ、そうだけど」

瑛の目にギンと殺気が走ったが、藍が怯えたことを察したのだろう、深呼吸をしてそれを消す。

その異名は、よほど藍にはばれたくなかったらしい。……今さらなのに。

少しの沈黙を経て、瑛がゆっくりと言った。

「ねぇ、お嬢。どんなにヤクザが嫌いでも、ヤクザらしくさえなければいいと言うのなら――」

端麗な顔を自嘲げに歪め、距離を詰めてくる。

みしり、みしりと畳が軋む。藍は身体を震わせて後退り……やがて後がなくなった。

「戻りましょうか？　お嬢が恋した大学生の姿に」

口元は笑っているのに、その目は笑っていない。

そして、彼は言う。優しさの欠片などない、隣人の……一ノ瀬瑛の声音で。

「――藍、おいで？」

「馬鹿に……しないで！」

カッとした藍は怒鳴り、瑛の頬を平手打ちする。

〝死の猟犬〟相手だ。避けられるのを覚悟していたのに、呆気なく乾いた音が響き、藍は逆に驚いてしまった。

「お嬢。これしきのことで狼狽えてはだめです」

乱れた前髪から覗く琥珀色の瞳が獰猛な光を揺らめかせて、金色に光ったように見えた。

「狼狽えれば……噛みつかれますよ、〝死の猟犬〟に」

身体の芯が凍りつきそうなほど無感情なその目に、藍は狙われた小動物の如く身を竦ませた。

「男には隙を見せないでください。それが……女組長の威厳というものです」

どこまでも瑛は押しつけてくる。藍が嫌うヤクザの世界を。

「組長にはならない。帰らせて」

「食事をとってください。様子を見にきたら案の定、間違った箸の使い方をしている。そんな顔色ではあさっての襲名式にぶっ倒れてしまいますよ」

「帰らせて、お願いだから」

藍はその場で土下座した。だが落とされたのは、無情な言葉。

「それはできません。お嬢には組長になっていただきます。その準備はもうできています」

藍は畳に爪を立てて、瑛を睨みつけた。

「どうすれば帰してくれるの？　ここで裸になって、あなたに奉仕すればいい？」

藍の言葉に、瑛は眉間に皺を刻んで不快さを露わにすると、寒々しい琥珀色の瞳を向けてくる。

それは侮蔑や呆れにも似ていた。

「そんなもので、心が動く俺だとでも？　甘く見ないでいただきたい」

ヤスは、お嬢という存在は溺愛対象と言ったけれど、瑛にとって自分は女ではないのだ。

彼が執着するのは、お飾りの次期組長が欲しいから。

三年間一緒にいた北村藍ではなく——

悔しさと悲しみに、藍はぼたぼたと涙をこぼす。

涙は見せたくなかったのに、もう無理だった。堪えきれない嗚咽に肩を震わせる。

こんな男、嫌いだ。

――スキ。

「お嬢……」

大嫌いだ。

――コノヒトガスキ……

……わかっている。どんなに拒絶しても、この冷たく非情な男をまだ好きだということは。

憎しみに変えて見ないふりをしていても、恋の残滓が胸の中で暴れ続けている。

だから、早く終止符を打ちたい。楽になりたい。

「あなたなんて大嫌い。わたしの世界から、消えてよ……！」

怒って牙を剥いて、噛み殺してほしい。

この苦しい恋心ごと、この世界から消し去ってほしい――

しかし藍の願いは虚しく、瑛は激高することはなかった。

それどころか琥珀色の瞳に憂いを宿し、藍の前で跪いた。

「襲名式が終わったら、お嬢の望む通りにします。だから少しだけ……耐えてもらえませんか」

そう口にした瑛の顔は強張り、なにか思い詰めているようにも見えた。

「そんなに襲名式をしないといけないの？　どんなにわたしがいやだと言っても、無理矢理に」

「……はい。なにがあろうとも、たとえお嬢が理不尽だと思われることでも、それが組長の命令なら遂行する。それが草薙組若頭たる俺の仁義です」

そんなヤクザ事情など理解したくない。

だが――現実を受け入れろ、いい加減にもう。

自分が恋した優しい隣人はもういない。

守ってくれるひとすらいないのなら、自分ひとりで戦わねばならない。

「……だとしたらあなたは、組長以外の言葉は聞かないと言うのね？　そして組長の命令なら、どんなことでもすると」

「はい」

「わたしが組長になった後であれば、あなたはわたしの望み通りにしてくれるの？」

「はい、誓って」

――心は決まった。

それほどまで、組長にだけ従うと言うのなら、自分が取るべき手段はひとつしかない。

「わかったわ。襲名式におとなしく出る。食事もとるわ」

それを熱望していたくせに、瑛は驚きに目を丸くした。

「なにを驚くことがあるの、〝死の猟犬〟さん。疑うのなら、わたしがちゃんと食事を呑み込んでいるか、喉でも触って確認すれば？」

「……いえ。お嬢を信じます。今、温め直させますので、少しお待ちを」

瑛は膳を持って退室した。きちんと箸を取り上げることも忘れずに。

草薙組があくまで組長の命令に忠実で、襲名式以降、藍の望みが叶うというのなら。

「それを逆手に取って、起死回生のチャンスにしてやる！」

そのために、藍は体力をつけることにしたのだ。

※　※　※

襲名式当日――

藍用にと用意されていたのは、京友禅の着物だった。黒地に金銀赤の花々が咲き乱れ、アクセントとして藍色の流線模様が入っている。

着付けは瑛が担当した。紋付きの黒い羽織に濃灰色の袴姿（はかますがた）の瑛は、藍染めの着物姿以上に男らしさを強め、彼の美貌を際立たせていた。

瑛は藍の襦袢姿（じゅばんすがた）を見ても表情ひとつ変えず、淡々と豪華な着物を着付けていく。言葉を交わすことなく、笑みすら見せ合わない。ただ粛々とした空気だけが部屋に漂（ただよ）う。

金糸の刺繍（ししゅう）が施（ほどこ）された帯を締め上げた後、瑛が後ろから藍の肩を掴（つか）むようにして、姿見越しから囁（ささや）いた。

「……お嬢、とても綺麗です」

琥珀色（こはくいろ）の瞳は柔らかく、その肌は上気して艶（つや）めいていた。

「ありがとう」

なんの感慨もなく返事をした藍を見て、瑛はなにか言いたげに目を細めたが、彼はそれ以上口を開かなかった。

「お嬢。御髪を……まとめさせていただきます」

瑛が藍の髪に触れた途端、藍は強い口調で言う。

「髪は自分でやるから」

女の命である髪に、瑛には触れてもらいたくなかった。

瑛は素直に引き下がったが、藍の背後と正面の姿見から、痛いくらいの視線を向けてくる。

それは冷ややかでありながら、どこまでも熱く、忘れようとしても忘れられないあのひとときを思い出させる。

(何年も前のことに思えるけれど、まだ一ヶ月ぐらいしか経っていないのね……)

まだ夏の季節は続いているのに、瑛との関係はこんなにも変わってしまった。

今の自分はもう、彼の優しさに喜ぶような子供ではない。……そう思うのに、彼の熱を感じるだけで呼吸が乱れ、わずかに手が震える。

負けるな、負けるな。

藍は唇を噛みしめながら、なんとか髪をまとめ終えた。

すると瑛が傍らに立ち、己の袖から赤い簪を取り出すと、さくりと藍の髪に挿す。

鏡越しから見つめてくる瑛が、なにかを訴えるように切なく瞳を揺らしたが、藍はあえて目をそらす。やがて彼は抑えた声を出した。

「……では、いきましょう」

襲名式は、本家の母屋の大広間で執り行われる。

大広間には祭壇が設けられ、鯛や酒などの供物が飾られていた。

羽織と袴、もしくは黒いスーツ姿の屈強なヤクザたちが、左右に向かい合わせの状態で座っている。身内だけの質素な式だと聞いていたが、十分参列者は多い。

それでなくとも藍はヤクザが嫌いだ。そのヤクザたちが、それぞれ威圧的なオーラを放って一堂に会する様は、式前に広間を覗いた藍を激しく震駭させた。

気が遠くなりかけている藍の横にすっと立った瑛は、無言のまま藍の手を握る。

どきりとしながらも、その手を払いのけ、藍は精一杯の虚勢を張って襲名式に臨んだ。

司会進行は、瑛とともに執行幹部と呼ばれる本部長の男で、藍は初めて顔を見る。

襲名式は、極道特有の作法があるらしく、神前式や茶席のように厳かに進められた。

誰が組員で誰が関係者なのか、藍にはなにひとつわからない中、藍の亡き義父……四代目組長代理として、若頭である瑛が固めの盃を口に含み、藍に渡す。

（まるで結婚式の三三九度ね。瑛と結ばれることは決してないけれど……）

自嘲しながらも、お飾りの新組長として式一番の大役を務め終えた。

……藍は式に関して、ひとつだけ注文をつけていた。式の最後に、新組長として挨拶をしたいと。

元々その予定はなかったらしいが、快く了承された。

そして――

「これにて滞りなく襲名式は終了しました。では、五代目新組長。お言葉を」

藍の緊張と高揚が最高潮となる。

見渡せば厳つい男たちばかり。痛いくらいの視線を浴びせられ、速攻気絶したくなるが、なんとか気力を振り絞って用意されたマイクの前に立った。

この挨拶にすべてを賭け、今まで耐えに耐えたのだ。

手足がカタカタ震えるのを意志の力で押さえつけ、藍は凛とした声を響かせた。

「それでは草薙組新組長として、皆様の前でふたつのことを宣言させていただきます。ひとつ、わたしは前組長の遺産相続をすべて放棄する。ふたつ――」

言葉の途中で瑛と目が合ったが、藍は目をそらさずに続けた。

これが藍の切り札。これが藍の生き残る唯一の道。

「ただ今をもって、草薙組は解散する。……いい？　か・い・さ・ん！」

絶対的な最高権力者である組長に、誰もが逆らわないと言うのなら。

組長の言葉であれば、ヤクザと瑛との因縁そのものを絶つことができる――藍はそう考えたのだ。

瑛が口元で笑っていた気もしたが、きっとそれは見間違いだろう。

〝死の猟犬〟がこんな茶番劇を、笑って許すはずがない。

草薙組など知ったものか。

後は若頭にすべてを押しつけ、逃げ去るのみ。

恨むなら、ヤクザ嫌いで組に愛着のない小娘に、次期組長を押しつけた前組長を恨め。

小娘如きどうとでもなると思った、インテリヤクザの見通しの甘さを呪え。

窮鼠（きゅうそ）だって猫を噛む。

だったら自分は、死に物狂いで〝死の猟犬〟に食らいついて、逃げ切ってやる。

『襲名式が終わったら、お嬢の望む通りにします』

ヤクザとは無縁の世界で生きたい――それが自分の望み。

だから瑛とも絶縁し、たったひとりで生きる。

呆然としたままの参列者たちが、なにが起きたのかを理解する前に、藍は逃走した。

両手で着物の裾を捲（まく）りながら、騒がしくなってきた廊下を駆け、足袋（たび）のまま門から外に出た。そして運良く付近に停まっていたタクシーを見つけて乗り込む。

「早く！　早く車を出して！」

組員たちが駆けつける前に、猛スピードを出した車は、草薙組の本拠地からどんどん遠ざかった。

ひと息つくと、不意に瑛の顔が思い出される。

それは烈火の如き激高する〝死の猟犬〟じみたものではなく、藍が恋した穏やかな彼の顔だった。

『いい夢を見れましたか？』

「ばいばい、瑛……」

藍は切なく痛む胸に手を当てながら、ほろりと涙をこぼした。

……藍が五代目組長を襲名して数分。

草薙組は、新組長の高らかな宣言により、解散することになったのである。

それから六年――

藍はヤクザに追い回されるどころか、不気味なくらい平穏に暮らしてきた。

母の死亡保険金をもとにして引っ越しはしたものの、母の思い出が残る東京から出ることはできなかった。

変装をしたり、武器にもなる護身用グッズを常に携帯したりして大学に通い続けたが、まるで怪しい気配はない。

それでも油断は禁物だと、細心の注意を払って過ごしたものの、結局何ごともないまま卒業して社会人になったのである。

ネットで、草薙組が解散したという小さな記事を見た。極道の世界にしか生きられない組員には、藍の私情で彼らの居場所を奪って悪いことをしたという思いはある。

だからこそ組員たちから報復を受けたり、組の復活を懇願されたりしても仕方がないと思っていたたのだが……ここまで穏やかだと、誰かの介入があると疑わずにいられない。

『襲名式が終わったら、お嬢の望む通りにします』

組長命令に絶対服従の瑛が、力尽くで組員を制し、彼の仁義を貫いているつもりなのか。

あるいは――彼らにとって利用価値のなくなった女は、すでに記憶から抹消されているのか。

瑛を中心とし、名を変えた新たな組ができている可能性もある。

どちらにしろ、瑛を始めとした草薙組との縁は完全になくなった——と思っていたのだが。

◆・―・◆・―・◆

「お久しぶりですね、北村さん」

なぜカルブサイドの社長として、瑛が紹介されるのだろう。

なぜ西条グループの御曹司のふりをしているのだろう。

頭の中で疑問が雪崩(なだれ)のように押し寄せてきて、どう処理していいのかわからず、ショートしそうになる。

瑛は、パニックに陥(おちい)る藍の姿を見ると、ふっと笑った。

目許を和(やわ)らげたその微笑は、冷淡だった若頭の時のものではない。藍が恋した男のそれに酷似していたが、記憶とは少し違った。

……あれから、六年も経ったのだ。元々兼ね備えていた優美さと端麗さに加えて、大人の妖しげな色香をもまとい、面影よりずっと男らしく精悍(せいかん)になった。

さらに藍色のネクタイを締めた上質なスーツ姿が、モデルのような彼の美貌に拍車をかけている。

「北村は西条社長と知り合いだったのか？」

八城が藍の肩に手を置き、驚いた声を出す。

それを目にした琥珀色(こはくいろ)の瞳に殺気じみた光が走り、驚いたのだろう、八城はさっと手をひっこめる。するとそれは消え、瑛の顔は再び和らいだ微笑だけが浮かんだ。

そんなことなど露知らず、藍は全力で八城の言葉を否定した。

「とんでもない。社長はなにか誤解をなさっているようで……」

『自分はヤクザの組長の娘で、数分間、組長もやっていました。この社長はその時の若頭で、実は〝死の猟犬〟と恐れられる血に塗れた凶暴な男。自分が組を強制解散してしまったから、野良犬になってしまいまして』――などと、冗談でも尊敬する上司に言えるわけがない。

黒歴史は迂闊に口にしてはいけない。禁忌として厳重に心の奥底に封印する必要がある。

深刻な顔で思案する藍を、じっと見ていた瑛は突然笑い出した。

「ははは、なにを仰います。あなたは元くみ――」

焦った藍は飛びつくようにして、瑛の言葉を遮った。

「初めまして、西条社長！　お名刺を交換していただけませんか！」

藍は、両手で持った自分の名刺をずいと突き出した。

「今さら、名刺を交換しなくても……」

「初対面なのだから、お名刺の交換は必要です。是非お名刺を！　初対面のわたしにお名刺を！」

初対面を強調して名刺を求める藍の勢いは凄まじい。

瑛は小さく苦笑すると、机の引き出しから名刺を取り出し、藍と八城の名刺と交換した。

「立ち話もなんですから、ソファにお座りください」

瑛に促され、八城と並んで黒革のソファに座ると、向かい側に瑛がゆったりとした風情で座る。

長い足を緩やかに組んだ貫禄ある姿は、社長というより覇王という方がしっくりくる。

六年間、無事に逃げ切っていたのに、どうしてこんなところで顔を合わせる羽目になってしまったのだろう。

八城との雑談に笑みを浮かべる瑛をちらりと盗み見れば、彼の目は八城ではなく藍を見ている。忌々しげに。

当然だろう。ヤクザが嫌いだからと、勝手に大切な組を解散させて、六年もとんずらした女が、他人顔をしてやって来たのだ。

一秒でも長く話をするつもりで訪問したものの、今では一秒でも早く帰りたい。

次に繋げるどころか、もう二度と会いたくない。

(なぜこうなった……?)

第二章　逃れられない唇

「――本日のご用件は、弊社に何度も企画書を送っていただいている下町開発の件ですか？」

直前までの軽い雑談などなかったかのように、瑛は単刀直入に切り出した。

(資料を読んでいるのなら、返事くらいしなさいよ！)

藍は喉まで出かかった言葉を、かろうじて呑み込んだ。

「うちの持つ土地が欲しいと？」

突如、切れ長の目が冷え込み、剣呑に細められた。

喉元に、研ぎ澄まされた真剣を突きつけられたかのような緊張が走る。

藍は思わず怯んだが、八城はたじろいだ様子はなく、逆に余裕めいた笑みを見せた。

「お話が早くて助かります。その件につきまして再度ご説明させていただきたいと思っています。……北村」

八城に目配せされて我に返ると、藍は慌ててバッグから取り出した計画書を八城に手渡す。

瑛の冷ややかな目が藍の動きを追っているので、さらに緊張が高まる。そのせいで机の上に置いてあった瑛の名刺を、載せていた藍の名刺入れごと落としてしまった。

「し、失礼しました」

身を屈めて名刺を拾おうとすると、裏になった名刺になにかが書かれている。

『タイムオーバーです、お嬢。この六年、快適な逃亡ライフを楽しめましたか？』

死の宣告の如きメッセージを目にして、戦慄が背中を駆け上がる。

（あのアポ電で名乗った時にわたしだとわかったから、会うことにしたんだわ）

それを知らずに、わざわざ瑛の牙城に足を踏み入れた自分は、なんと間抜けなことだろう。

（速攻、ここから立ち去りたい……）

だが、仕事がある。この仕事は、草薙組のように投げ捨てて逃げるわけにはいかない。

耐えろ、もう少しだけ耐えるんだ。

ここから出たら、すぐにお役御免にしてもらおう。

「実はアークロジックさんだけではないんです、そうお声がけくださるのは」

計画書に目を通し終わった瑛は、やがて深いため息をついた。

「正直これなら、他社さんの企画の方が魅力がある」

「お言葉をお返しするようで恐縮ですが、この計画は非常に話題性があるものと考えていますが……」

八城がやんわりと反論すると、瑛は薄く笑った。

「『女性にやさしく開かれたまちづくり』がテーマのようですが、女性に特化するテーマからして不安を感じる。そして、『働くシングルマザーにも安心を』というサブテーマも」

藍は、シングルマザーの大変さはわかっているつもりだ。ほとんどが雑用の仕事ばかりの中で、八城に後押しされた形ではあるが、唯一藍の意見が通って形になった部分でもあった。

（シングルマザーが安心できる環境のどこに不安要素が？　わたしへのいやがらせじゃ……）

「先に言っておきますが、私は女性やシングルマザーを否定的に見ているわけではありません。むしろ頑張る女性を応援したい。しかしこのプロジェクトにおいて、シングルの対象をマザーだけに絞った理由が、〝やさしくない閉鎖的な環境にいる者〟というものであれば、そんなイメージを植え付けられた世のシングルマザーやワンオペ育児をしている者たちすべてに対して失礼だ、と思うだけです」

藍は瑛の言葉を聞いて、はっとさせられた。多角的に考えていたつもりだったが、差別的に受け取られるとは思ってもいなかった。

「今の時代、性や環境を安易に限定することで、開かれた事業も閉鎖的になる場合がある。リスクを冒してまでこの事業を推し進めるメリットが提示されていない今、共感も納得もできません」

藍は、瑛の辛辣な意見に言葉が見つからなかった。八城も同様のようだ。

さらに瑛は、複合施設にばかりに力を入れ、肝心のまちづくりの方が疎かではないかと意見を述べた。あの下町を再生舞台に選んだ必然的な理由が曖昧なため、ひとつの地域に新旧が同在するちぐはぐ感だけが違和感として残るのではないか、と。

下町の空き家を一括して借り上げ、コミュニティスペースを設ける予定ではあったが、住民たちが親睦を深めることで下町が活性化するのなら、とっくにそうなっているはずだと瑛は一笑に付した。

「あなたたちが進めているものは、住民目線ではない。いかにして参加企業に利益を還元できる集客ができるか、です。複合施設から収益が見込めると言うが、逆にこの事業の目玉はそれだけ。私が思うに、最初こそ物珍しさで話題になっても、すぐに客に飽きられテナントも離れるでしょう。ビジネス的にも旨味があるとは思えない」

難攻不落な社長を落とすために、利益に関する部分をアピールしよう――そう計画書を作り替えたのが仇になってしまったかもしれない。

しかし八城も言い負かされて終わる男ではない。計画書に書ききれなかった部分の補足説明を始めた。それに対して、また瑛から質問が飛ぶ。宙に見えない火花がバチバチと散っているような白熱した闘いに、傍観者でいることしかできない藍は戦いた。

やりにくい瑛を相手に、八城も苦戦していると思いきや楽しげだ。どんな相手にも怖じ気づかずに振る舞えるとは、さすがは専務が名指しするトップ営業マンだ。

（部長くらいしか瑛の相手はできないわ……わたしには無理！　打ち合わせってこういうものなのかしら。それとも、元ヤクザが相手だからこんな闘いになるのかしら）

藍がそんなことを考えている間に、瑛は計画書に記していた設備図面のページを広げていた。

「防犯や空調のシステムですが、確かにこれだけの規模の施設なら数百のカメラは必要でしょう。しかしランニングコストがかかる上、現場の把握が難しく、下手をすれば客からのクレームの原因にもなりかねません。さらには、訪問者が減少して収益にも影響が出る。ここはどうお考えで？」

「制御管理は人間を介在せず、通信費がかからない無線のＭ２Ｍ形式を採用する予定です。センサーを使用したネットワークが築けますので」

「ＩｏＴ形式にしない理由は？　子育てをする親を安心させる場所にするには、ＡＩも兼ね備えリアルタイムに情報を送ってくれる形式の方がより安全ですよね。低消費電力ですむ上、話題性もある」

「それはですね……」

（こ、高尚すぎてわたしには、なんのことやら……。瑛の大学の専攻は経営で、建築設備とか工学関係ではないはずなのに、なんでそんなことまでわかるの？）

　瑛は家庭教師の頃から博学で、実に頭がよかった。あの数年間、藍を合格させた現役難関大学生として彼が語ったことは、唯一の真実だと思っている。

　瑛は、だてに現役社長に就いているわけではないようだ。

（土地を手に入れるために、全般的な専門知識が必要になるとは。インテリ元ヤクザ社長……侮（あなど）れないわね。ただの不動産会社の社長じゃないわ）

　目の前の慧眼（けいがん）の持ち主は、かつて〝死の猟犬〟と仇名（あだな）され、ヤクザ仲間からも恐れられた凶暴な元若頭。そのことを思うと、実に複雑な心地になるけれど。

　ふたりの話は長く続いた。八城が想定していない指摘もなされたようで、八城はメモを取りながら議論を続ける。

「――社長、これらの問題点の改善案や代案を早急に用意しますので、またお時間を取っていただけないでしょうか。弊社に是非、社長に満足していただける仕事をさせてください」

八城が粛として頭を下げたため、藍も慌ててそれに倣う。

「それは正直、北村さん次第ということで」

「……は、い？」

（なぜ、わたし？）

突然話題を振られた藍は、途轍（とてつ）もなくいやな予感を抱いた。

恐る恐る頭を上げると、瑛が嗜虐的（しぎゃくてき）に微笑んでいる。

「このプロジェクトは女性が主体なんでしょう？　次からは、ご担当いただく北村さんの理解度や手腕を、御社の総意として見せてもらいましょう」

藍は震え上がった。八城との会話だって、半分はなにかを言っているのかわからなかった。それに家庭教師をしていたのだから、理解しているはずだ。いかに藍が劣等生かを。

「わ、わたしはただの補佐ですので、それは……」

大体、次などあるわけがない。裏方に戻してもらうのだから、会うのはこれで最後だ。

「では御社では、プロジェクトに無関係なただの補佐がアポを取り、私に会いに来たというわけですか。私もずいぶんと見くびられたものだ。そんなところと協力なんてね……」

わざとらしく肩を竦（すく）める。

なにを言い出すんだと、藍は目を吊り上げて瑛を見るが、彼は超然と笑うだけ。

すると、八城が神妙な顔をして口を開いた。だから藍は期待した。敬愛すべき上司は、きっとこの難関を突破できるだけの妙案を授けてくれるものだと。しかし——

「わかりました。北村を専属担当にさせますので、次回からは北村にお申しつけください。彼女は実力ある社員。私も特別に目をかけており、独り立ちさせたいと思っていたところでした」

ただ、崖から突き落とされただけだった。

「……特別に目をかけて、ねぇ」

腕を組んでくつくつと笑う瑛は、どこか歪んだ笑みを見せながら「それは頼もしい」と、感情がこもっていない社交辞令を口にした。

「では北村さん。八城さんの許可を取りましたので、次からもよろしくお願いしますね。八城さんの秘蔵っ子であるのなら、なにがあろうとも投げ出して逃げることなく、私を満足させていただけるものだと期待しています」

瑛は、藍が二度と会うまいと画策していたことを見抜いている。その上でこうして退路を断ってきたのだと、藍が気づいた時にはすでに遅く、瑛と八城はがっちりと握手を交わしていた。

(担当だなんて、冗談じゃないわ)

ここを出たら八城に直訴して、最善策を練ろう。今後ふたりきりになどなるものか。

「では今日のところはこれで」

八城が切り上げて立ったため、藍もほっとして立ち上がり、瑛の顔も見ず足早に部屋から出て行こうとした……その時である。

「……北村さん、ソファの足元に忘れ物が」

「え？」

ソファを確認しに藍だけが戻ると、笑顔の瑛にぐいと手を引かれた。バランスを崩した藍を支えながら、瑛は藍に耳打ちする。

「……お嬢がやらかした後処理、どれだけ大変だったと思います？　親父さんへの恩や義理があるのに、堅気にさせられた落とし前、きっちりとつけてもらいますから覚悟してくださいね」

「な、なんのことでしょう？」

恐怖感がぞくぞくと背筋に上ってくる。

藍がとぼけた瞬間、瑛は魅惑的な微笑を浮かべ、長い足一本でドアを閉めた。

悪い予感がして出て行こうとしたが、瑛はドアが開かぬように足で内から押さえ、藍とふたりきりの密室を作り出す。

「な、なにを……」

「忘れたと言うのなら、思い出させるまで」

そして、秀麗なその顔を静かに傾けると――一気に藍の唇を奪った。

「――っ!?」

驚いた藍は瑛を突き飛ばそうとしたが、瑛に強く抱きしめられ、抵抗はおろか動くことすらできない。

柔らかくしっとりとした唇が、角度を変えて藍の唇を貪（むさぼ）る。

身体に浸透する瑛の熱と、官能的な甘いムスクの香りに、くらくらした。

息苦しくなって唇を開けば、ぬるりとした熱い舌がねじ込まれる。

藍の舌は逃げることを許されなかった。荒々しく搦めとられると、ねっとりと舌の根元まで音を立てて吸われる。

そうした濃厚な触れあいは、藍の思考力を完全に奪い、脳まで蕩けさせていった。

六年前の得も言われぬ陶酔感が蘇る。藍は女の細胞をぶるりと震わせ、たまらない気分になった。

「んぅ、ふ、あ……」

苦悶ではない、悦びの声が漏れてしまうと、瑛の舌が一層獰猛に動く。

嫌悪感などなかった。それどころか、抵抗したい気持ちすら失われていた。

……この六年、瑛を忘れるために、他の男と付き合ったりもした。

しかし、新たな愛が生まれるどころか、触れられただけで拒絶反応が出てしまったのだ。

我慢してキスをしてみても気持ち悪くてたまらず、途中で逃げ帰った。

それが理由で気まずくなり、いつしか相手が音信不通となってフェードアウトだ。

恋愛自体、もうできない体質になったと諦めていたくらいだった。

それなのに――どんなに記憶から瑛が薄れても、唇は覚えていた。

愛おしい男から甘受する、蕩けるような快感を。

恋しくてたまらない……六年前のあの気持ちを。

この唇がずっと欲しかったのだと、錯覚させるほどに。

「お嬢……」

合間に漏れる掠れた声音は、初めて妹を脱したと思えた六年前よりも官能的だった。

あの時より情熱的で、甘美で——あの時より、残酷すぎるキス。

失恋の痛みとともに我に返った藍は、瑛の唇に歯を立てると、渾身の力で彼を突き飛ばした。

「——ふざけないで！」

藍は肩で息をしながら、唇を手で擦った。

瑛とのキスに簡単に酔いしれてしまったことに、自己嫌悪が襲う。

「ふざけてなどいませんが」

瑛は悪びれた様子もなく、わずかに血が滲んだ口元を吊り上げて笑うと、血と唾液で濡れた唇を扇情的に舐めてみせる。

それは狙った獲物を目の前にした猛獣の挑発のようでもあり、唇に残る感触が愛おしいとでもいうような妖艶な仕草でもあった。

藍は思わずぶるりと身震いし、自分自身を抱くようにして守りながら、精一杯相手を睨みつけた。

問答無用に本能を刺激してくるこの男は、本当にあの瑛なのだろうか。

これなら昔のほうがまだ、兄として若頭としての適度な距離感があった気がする。

「あなたとはもう縁もゆかりもないはずよ。組がなくなったのなら、尚更に」

「おや、知り合いだとお認めに？　散々俺を無視しておいて。もしかしてあの男がいないから？」

憎々しげな眼差しと声が向けられる。

「あの男って部長のこと？　部長の前で知り合いだなんて説明できないでしょう。それと、わたしはもう〝お嬢〟ではないわ」

「では、組長とお呼びした方が？」

瑛の言葉に、藍は爆ぜる。

「だから！　そういうのはきっぱり切ったの。あなたとはもう無関係なのよ！」

せっかく忘れていたのに、せっかく傷が塞がっていたのに――瑛を否定することで傷口が開く。

まるでまだ瑛を想っているかのように、しくしくと痛む。

「……お嬢は、六年経っても、俺をいらないものとして捨てようとするんですね」

切なげな声だ。まるで捨てられたくないと訴えられているようで、藍の心はざわつく。

しかしすぐ、そんなはずがあるわけないと思い直し、毅然とした態度を貫くことにする。

「でもね、お嬢。組がなくなっても、残念ながら縁はあるんです」

「え？」

「義兄と義妹という、切っても切れないものが」

詰るようなその眼差しは、悲痛さを感じさせた。そして同時にその眼差しは、ぞっとするほど仄暗い、執着めいたものを漂わせている。

「互いに同じ苗字を名乗らなくても、俺は寂しがり屋のお嬢が求めていた、唯一の家族です。お嬢には俺しかいないんです。……それに縋ってでも、簡単には切らせない」

それは怨恨ゆえの激情なのだろうか。そう思わなければ、拠り所をなくした彼は、やってこられなかったのだろうか。そう考えると、一抹の哀れみも生まれてくる。

「そんなに組を解散したことを恨んでいるのなら、あなたが組を復興させればよかったじゃない」

「恨む？　そんなはずないじゃないですか。お嬢は、組の解散という……俺自身では外せない首輪のひとつを外して、解放してくれたのだから」

　瑛はゆったりと笑う。それはぞっとするほど、嗜虐的な笑みだ。

「親父さんがお嬢を組長にしたのは、お嬢が組に愛情を持っていないからです。親父さんは、お嬢が組を解散することを願い、お嬢はその役目を立派に果たされた。これのどこに恨む要素が？」

　くつくつと、瑛は歪んだ笑いを見せる。

　瑛の言葉が理解できなかった。組長は自らが守ってきた大事な組を解散させるために、組とは無関係の女を次期組長に指名した――そう言っているようにしか聞こえない。

「親父さんは組員に居場所を作ったけれど、それは暫定措置。これからを生き抜くには、極道は……あまりにも特殊で小さな世界すぎる。組員を思うがゆえ、親父さんは組員をシャバへ戻そうとした。今度は真っ当に生きろと。俺たちは、更生のチャンスをもらったんです」

「でも、組員は組を愛しているんじゃ……」

　だから組長命令に従っていたのではないか。瑛を含めて。

「親父さんのいない組など、誰も愛着はありません。俺たちは草薙組という伝統を愛したのではなく、親父さん個人に惚れ込んで、服従を誓っていただけ」

「……っ」

「確かに、解散を渋る者もいました。だからお嬢が逃げたあの襲名式の場で、生前、親父さんから預かっていた金を皆に渡した上、腹を割って話し合いました。どうしても堅気になりたくない者は、襲名式に列席していた他の組に引き取ってもらった。そして、お嬢や俺に従う者は、俺が新たに居場所を作った。それがこの『カルブサイド』。ここの従業員のほとんどは草薙組の者です。六年でようやく、まともになりました」

「組員が社員……」

瑛は、堅気になっても組員の面倒を引き受けている。組長とは違う形の、最高権力者として。

襲名式から逃げて六年。組員がなんの怨恨もぶつけてこなかったのは、瑛のもとで新たな居場所を見つけたからなのだ。

「安田など、久しぶりにお嬢に会えるからと浮かれまくって。……後できっちりしめてやります」

最後の言葉は小さすぎて聞き取れなかったが、藍は確かに安田の様子がちょっとおかしいとは思っていた。

「まだわかりません？　お嬢が気に入っていた、ヤスです。丸刈り頭の。あいつ、親父さんの金で植毛したんです」

「えええええ!?」

髪があるかないかだけで、人間ずいぶんと印象が変わるものだ。

（というか、つるっとした頭以外の印象がなかったというか……）

「組が解散してからの経緯はわかったけれど……あなたはなんで西条を名乗っているの？　草薙でもなく一ノ瀬でもなく。ここは西条グループの会社よ。まさか、乗っ取りとか……」

「それを知るのは、お嬢にはまだ早い」

瑛はゆったりと笑うと、藍の唇を指で撫でる。

「それとも知りたいですか、俺のこと」

途端に放たれる妖艶な色香に、藍は噎せ返りそうになる。

「いいえ、まったく興味はありません！」

瑛の手をぱしんと払うと、藍は彼の横をすり抜けて出て行った。真っ赤な顔を隠すようにして。

◆・―・◆・―・◆

エントランスまで出てきたものの、八城の姿が見当たらない。藍が電話をかけようとスマホを取り出すと、八城からメールが来ていた。

『悪い、先にアークロジックに戻っていてくれ。これからカルブサイドの社長秘書が、プロジェクトを有利に進めるための情報を教えてくれるらしい。できれば俺ひとりで、ということだから』

八城ひとりでということと、情報というパワーワードにいやな予感がしないでもないが、もしかすると安田は、藍のためにこっそり協力してくれる気なのかもしれない。

それに藍としてもこれ以上ここにいたくなかったため、了承の旨を返信すると、ひとりでアークロジックに戻った。

業務を再開しても、瑛の唇の感触が消えない。

荒々しくも優しい、甘く蕩けるようなキス――思い出すたびに身体が熱くなっていることに気づき、藍はパンパンと両頬を叩いて邪念を振り払う。

六年前、すでに終わった恋だ。

あれは、再々会を無視したことに対する瑛の制裁だろう。

瑛は組を解散させたことを恨んでいなかった。むしろ藍の方が、自ら(みずか)の手を汚さずに組の解体を目論(もくろ)んだ組長や瑛に利用され、つらい思いをしたことになる。

『堅気にさせられた落とし前、きっちりとつけてもらいますから覚悟してくださいね』

一体、なにに覚悟しろというのだろう。

「あ、部長お帰りなさい！」

太田の声で、藍は思考を中断させる。八城が帰ってきたようだ。

「ただいま。ずっとカルブサイドで話していたよ、社長秘書だけではなく途中で社長も交えて。最初の打ち合わせとは違い、実に和(なご)やかで生産性のある話だった……」

そう言う割には、その顔は虚(うつ)ろである。

(もう六時……。部長が疲れきるほど、こんなに長くなにを話したのかしら)

話を聞きたがっているメンバーたちに、八城は深いため息をついてから説明した。

「西条社長の直々のご指名で、北村が担当になる。そして社長から指摘を受け、欠陥が多々見つかった。早急にそれを精査し、解決策なり代案なりを考える必要がある。土地交渉はそれからだ」

メンバーたちの顔に緊張が走る中、南沢が代表して口を開いた。

「欠陥、ですか。まあそれはいいとして、どうして北村が担当に指名されたんですか？」

誰もが不思議そうな顔をしている。藍はここぞとばかりに訴えた。

「わたしにもまったくわけがわかりません。わたしの未熟さにかこつけて、プロジェクトを壊そうとしているのかもしれませんので、担当を代わっていただくのがベストかと……」

しかしそれを却下したのは、八城である。

「お前が担当から外れたらご破算だと念を押された。帰り際にも、社長自ら何度も」

（く……。そのために、わたしを排除した話し合いの場を作ったのね。姑息な……）

「なぜ北村ちゃんなんですか？」

藤倉が質問したが、八城は渋い顔をして、知らないと答えた。

しかしその表情はなにかを知っているようにも見えて、藍は不安を覚えた。

（もしや、瑛とわたしが初対面ではないことを知っている……とか？）

「今日のところは解散。続きはまた明日だ。……北村は残ってくれ、話がある」

「は、はい」

なぜ自分ひとりだけが残らされたのだろう。藍の不安に拍車がかかる。

やがて誰もいなくなった会議室で、腕組みをした八城が藍に言った。

「他のメンバーには黙っていた方がいいと思ってな。安心しろ、俺も誰かに話すつもりはない」

「な、なんのことで……」

「北村、社長秘書から聞いたぞ。お前と西条社長の関係を」

藍の全身から血が引いた。

「再び現れた西条社長も、秘書の言葉を否定せず自ら語ってくれた。お前との過去のことを」

(言ったの⁉　自分はヤクザで、わたしが組長をやったことも部長に⁉)

「まさか、北村が……」

藍は涙目で弁解をしようとするが、それに構わず八城は淡々と続けた。

「西条社長の元カノだったなんてな」

「……はい？」

目に溜まった涙が瞬時に引き、藍の眉間に皺が寄る。

「打ち合わせの帰り際、ヨリを戻したんだって？　社長に教えてもらったぞ」

藍は驚愕以上に憤然として、八城に言った。

「部長！　西条社長は元カレでも今カレでもありません！　戻すヨリなどありませんから！」

八城はからからと笑う。

「今さら隠すなって。秘書からすべてを聞いた。過去、西条家に交際を猛反対され、駆け落ちや心中未遂を起こした挙げ句、彼の未来のためにお前が身を引いたと。聞いているだけで疲れ果てるくらいの激動の大恋愛……そりゃあ冗談でも、惚れた腫れたの話にはドライになるよな」

げっそりするほど法螺話を聞かされたらしい八城は、藍に哀れみのこもった目を向けた。

「部長、おかしな納得をしないでください。すべてはヤスさんの真っ赤な嘘。瑛はそれに乗じて、わたしへのいやがらせをしているだけです。まったくもって、そんな事実はありませんから！」

「〝ヤスさん〟〝瑛〟……。やっぱり親密な仲だったんじゃないか」

「いや、これは……。し、知り合いではあったんです、アパートで隣の部屋だったから」

「西条グループの御曹司が、お前の住むアパートの隣に？」

八城の眼差しが胡乱げだ。

「む、昔は違いまして……」

（なんだろう……本当のことを言っているのに、ヤスさんが話した嘘よりも、わたしの言葉の方がよっぽど嘘っぽいんだけれど！）

「お前の認識がどうであれ、西条社長はお前に本気だ。俺に凄まじい殺気を飛ばしてきたし」

（殺気を飛ばされたのは、部長ではなくて、他人面していたわたしです！）

「と、とにかくわたしと彼は特別な関係ではないし、担当から外してもらいたいんです。西条社長と子分のいやがらせから、前途有望な可愛い部下を守ってください！」

「しかしなあ……。社長攻略にはお前が切り札だという、情報を知ってしまったし」

藍を瑛に売る気満々の八城を止めようとした時、外線が鳴った。藍よりも早く、八城が受話器を取る。どんな状況下でも電話応対するのは、根っからの営業マン気質だ。

「はい、アークロジック……西条社長!?　先ほどはありがとうございました。……はい、おりますが……これから……？　え、ええ、大丈夫です。では……おすすめの店があるのですが、そちらはどうでしょう。住所は……」

本能をざわつかせる電話でのやりとりに、藍は荷物をまとめて忍び足で帰ろうとしていたが、八城は電話を切った直後に走ってきて、藍の腕をがしっと掴んだ。

「北村、これから接待だ。お前が帰ったら、彼氏とあの土地を他に取られる」

「彼氏ではありません！　仮にですよ。社長の重度な妄想に乗っかってわたしが彼女だとします。その立場を利用して、仕事に持ち込むのはどうかと思うんですが！　公私混同はよくないかと！」

「それは正論だ。だが社長もそれをわかっているから、本来お前ひとりを呼べばいいところを、ビジネスとして筋を通し、上司の俺に同席を促したんだ。……お前もチームの一員なんだ、ここは仕事と割り切れ。ようやく社長と接点が見つかったのだから、今はそれに縋りたい」

途端、藍の脳裏に思い浮かんだのは、瑛に会えずに苦労していたメンバーたちの姿。

役に立ちたいと思っていたのは偽りではない。

それでもまだ渋りを見せている藍に、八城は厳しい上司の顔をしてとどめをさした。

これは業務命令だ、と。

◆・｜・◆・｜・◆

じゅううう。

目の前に広がる熱々の鉄板の上で、赤ワインを吹きかけられたA５ランクの霜降り松阪牛に、焦げ目がついていく。

アークロジック持ちの接待とはいえ、こんなご馳走にありつけるのは最初で最後かもしれないと、カウンター席に座る藍は思った。

（最上級のお肉が食べられるなんて幸せ。ただし、失恋相手の元若頭とふたりきりでなければ）

八城と一緒に来たのに、今はその八城がいない。

『難しい話は俺に任せて、お前はただ座っているだけでいい』――そう言っていた八城は、カウンター席で待っていた瑛の横に藍を座らせ、軽く雑談をすると帰ってしまったのだ。

『お代は頂戴しております。おふたりの時間をお楽しみくださいとお言づけがございました』

そう店員に告げられた藍の顔は、ムンクの叫び状態になった。

『八城さんは空気の読める方ですね。さすがは営業部長だ』

実に満足げに、赤ワインの入ったグラスを口にする瑛を見て、藍は思った。

これは、自分が化粧室で精神統一していた間に、瑛がなにかしたに違いないと。

ふたりきりなんて冗談じゃない。藍は席を立ったが、平然と座ったままの瑛に言われたのだ。

『交流を深めるどころか、食事前に私を置き去りにするのがアークロジックさんのやり方ですか。そんな失礼な方々に土地を渡すなどもってのほか。私を甘く見ないでほしいですね』

よく考えれば、もっともな意見である。青くなった藍は、慌てて座り直した。

これは接待だ。ならば、昔のことなど話題にできないくらい、プロジェクトの話をし続けよう。

ぎこちなく空々しい会話ながらも、藍は初めての接待の仕事に励んだ。

その意気込みだけは買われたのか、途中で会話が途切れると、瑛は助け船を出してくれた。

瑛は接待される者として仕事の話をし続けてくれたため、肩に力が入っていた藍も、少しずつ落ち着いてくる。とはいえ、焦れったいほどゆっくり料理が運ばれるので、場つなぎにワインの力も借りねばならなかったが。

　そしてようやく今、焼き上がった極上肉が皿に盛られた。

　接待終了まであと少し。このまますんなりと終わってくれればと願いつつ、肉を咀嚼する。

（うわ、口の中で蕩ける！　すごく美味しい～）

　自然と顔が緩む藍に、瑛が話しかけてくる。

「ふふ、北村さん。お肉を食べる時〝だけ〟、嬉しそうな顔をしますね。妬けてしまうな」

　赤ワインを口に含みながら微笑む瑛は、ほのかに目元が赤らみ色っぽい。

　そんな彼にくらくらするのは、瑛と同じワインを飲んでいたせいだろうか。

（来たわね……。いいわよ、受けて立つわよ）

　アルコールが回っている藍は、妙に強気になっていた。

「ええ、ご褒美のお肉がなければやってられないような、シビアで理不尽すぎる環境におりましたので（意訳：部長を使って逃げられないようにするなんて、卑怯よ！）」

「それはいけないな。あなたを追い詰めるものはなんですか？　私が追い払ってやりますよ」

「それは嬉しいです。わたしも憂鬱の種とは生涯縁を切りたいところでしたので、是非お願いしたいところです（意訳：白々しい。自分が元凶だとわかっているんでしょうが！）」

　ストレートに言ってしまいたいところだが、これが接待である以上は、せいぜい腹の底で文句を言うことぐらいしかできない。

　藍をそうした弱い立場に追い込んだ張本人は、愉快そうに言った。

「実は私もこの六年、シビアで理不尽すぎる環境におりました。前の職場で、上司が部下を見捨てて逃げてしまったんです。しかもその責任を私に押しつけて。ひどいと思いませんか？」

「そ、そうですね……」

「それを見ていたら、長たる者、責任もって行動しないといけないと思うようになり、会社を作りました。だから私は、責任を放棄して逃げるような輩を見ると、ぷちっと潰したくなってしまうんです。ぷちっ、ぷちっと。ふふふ」

親指と人差し指がくっついたり離れたりと、なんとも不穏な動きを見せている。

（怖……。絶対根にもっているじゃない、これ……。しかも勝手に担当をやめたらどうなるのかって、脅されてもいるわよね……。元ヤクザが本領発揮したら、誰か助けてくれるかしら……）

「……俺が隣で話しているのに、余所見するとはいただけませんね、お嬢」

不意に耳に囁かれた低い声にびくっとしてそちらを見ると、瑛は黒い笑みを浮かべている。

「おや、青白い顔をしてどうしました？　もうお肉効果が切れてしまったのかな。実は、もっと美味しい絶品料理を知っているんです。それがなにか、知りたくありませんか？」

「い、いえ……別に知りたくは……」

なにかいやな予感がして、藍は引き攣った顔で拒否したが、それが通じる相手ではない。

「そうか、もうわかってしまったのか。……藍、きみが俺のために作ってくれた、愛情たっぷりのナポリタンやロールキャベツのことだ。今度また食べさせてくれよ。ああ、朝食は俺が作る。きみは朝が弱いし、それでなくとも夜（の食事作り）は身体を酷使させてしまうだろうからね」

静かな店の中で、かつての隣人を彷彿とさせる瑛の声はとてもよく響いた。

そう、誰もが食事をする手を止めて、藍と瑛の関係を妄想してしまうほどに。

(なにを言い出す、この男……！　無視だ、無視。完全無視決定！)

「あ、あの、ワインのおかわりを……」

藍は聞いていないふりをしてウェイターを探すと、瑛は片手を伸ばして藍の頬を掴み、自分の方に向かせた。……それはもう無理矢理に。

「ふふ、ほら。口にソースがついてる」

ふと、昔にヤスから、瑛の握力が半端ないと教えられたことを思い出す。

(わたしの顔、砕かれる？)

怯える藍の顔を固定すると、瑛は藍の下唇を親指で横になぞった。そして、蕩けそうな双眸を細め、軽く唇を突き出してリップ音を立てる。それはどう見てもキスの真似事だった。

藍が瑛とのキスをリアルに思い出して顔を熱くさせると、瑛は妖艶に笑いながら、藍の唇を撫でた親指を己の口に含んで、わざと舌を絡めてみせる。そしてうっとりとして言った。

「美味しい」

(ひぃぃいいぃいいぃいいぃ！　なんなの、このエロ社長こと元若頭！)

全身鳥肌が立つのに、ときめいてしまう心を呪いながら、藍は耐えきれずに席を立とうとする。

だが、机の下で瑛に手首を掴まれていて逃げられない。

やがてその手は滑り落ち、藍の手のひらを包み込むと、指の間に瑛の長い指が絡まった。

そして愛おしむように、指でゆっくりと肌をさすられる。

呼吸が……止まりそうだ。

こんなことは、商談の相手にする行為ではない。元組長にするものでもない。

だったら――いまだ駄々を捏ねる妹として、瑛にあやされているのだろうか。

ズキズキと藍の胸が痛む。

(わたしは……妹じゃない。義兄だなんて認めていない。わたしは彼を六年前に捨てたのよ)

これは自分が好きだった男ではない。好きだった男は夢の住人だったのだと言い聞かせても、まだ夢の中にいるかのように、触れられた手が熱い。なにをしても振りほどけない。

(酔っているの。酔っているのよ)

これまで男に手を握られても、こんなに熱くなんてなったことはなかった。

だからこれはきっと、ワインが見せたひとときの夢。

問答無用で心に割り込んでくる、暴虐のヤクザに翻弄される夢。

自分で断った絆をまた繋ぎたいと思う……ありえない夢。

「……ここを出ますよ」

優しく耳元で囁かれ、慌てて藍は正気に戻った。

しばらくぼうっとしてしまっていたらしい。

気づけば店に客はほとんどいなかった。

藍は瑛と手を繋いだままでいたことに気づき、急いで外そうとする。

しかしそれは叶わず、逆にぎゅっと握られた。

「お嬢、俺から……逃れられるとお思いで？」

瑛は繋いだままの手を持ち上げ、藍の手の甲に熱い唇を押しつける。

「逃がしませんよ、もう」

どこか切実で、真っ直ぐな眼差し——

ぎらついた双眸は、彼が昔、発熱した際のものによく似ていたが、あの時以上に熱が滾り、執着めいた仄暗さを感じる。

〝復讐〟——その二文字が脳裏に思い浮かび、藍はぞくりとした。

彼にどんな魂胆があるのかはわからないが、今も昔も簡単に手懐けられるチョロい女だと思われているのは確かだろう。

瑛はいつだって藍の気持ちを重んじない。……ヤクザをやめた今もなお。

『いい夢を見れましたか？』

もう騙されない。縁を切っている六年後の自分は違うんだ——

藍は渾身の力で手を振り、握っていた手を外した。

「夢からはもう覚めました。帰りましょう、西条社長。宴は終わりです」

藍は瑛の顔を見ずに歩き出した。じんじんといまだ熱い手を振り切るように。

店から出るとタクシーが一台停まっていた。

まう。

「西条社長、どうぞ。わたしは電車に乗りますので」

「夜のひとり歩きは危険です。だったら一緒に……」

藍の家まで送ると言っているのだろう。そんなことになれば、どこに住んでいるのか知られてし

まう。

（ここは先手を打つか）

「部長が残業をしているようなので、会社に戻ります。タクシーチケットをもらえますし、部長と

相乗りもできますから」

むろん、嘘も方便である。

だが、瑛は冷えた眼差しを藍に向けたまま、微動だにしない。

なにか怒っているように見えるのは、彼の誘いを断り続けたせいだろうか。

瑛を見送ろうとしたが、彼はまったく動かない。しかたなく、電車の時間があるからと、この場

で別れることにした。

「それでは西条社長。今後とも弊社およびプロジェクトをどうぞよろしくお願いします」

笑顔で頭を下げて、瑛に背を向けて歩き出した――はずだった。

藍の身体が突如、宙に浮く。瑛に膝裏を掬（すく）われ、横抱きにされたのだ。

驚きのあまり、藍は先ほどまで取り繕（つくろ）っていたのも忘れて素のまま大声を出した。

「ちょ、なにをするのよ。離してよ！」

「離したら落ちますが。こんな風に」

突然手を離されて落とされそうになる。藍が「離さないで！」と慌てて瑛の首に抱きつくと、再び持ち上げられた。

「そうです。それでいいんです」

藍の頭にすりと頬を擦りつけ、瑛は藍を横抱きしたまま歩き出す。

「叫ぶわよ⁉」

「お好きに。ただ土地の話はなかったことになりますが」

「お、横暴よ！」

「それはどうも。それが生業の前職でしたので」

土地という弱みを握られているだけに、開き直る瑛に抵抗できないのが悔しい。

「わたしをどうする気なの⁉」

するとそれには答えずに、瑛が問うてきた。

「……ねぇ、お嬢。俺が簡単にお嬢を逃すとでも？」

見下ろす琥珀色の瞳は、ぞくっとするほど冷たかった。

「お嬢が逃げられる時は、俺自身がお嬢を逃したいと思った時だ。それ以外は逃げても無駄。誰に助けを求めようとも、どこまでも追いかけます。ヤスからそう聞いていませんでしたか？」

藍の頭の中に、本家でヤスから聞いた言葉が蘇る。

『〝死の猟犬〟は地の果てまで追いかけ、邪魔だてする相手の喉笛を噛みちぎります』

「……ですが、ご安心を。六年ぶりの再会記念に、今夜のところはすぐに解放しますので。今しばにした。

なにかを堪えているかのようなその顔を見ていると切なくなってきて、藍はおとなしくすることにした。

（しばらくすれば解放すると言っているんだから……）

ネオンが瞬く夜の街を背景に、瑛は悠々と歩いた。

近寄りがたいまでの美貌を持った瑛は、欲に塗れたぎらついた夜の世界もよく似合う。

いくら若頭の地位を捨てても、御曹司の社長をしていても、彼はやはり冷酷なヤクザなのだ。

通りすがる人たちは、横抱きにされた自分をどう見ているのだろう。

肉食獣に捕獲された哀れな子羊？　それとも、お姫様気取りの痛い女？

六年前、あれだけの思いをして逃げ出し、六年間見つからないようにびくびくして、ようやく振り切ったと思っていたらこれだ。だが、覚悟していた事態とはいえ、実際こうやって捕獲されると、やっぱりと妙に受け入れている自分がいる。

（まだお酒が回っているのね。この状況に納得しているなんておかしすぎるもの。早くしゃんとしないと……）

藍がそんなことを考えていると、瑛は裏路地に入った。

誰もいない寂れた道に一筋のネオンの光が差し込み、瑛の頬を青白く照らし出す。

瑛は藍を下ろしてその背を壁に押しつけると、悲痛にも見える翳った顔を向ける。

「お嬢は、あの男が……好きなんですか？」

「あの男？」

「八城」

瑛の眼差しと声が冷ややかになる。その理由がわからない藍は、怪訝な顔をした。

「好きも嫌いも……部長は直属の上司よ。わたしの尊敬する」

「尊敬……？　こうやって、仕事のためにお嬢を俺に捧げる男に？」

刺々しく皮肉を言ってくる瑛に、藍はむっとする。

「そうさせたのは誰よ。そりゃあ面白くはないけれど、部下として理解はできるもの」

「理解、ね。ずいぶんと好意的で寛容だ、俺に対する態度とは違って」

冷めた目をしながら、瑛は乾いた笑いを見せた。

「俺からは逃げようとするのに、あの男には会いに行こうとする。どんな目に遭っても」

「それは……」

今更、瑛から逃れるための嘘だったとも言えず、藍は口ごもってしまう。

すると、瑛の目が剣呑な光を宿して細められる。

「俺の目の前で……他の男のもとへ行こうとするな」

それは静かな口調ながら、どこまでも威圧的な命令だった。

「俺を置いて消えようとするのなら……俺はお嬢に優しくできない。堅気になった意味などなくなるほどに、めちゃくちゃに壊してやりたくなる」

瑛は、怒りを押し殺しているかのような面持ちで呟く。

「なにを……。今もどこが優しいのよ、あなたはいつだってわたしを……っ」

続きを言えなかったのは、瑛に唇を奪われたからだった。

両手で頭を押さえつけられ、上から荒々しく貪られる。

裏路地の湿った匂いを掻き消す魅惑的なムスクの香りに、頭の芯がくらくらする。

手足をばたつかせて抵抗の意思を見せるものの、瑛にはなにひとつダメージを与えなかった。それどころか、閉じた唇を無理矢理に熱い舌でこじ開けられ、口腔内を掻き回される。

逃げる舌はぬるりとした舌に搦めとられ、舌の根元から先まで弄られた挙げ句に吸われる。

(ああ、食べられる……！)

恐怖を感じるのに、彼になら食べられてもいいと、女の細胞が震えている。

身体の隅々まで瑛のキスに従順になり、もっと彼から甘美な愛を享受されたがっている。

飢えていた部分を満たされたいと、身体が切なく疼き出す。

(流されちゃだめ、わたしは瑛に……)

胸の痛みが蘇り、藍は顔を横に背けた。しかし唇はすぐに追いかけてきて、一層獰猛に蹂躙される。

「お嬢……お嬢……」

キスの合間で急いた呼吸とともに、瑛は藍を呼んだ。

切なくなるほど震えたその声は、譫言みたいに掠れている。

「ああ、お嬢……舌、絡ませて。もっと……俺を求めて」

（どうして、そんな……恋しそうな声で言うの……？）

その声音は藍の身体を熱くさせた。

逃げなければと本能が警鐘を鳴らしているのに、身体が動かない。

屈したくないのに、快楽に負けるものかと思うのに、蠱惑的な瑛の声とキスから逃れられない。

（気持ちいいなんて……、もっと、だなんて……、思っては、だめなのに……）

だが、瑛に誘われるがまま、たどたどしい藍の舌が彼のそれに絡む。すると瑛は、感嘆のような吐息をついてから、ねっとりと濃厚に応えていった。

淫らな水音と互いから漏れる息が、静かな路地裏で響き渡る。

（ああ、ぞくぞくが止まらない。なにも考えられない……）

足が崩れそうになるが、瑛の足が藍の足の間に割り込んで支えた。

「ん、んふっ、んぅ……」

藍の声が甘く滲み出すと、瑛はふっと笑った。片手で彼女の頭を優しく撫で、反対の手でスカートを捲りながら、パンスト越しの足を摩り始めた。藍の呼吸が乱れてくると、太股を持ち上げるようにして裏側をゆっくりと撫でる。片足になった藍はよろけてしまった。

「お嬢、俺の首に手を。俺に身体を預けて」

耳元で囁かれる声に従うと、瑛の唇は音を立てながら藍の耳を愛撫し、手でパンストをびりびりと破いた。そして内股に直接触れ、官能的な動きで撫で上げる。

「あぁ、んっ！」

ぞくっとして肌が粟立(あわだ)つ。足の付け根がきゅんきゅんとして切なくなった。

「お嬢、色っぽい顔をしていますね」

瑛の熱い声とともに耳の穴に舌を差し込まれて、藍は弱々しくぶるりと身震いをする。

「肌もしっとりして……たまらない」

内股を弄(いじ)る瑛の指が足の付け根に近づき、熱く潤(うるお)っているショーツのクロッチを、前後に優しくなぞる。くちりと音がして、もどかしい快感が軽く身体に走った。

「ああっ」

藍が思わず仰け反ると、その喉に瑛が吸いつく。

「……ここ、切ないでしょう？　布があるともどかしいでしょうから、直接、触ってあげますね」

クロッチを横にずらして、瑛の指が入ってくる。そして藍の秘処の輪郭を確かめるようにして指を這わせながら、瑛は歓喜に満ちた声を出した。

「ああ、ここがお嬢の……。熱くて……とろっとろ……」

瑛はぬかるんだ秘処の表面を、緩急つけて指で掻き混ぜた。

「あっ、あっ……だめ、そんなにしちゃだめ！」

藍は瑛に縋(すが)りついて、絶え間ない刺激から逃(のが)れようと尻を振る。

「ああ、お嬢、おねだりしているんですね。なんて可愛らしい」

瑛は藍の頭に唇を落として強く抱きしめ返しながら、くちゅくちゅと粘着質な音を響かせる。

「すごく濡れていること、わかりますか。お嬢の身体は……俺を求めてるんです」

いつものクールな彼のものとは思えぬほどの、興奮に弾んだ声だ。

その声が、藍の身体をさらに熱くさせる。

「こんなに蜜を溢れさせて、ひくつかせて……。ああ、たまらない」

彼が与える刺激が気持ちよくて、声が止まらない。藍は己の口を手で塞いだが、瑛に噛みつかれてどかされる。

「お嬢、俺を見て。メスの本能で……俺を求めて」

妖しく、そして魅惑的なその目に吸い込まれた時、瑛の指がくぷりと蜜壷の中に差し込まれた。

かすかな痛みを感じ、短い悲鳴をあげてしまったが、なぜか金の瞳に逆らうことができず、瑛の指を受け入れた。

くぷ、くぷと音がして、ゆっくりと指が抜き差しされると、引き攣った息が漏れる。すると瑛も連動したように息を乱した。そして藍の唇を奪い、舌を絡めると、顔を離す。

その顔は妖艶さに満ち、女の本能を煽るものだった。

ぞくりとすると感度が上がり、指の抽送はやがて身体の深層から快感を引き出してくる。

「あっ、ん、ああっ」

藍が乱れれば乱れるほど、瑛の指の動きは解すものから、藍の快楽を探る動きへと変わった。蜜で溢れる内壁を軽く押すようにして擦り上げる。

「ん、あ……ひゃっ……」

「ここがいいんですね。ほら、ここ……きゅっと締めつけてくる。俺の指が食いちぎられそうだ」

「や、ん、はぁ、ああ……」

「ああ、お嬢……。たまらないメスの匂いがします。そんなに感じてくれているんですね」

くんくんと首筋の臭いを嗅ぎながら、瑛はうっとりとした声を漏らす。それを聞くだけで、ぞくぞくが止まらなくなる。

「お嬢……わかりますか。今、指が二本から、三本になりました。お嬢は、どんな俺でも受けて入れてくれている。ねぇ、お嬢。だったら……」

瑛の唇が藍の耳元に寄せられ、熱く囁かれる。

「お嬢の中に……挿れたい」

そのストレートな言葉に呼応するかのように、藍は瑛の指が出入りしているところから、とろりと熱いなにかがこぼれたのを感じた。

「お嬢のいやらしい蜜で溢れたこの中に、俺のを根元までずぶりと埋め込みたい。お嬢の中を、俺でみっちりと……いっぱいにして、ひとつに溶け合いたい」

藍の鼓膜を震わせる声すらも快感に変わる。

悪寒のようなざわざわとした感覚が肌を這い、加速を始める。

藍の喘ぎ声が激しくなっていく。

「お嬢、許可してください。あなたの中に入ることを。あなたの純潔を俺にください」

今まで藍の気持ちなどお構いなしだったくせに、瑛は欲情に掠れた声で許しを乞う。

揺れる藍の思考を止めたのは——

『いい夢を見れましたか？』

藍の心を抉った、非情な記憶。

「だめ……」

完全に快楽に染まりそうになりながらも、藍の理性が拒否をする。

「お嬢、欲しい」

「だめ」

「あなたが欲しい」

「だめ……」

藍の理性が告げていた。

最後までしてしまえば、もう後戻りできなくなると。六年前以上につらい目に遭うと。

（いやだ。夢に……させないで）

藍の身体は求めている。瑛の指を呑み込み、きつく締め上げて、きゅんきゅんと喜んでいる。

嬉しいのだ。彼に求められて、身体は嬉しくてたまらないのだ。

だけど――夢は覚めるものだと知っている。

それを教えたのは、他の誰でもない……瑛だ。

「お嬢……」

つらそうな声を出しながら、瑛の指は確実に藍を果てに向かわせる。

「だったら……俺の名前を呼んでください」

悲痛に翳ったその顔が、泣いているようにも見えたのは……きっと藍が泣いているからだろう。

「お嬢、俺の名前を……」

藍は首を横に振り続ける。

「呼ばないと……、指を抜いて、俺のを……挿れますよ」

「そ、そんな……」

「いやなら、さあ、早く。俺の自制心がまだあるうちに」

「……っ」

「――俺の名を呼んでくれ、藍」

その瞬間、強く噛みしめられた藍の唇から、か細い声が漏れた。

「あき、ら……」

口にすると六年前の想いがいとも簡単にぶり返して、膨れ上がる。

あんなに苦労して忘れたのに。消し去ったはずの想いなのに。

名前を呼んだだけで、かつて愛したひとの顔で笑う男が好きで好きでたまらなくなる。

「あき……ああ、あ……、や……なにか、なにかが……」

込み上げる感情とともに、迫り上がってくる正体不明なものに藍は戦いた。

そんな藍を見つめる瑛の表情は優しく、藍の唇を奪いながら、指の抽送を速めていく。

目の前がチカチカする。

唇を重ねながら見上げた夜空には、たくさんの星が瞬いているかのようだった。

（なにか、クる。きちゃう、やだ、やだ、なにか大きい波が……っ）

「――っ!!」

一気に押し寄せてきた奔流に、背を反らせて身体を強張らせた瞬間、藍は壁に押しつけられた。そして片足を大きく広げられ、未知なる衝撃にひくついているそこに、瑛は自分の腰を押しつけ、さらに強く打ちつけてくる。

抉るのは、ショーツ越しでもよくわかる……硬くて大きなものだ――

それがなにかを悟った一瞬、藍は瑛と深層まで交わった気がして、歓喜に満ち溢れる。

するとまだ甘い余韻が残るその場所は、再び強い快楽の波に呑み込まれ、またもや藍は果ててしまったのだった。

やがてゆっくりと唇が離れ、ふたりの荒い息が響き渡る。

ぼんやりと仰ぎ見た空には、先ほど目にした星はなく、見慣れた都会の夜闇が広がるばかり。

その現実を見たくなくて、藍は急に襲ってきた微睡みに身を任せて目を閉じた。

第三章　自称紳士の教育

カーテンの隙間から、一筋の光が差し込む。

眩しさに呻きながら目を覚ました藍は、スーツ姿で自宅のベッドで寝ていた。

なぜ服を着たままなのか、まだぼんやりとした頭で最後の記憶を巡らせる。

やがて、ありありと蘇ったのは己の痴態の数々。そして欲情に掠れた瑛の声。

『こんなに蜜を溢れさせて、ひくつかせて……。ああ、たまらない』

『――俺の名を呼んでくれ、藍』

藍は悲鳴をあげて、布団を頭からかぶると、ぶるぶると震えた。

「あれは夢！　接待を無事に終えて帰ってきたら、疲れて寝ちゃって変な夢を見たのよ！」

ありえない。瑛に恋をしていた六年前ならまだしも、彼の素性と本性を知った上で、瑛の愛撫に悦び、快楽によがって果ててしまったなど。……そこまで自分は自虐的ではないはずだ。

そう否定しつつも、妙に下腹部が重い。しかもパンストを脱いだ痕跡がないのに、素足だ。

どうやって家に帰ってきたのかも不明だったが、深く考えると自分の首を絞めそうで、これ以上は追及しないことにした。酔っ払いの記憶ほどあてにならないものはない、と。

「できれば……瑛との再会自体も、夢であればいいのだけれど……」

そうぼやいた直後、そばにあるテーブルの上に、一枚のメモがあることに気づく。

《お嬢、おはようございます。昨夜は色々とご馳走様でした。きっと律儀なお嬢のこと、最後まで俺をお預け状態にして、自宅に運ばせた礼をなににしようかと悩まれると思うので、前金代わりに眠れるお嬢の唇プラスアルファをいただきました。お嬢は眠くなると甘えたさんになるんですね》

文字を見ただけで、誰が書いたのかわかってしまう。なにより、意味深で皮肉げなその内容――

「くぅ……。夢じゃなかった……」

最後まではないものの、瑛と六年前以上の濃密な触れあいをしてしまったらしい。

不意に瑛の声が再生された。熱でおかしくなった瑛に、女として求められた声が。

『お嬢の中に……挿れたい』

完全に酔いが醒めた今ですら、嬉しさを感じて身体が熱くなってしまう。

……そこに瑛の愛がないとわかっているのに。

どうして、拒めなかったのだろう。

どうして、瑛の愛撫に酔いしれてしまったのだろう――

答えはすでに自分の中にある気がするが、藍はあえてそこから目をそらした。

「とにかく、わたしを家に連れてきてくれたのは瑛ということね」

住所や鍵は、バッグを漁ったのだろう。瑛の家やホテルなど別の場所に連れられていたら、最悪また監禁が始まってしまったかもしれない。そう思えば、やけに良心的である。

「まあ、だからこそ有償なんでしょうけど。後金については、断固シラを切るか拒絶することにして……。前金ってなにかしら。唇、プラスアルファ？」

〝お嬢は眠くなると甘えたさんになるんですね〟――最後の言葉がやけにひっかかる。

突如はっとした藍は洗面台へ向かい、鏡の中の自分を見た。

第二ボタンまで外れ、はだけているブラウスの合間から覗くのは――首筋から胸にかけて、執拗に咲いている真っ赤な華だった。唇もどこか腫れぼったい。

「なにこれ!?」

……六年後の瑛は、良心的であっても、紳士的ではなかったらしい。


今日はまた一段と蒸し暑い。

それなのに藍は、首と胸元をきっちりと隠せるブラウスを着て出社する羽目になった。

半袖とはいえ汗ばんでしまう。朝掃除を終え、飲み物の支度をしながら会議室で涼んでいると、すぐに黒鉄に冷房を消されてしまった。今日に限って黒鉄の出社は早い。

挫けそうになる心を奮い立たせつつ、藍は今後のことを考えた。

このプロジェクトの担当をやめたい。藍が実力不足であることは、自他ともに認める明白な事実なのだから、正当な理由になる。しかし仮に八城を説得できたとしても、それではあの土地は手に入らない。

他に好条件の土地がないのだ。瑛の意に反して担当が代われば、あの下町再生プロジェクトは頓挫し、中止してしまう危険性がある。

今までかかった時間も経費も苦労も、ただの無駄遣いに終わってしまうのだ。

(どう考えても、瑛の担当を外れたら大顰蹙かつ大損害だわ)

瑛から担当を代えてほしいと言わせることはできないものか。だが元々プロジェクトに乗り気ではないのだから、藍を嫌うように仕向けたら、土地は出さないと言われて終わりなだけの気がする。

(でも、これ以上瑛と接触してしまったら、わたし……どうなってしまうかわからない)

瑛の愛撫を気持ちいいと感じて受け入れた。キスもたくさんした。

それはいまだ自分の中に、瑛に対する未練があるからだ。どんなに認めたくなくても、他の男には感じられない至福感に酔いしれ、身体も心も悦んでしまったことはまぎれもない事実。

そこが問題なのだ。

大体、瑛はどういうつもりで触れてきたのだろう。

快楽漬けにしたり、身体を奪ったりすることが、彼の仕返しなのだろうか。それとも――

(……ヤクザの言葉をまともに受けてはだめ。いい加減、懲りたでしょう？　これ以上、惑わされたくない。すぐにでも担当を外れたい。でも……)

堂々巡りの考え事をしていたせいか、藤倉と南沢が喧嘩しながら入ってきた時、ドアの開く音に驚いてしまった。珈琲豆を入れていた缶を落とし、中身をすべて床にこぼしてしまう。

慌てて藤倉が駆けつけてきて、片づけを手伝ってくれた。

珈琲を淹れるのは自分の数少ない仕事なのに、それすら満足にできない自分が情けない。

その上、出勤したての先輩の手を煩わせてしまったのだ。

泣きそうな心地で平謝りし、急いで珈琲豆を買いに行こうとすると、藤倉に待ったをかけられた。

藤倉は内線でどこかへ連絡をし、すぐに受話器を置く。

「重役フロアの担当秘書に、珈琲豆を少しわけてもらえるよう頼んだわ。在庫切らした時に来客があるとか、緊急時にこうやって裏から頼む社員、結構多いのよ。あそこの珈琲、美味しいって噂だから一度飲んでみたかったのよね。明日からの珈琲は、後でゆっくり買いに行ってくれる？」

藍が慌てずともいいように、気を使ってくれたのだ。

（なんて素敵な先輩だろう。……もう二度と、同じ過ちを繰り返すものか）

藍は潤んだ目で感謝を伝えると、階段で上階へ行き、秘書から珈琲をわけてもらう。

そして会議室へ戻ろうと階段に向かって歩いていた時、そばのエレベーターの扉が開いた。

中から現れたのはダークスーツの男だ。薄く色がついた眼鏡をかけ、かなり体格がいい。

このフロアに用があるということは、重役の来客なのだろう。

藍はすぐに壁際に寄り頭を下げると、男は挨拶代わりに片手を上げた。

その指につけている、平打ちの金の指輪がきらりと光る。

すれ違いざまに感じた男のまとう空気に、藍はぞくりとした。

独特で脅威的なこの圧を、以前感じたことがある。

（まさか、ヤクザ……!?）

慌てて顔を向けると、男は担当秘書と和やかに話しており、秘書も笑い声を立てている。

秘書が、ヤクザだと警戒している様子はなかった。

（わたしの考えすぎ？　いや、だけど……）

ヤクザ嫌いの藍の身体は鳥肌がたったままで、あの男に警戒せよと告げているように思えた。

アークロジックはクリーンな企業のはずなのに、ヤクザと関係があるのだろうか。

それとも重役も秘書のように、ヤクザだと知らずにあの男と交流をしているのだろうか。

重役といってもこのフロアには三人しかいない。老齢の社長は現在入院中だから、社長の娘婿である副社長か、社長の甥にあたる専務、どちらかの客ということになる。

（まあ、わたしは下っ端社員だし、我関せずでいくしかないわね。……とはいえ）

ヤクザとは無縁に生きたいのに、気づけばまた視界にヤクザがいる現実に、藍は嘆いた。

会議室に戻り、メンバー全員に熱い珈琲（コーヒー）を淹（い）れると、極上の味だと皆が大喜びする。

藍も飲んでみたが、いつもの豆とは違う酸味とまろやかさがあり、思わず呻（うめ）いた。

「しかし今日はずいぶんと部長が遅いですね。もう時間ですが……」

太田が時計を見て呟（つぶや）いた時、スマホを見ていた南沢が声をあげた。

「今、部長からメール！　トラブルが発生して、急遽（きゅうきょ）専務と出かけるらしい。午後に戻れたら顔は出すけれど、ここしばらくは出たり入ったりになるだろうから、西条社長担当の北村を中心に課題点の練り直しの方を進めてほしいってさ」

なんのトラブルだろうかと場はざわめいたが、部長の指示に従い、すぐに会議を始める。

プロジェクトチームのメンバーは、アークロジックの精鋭たちだ。和気藹々（わきあいあい）としていても、仕事になるとがらりと雰囲気が変わる。その中で藍は、先日の訪問時のやりとりを説明することになった。

しかし、瑛との打ち合わせ時に軽くメモは取っていたものの、担当だという意識がなかったせいもあり、さらりと聞き流していた。それに専門分野は特にちんぷんかんぷんだったこともあり、八城に丸投げしていたのだ。そんな藍が、メンバーがわかるように説明できるはずがなかった。

どんな問題点をどう考え直すべきか、その道標（みちしるべ）を提示できずにしどろもどろになっていると、南沢が見兼ねて会議を切り上げた。その直後、藍の謝罪よりも早く苦言を呈したのは黒鉄だった。

「北村は、西条社長との打ち合わせの場にいたんだよね？　他のメンバーとすぐ情報共有できるように、データや書類で報告をまとめていないわけ？」

「す、すみません……」

「後日、説明できないんだったら打ち合わせに行った意味ないでしょ。それとも会議は全部、八城部長にお膳立てしてもらって、高みの見物でも決め込むつもりだったわけ？　何様？」

辛辣（しんらつ）だが、なにひとつ間違ったことは言っていない。反論の余地などなく、藍はさらに小さくなる。

「俺たちは会社代表なの。メンバーとしての自覚ある？　本気でプロジェクト成功させたいの？　最初の企画が通って部長に気に入られているからって、調子に乗ってない？」

黒鉄は情報の専門家ゆえ、それを疎（おろそ）かに扱う藍が許せないようだ。

「やる気がないなら、いつでもメンバーを辞めなよ。あんたひとりいなくなっても、こっちは痛手じゃないし。だいたい、アポ電取れたから即担当ってなに？　知識豊富なメンバーがいるのにさ。

あんた、枕営業でもしたの？　部長に？　それとも西条社長に？」

「違います！　そんなことしていません！」

そこは毅然（きぜん）と否定したが、黒鉄は「どうだかね」と鼻で笑った。

自分は下っ端だからと、藍は気を抜きすぎていたのだ。難しいことは誰かがやってくれると、周囲に甘えすぎていた。責任の重みというものを軽んじていたことを痛感する。

（あまりにも先輩たちに失礼だし、そして……社会人として恥ずかしい）

藍は忸怩（じくじ）たる思いに、拳（こぶし）を握りしめ唇を噛みしめた。

「まあまあ、黒鉄。北村はまだ新人だ。部長が戻ってきて指揮をとってくれれば、きっと話し合いも前向きなものになるだろうし」

南沢が苦笑しながら間に入ったが、黒鉄の文句が止まることはない。

「リーダーは甘いんです。仕事をするのに新人もなにも関係ない。できないのならさっさと目の前から消えてくれた方が、よほど捗（はかど）りますよ」

見兼ねて藤倉も制止に入り、黒鉄と口論が始まる。

南沢も藤倉も、おろおろしている太田や山田も優しいから言わないだけで、心の底では黒鉄と同じことを考えているのではないか。そう思うと居たたまれない。

「……っ」

泣くな。泣いたところで、逃げたところでなにも変わらない。

（……プロジェクトの担当を続けてみよう。努力もしないで担当やめたいなんて、愚の骨頂だわ。

わたしなりにしっかり仕事を頑張って、今日のことをリベンジできるくらいになれば、皆もわたしを認めてくれるかもしれない。今のままでリタイアしたらあまりにも恥ずかしいいし、自分が許せなくなる）

藍はそう心を決めると、深々と頭を下げて皆に言った。

「皆さん、申し訳ありませんでした。部長や皆さんに頼り切りだった甘い自分を反省し、必ずリベンジしますので、少しだけわたしにお時間をください。理解していない部分を解決し、西条社長の担当者としてプロジェクトを成功させる力になれるよう、頑張らせてください」

今までとはまた違うやる気を見せた藍に、反対する者はいなかった。

◆・｜・◆・｜・◆

藍は、自分なりに瑛に指摘された問題点を考えてみる。

瑛はただ土地を提供したくないから、いちゃもんをつけたわけではない。

もっと利益が出るように考え直せと言っているわけではない。

無駄な部分に金をかけすぎだと指摘している部分もあるし、利益を出すための目線より、客と住人の目線になって、長く共栄共存できるような環境に整えろと主張していた。

（不思議だわ……。彼もあの下町を愛しているように思えてくるなんて）

瑛があの土地を所有したのはなぜなのだろう。

登記簿謄本によると、瑛が手に入れたのは六年前。藍が本家から逃げ出して草薙組が解散し、カルブサイドが創立されたのと同じ頃である。

（考えてみれば、突然組が解散したのに、すぐに第二の職場を作れるなんてすごいわよね。まるで組の解散を予期して、前もって準備していたみたい。そんなわけないだろうけど……）

興した会社で一番先に手をつけたのがあの土地ならば、狙いを定めた理由はなんだろう。

本家にも近く、組長が母と出会った場所だから、その思い出を守ろうとしたのだろうか。

それとも単に、利益を見込んだからだろうか。それならば、この六年の間に西条の力で再開発して巨大な利益を得ることができたと思う。

だが、彼は廃（すた）れつつある昔のままの下町を所有していただけだった。

（でも瑛がわざわざ指摘したということは、そこがクリアになるのなら再開発で下町が変わってもいいと思っているはず。だとしたら、瑛が納得できるプランに近づければ、下町に対する彼の思いが見えてくるのかもしれない）

とはいえ、今の藍の能力では、瑛が指摘したすべてを紐解くことはできない。

多忙な八城が不在な今、会議を進める際に足りない情報を補うためには、瑛に直接真意を乞うてでも、藍自身が理解しないといけない。

『ご担当いただく北村さんの理解度や手腕を、御社の総意として見させてもらいましょう』

あの時いやがらせとしか思えなかった瑛の言葉は、正しかった。

この状況を見越した上での発言なら、瑛は藍が思っていた以上に優秀だ。

（仕方がない。会いたくはないけれど、担当として頑張ると決めたからにはアポを取ろう）

腹を括って カルブサイドに電話をかけると、受付嬢はすんなりと瑛に繋いだ。

瑛には色々と言いたいことがあるし、あんな痴態を晒したのだから気まずい。けれど、ここは修業と割り切って、担当者として毅然と、そして謙虚に対応しよう――

『おや、会社に電話をするなんて、どうしました？　お嬢のスマホに俺の携番入れていたのに』

「携番!?　いつの間に……大体わたしのスマホ、ロックがかかっているのよ!?」

……と思っていたのに、衝撃的な事実に思わず素が出てしまった。

メンバーたちが不審がって藍を見たため、受話器を手のひらで包み込みながら小声で叱りつける。

そして、片手でスマホを取り出して電話帳を見ると、ア行の一番上に『藍お嬢の可愛い飼い犬』という名が新規登録されていた。

『お嬢、暗証番号に誕生日はやめた方がいい。悪い人間に悪用されますよ？』

その番号を即消そうと思ったが、ふと思い直し、『ヤクザな猛犬』の名に変えた。これで一覧の一番下。後で着信拒否設定をしておこう。

「ええ、それを今、身に染みて思い知ったから、この電話が終わったらすぐに変えます。そんなことより、西条社長。前回の打ち合わせの件で、担当として学ばせていただきたいことがあるのですが、少しだけお時間いただけませんでしょうか」

『もしかして、仕事にかこつけて、また……キスをしたくなりましたか？』

電話を通すと瑛の声は幾分低くなる。それでいて艶をも感じさせるその声は、路地裏での蜜事やキスの囁き声を彷彿とさせ、藍の身体が熱くなる。

(しっかりしろ。このままじゃあキスをしたいから電話をかけたと思われるじゃない!)

自身に叱咤し、藍はそれを悟られまいと冷ややかに返答する。

「お仕事です。そのことは記憶から消し去ってください」

『はは。お嬢は本当にいけずだ。キスであんなに蕩けた顔をしておきながら』

ガシャンと受話器を叩きつけて電話を切ってやりたいところだが、藍はその衝動をぐっと堪えた。

瑛の揶揄に反応してはいけない。ここは心を無にしてスルーしよう。

迂闊に口を滑らせて自爆でもすれば、こちらを見ているメンバーたちに枕営業を含めて関係を疑われる——そう思うのに。

『まあ、消しても新たに増える記憶ですから、今は……過去の分は消しておいてもいいですよ』

「増、え、ま、せ、ん!」

瑛の冗談に対して、秒で反応してしまう自分がいやだ。

『ふふ。とまあ、一パーセント未満の冗談はここまでにして』

(冗談は一パーセント未満しかないの!?)

『お嬢がようやく担当として目覚め、自発的に学習意欲を見せてくださったのですから、昨日の打ち合わせの復習ということで、勉強の時間を取りましょう』

瑛はなぜ藍がこんなことを言い出したのか、すでに見抜いていたようだ。

ならばすぐに本題に入ってくれればよかったのにと思いつつ、藍は疲れた声で礼を述べた。

『……今日は水曜か。ではお嬢。まずは今日から来週の水曜日までの平日六日間。終業後、うちの社長室で六時半からのスタートはどうですか？　最大にして二時間が、お嬢の集中力の限界でしょうから、終わったらその日の慰労会を兼ねて夕食をご馳走します』

瑛は藍が想定していた以上の、親密かつ綿密なスケジュールを告げる。

藍は文字通り跳び上がり、見えない瑛に向けて頭をぶんぶんと横に振って訴える。

「一回でいいです、一回で！　お天道様がのぼっている安全な時間に、食事なしで！」

警戒心を露わにした藍に、瑛はひどく冷ややかな声を返した。

『へぇ。お嬢は、一度で理解できる素晴らしい頭をお持ちなんですね。担当さんへのジャッジは、公私混同なしに厳しくさせていただこうと思っていますので……楽しみだ』

「いや、その……」

自らハードルを上げてしまった。藍は途端に語気を弱めて、尻込みしてしまう。

『なにをそんなに身構えているんです？　勉強会でしょう？　俺がどんな姿勢で取り組むのか、お嬢ならよくわかっているかと思いますが』

家庭教師だった瑛は、藍が理解できるまで妥協しない。

教え方は真摯かつ丁寧で、時にスパルタだ。

勉強を契機に瑛との仲を深められたら……と思っていたのは、初日の勉強が始まる前まで。それ以降はそんなことを思う暇もなかった。瑛は教え方も、藍をやる気にさせるのもうまかったのだ。

『大体、業務命令でもないのに勤務時間に仕事をせず、過去の打ち合わせ内容を理解するために、相手に再度時間を作らせて講師をさせるというのは、どうかと思いますがね。己の研鑽のための学習は、相手の都合も考えて時間外にすべきだと思いませんか、社会人として』

　瑛の言葉に、ぐうの音も出ない。

『それに、せっかくお嬢が担当としてやる気になっているのに、手を出したりしてお嬢の意欲を損なうような真似などしません。常識的な時間にきちんと帰しますし、商談相手として紳士的に振る舞いますのでご安心を。……まあ、お嬢が我慢できなくなったら、この限りではありませんが』

「……その心配はありませんので！」

　即答すると、瑛はくくと笑い声を響かせる。

『それは失礼。まあ、どうしても六回分の勉強を一回にしたいというのなら、勉強に集中しやすい、いい地下室や倉庫があるんです。どちらの場所も遮音効果がある建物なので、情報漏洩の心配もなければ、外部音が気になることもない。完全密室なので安全ですし。勉強が効率的に捗るよう、刺激的なグッズも取り揃えてあります。太陽なんて気にならないと思いますよ。そもそも窓はないし、何度太陽が上って落ちたか、わからないと思いますしね』

「……はい？」

　背筋に冷たいものが走った。これは、やばすぎる場所だと直感が告げる。

『まとめて一回か、今日から六回か。どちらがいいですか、お嬢？』

　瑛は優しげな声で、非情な二択を突きつけた。

「あの……社長。それ以外の選択肢は……」

『ああ、もうひとつありますね。土地を諦めるという選択肢が。……で、どれにします？』

土地は諦めたくない。

物騒な監禁（予定）場所も御免被りたい。

だとすれば、残る選択肢は――


バッグの中には、万が一のためにいつも携帯していた防犯ブザーやペン型の警棒がある。

元ヤクザたちが集う城で、はたして役に立つかとも思うが、ないよりはましだ。……たぶん。

さらに昼休みに珈琲豆を買いに出た時に、胸から太股までがっちりと包み込む補正下着を購入。

装着するとやけにスタイルがよくなった気がする。逆にヤル気満々で誘っているような気がしないでもないが、厳重ガードの方に重きを置いた。

瑛にだけ反応する身体を守れば、連動して顔を覗かせる恋心も封じ込められると思ったのだ。

六年かかって忘れた苦痛を、またぶり返させられてたまるものか。

『商談相手として紳士的に振る舞いますのでご安心を』

瑛はそう言っていたが、紳士的ではない朝のキスマークや淫らなあれこれを思えば、瑛の言葉を鵜呑みにはできない。

しかしそんな男でも、藍がプロジェクトチームの一員としてやっていくためには必要な存在なのだ。

完全防備でカルブサイドの社長室へいざ出陣である。

——そんな藍の意気込みを一蹴したのは、瑛だった。

瑛は向かい側に座り、藍に触れるどころか一定の距離を取って説明を始めた。

「アークロジックさんなりのやり方があると思いますので、経営方針や進め方については一切口を出すつもりはありません。私が前回指摘したのは、一般市民も思うだろう視点からの矛盾点、収益が絡むビジネス視点からの矛盾点が主です」

公私混同していたのは藍の方で、瑛は言葉遣いからして、これは仕事なのだと区切りをつけていた。むろん、藍を惑乱させるような揶揄(やゆ)も無理強いもない。

やがて藍は、瑛を疑ってかかったことは自意識過剰すぎたと、恥ずかしく思った。

仕事に臨む姿勢からして脇見をしているから、いつまでも半人前なのだ——

キツキツで苦しいだけの下着が、後悔のように藍の全身を締めつける。

(集中しよう。受験期のように、瑛に教えられたものを必ず生かすんだ!)

藍は姿勢を正して、真剣に瑛の話に聞き入った。

「たとえば、横浜にある商業施設の事例、関西にある事例……御社のプロジェクトと同じく、女性をターゲットとして、そこにしかないブランドを扱うテナントを用意しています。しかし退店率や収益、集客率に違いが出ている。これは、私が先ほど即席で作った分析表ですが」

そう言って、瑛は他の施設の写真や図面を藍に見せる。短期間でどこから資料を集めたのかはわからないが、家庭教師をしていた時のように、相手に理解させるための労力を惜しんでいない。

「なぜここまで違いが出てくると思いますか？」

「……土地柄、でしょうか。そこここで求められるものが違ったのではと……」

藍が懸命に考えて出した答えに、瑛は怜悧な切れ長の目をわずかに和らげると、頷いた。

「ええ。こうした巨大施設は、来客だけではなく、その土地の住民とも密接な関係を築いて連携を取っていく必要があると思います」

改めて考えてみれば、プロジェクトは下町住民とそれ以外からの客を別々に分ける構想となっている。

複合施設は下町以外からの集客を主に、空き家を再利用して作るというコミュニティスペースは、住民同士の交流を主に考えていた。

（なんでこうした二分構想になったんだっけ。わたし、そこからしてよくわかっていない……）

「集客を二分する構想だと、プロジェクトの対象としているシングルマザーであっても、地元住民となると利用しづらくなる。プロジェクトテーマである『女性にやさしく開かれたまちづくり』……これは、ひとり親がどうのという概念以前に、テーマに反して客を限定してしまいます」

複合施設には、子供が遊べるキッズルームや託児所を設けることになっていた。シングルマザーもひととき育児を忘れて、おしゃれを楽しんでもらいたいと。藍もそれに賛同していた。

シングルマザーは働く女性が多い。だから想定した対象は、気分転換がてらに何度も来られるだろう、地元のシングルマザーだった。

それを見込めないなら下町以外からの集客に頼るしかないが、生活が大変な母親たちが、交通費やガソリン代をかけて頻繁に贅沢品を求めに来るだろうか。

思い浮かぶのは亡き母とのぎりぎりの生活。母が着ていたのは、大体が着古したものだった。母であれば、高級ブランド品が並ぶ商業施設に足繁(あししげ)く通うよりも、藍が喜ぶ公園や動物園などに連れていく気がする。……他のシングルマザーも似たようなものではないだろうか。

（あれ？　だったらシングルマザーをテーマに打ち立てた意味は？）

前回の打ち合わせで、差別的で失礼になると述べた瑛の言葉が蘇(よみがえ)る。そして――

『この事業を推し進めるメリットが提示されておらず、共感も納得もできない』

ようやく今、瑛の言っていた意味がわかった。

瑛は誰よりも、消費者たるシングルマザーの目線に立っているのだ。

シングルマザーに育てられた藍よりもずっと。

「北村さん」

藍の心境を察したらしい瑛が、怜悧(れいり)な目を光らせて言う。

「まずはあなたが納得できるプロジェクトを私に紹介してほしい。あなたなら、下町住民やシングルマザーの代表として、誰よりもリアルな意見を出せるはずだ」

藍だからこそできることがあると、瑛は訴える。

藍の存在を、その力を認めようとしてくれる彼を見て、藍は泣きそうになるのを堪(こら)えた。

担当としての遅すぎる自覚を馬鹿にせず、こうして藍の背を押してくれたのだ。頑張れと、言われている気がした。

（どうして彼は……心底嫌いにさせてくれないんだろう。冷酷なヤクザだったくせに）

胸がちくちくと痛み出すが、これは恋心ではないのだと藍は己に言い聞かせた。

やがて、安田が運んできてくれた珈琲も空になった頃、時計を見た瑛が終了を告げる。

「きりがいいので、今日のところはここまでにしましょう」

あっという間に終わった気がするが、二時間近く経過していたらしい。

「夕食にイタリアンはいかがですか？　近くにオープンしたばかりの美味しそうな店があるんです。家に帰ってもお仕事があるでしょうから、お互いアルコールは抜きにしましょう」

講習後に牙を剥いてくるかもしれないと身を固くさせていた藍は、アルコールが入らないことに少しほっとした。とはいえ油断はしないよう、護身用グッズ入りのバッグをしっかり抱えて瑛についていく。

瑛は大通りの車道側に立ち、藍の歩調に合わせてゆっくりと歩いた。

藍が誰かとぶつかりそうになると、ぶつかる前にすっと引き寄せ、さりげなくエスコートする。

今まで瑛はおろか他の男性からもそんなふうに丁重に扱われたことがなかったため、妙にどきどきしてしまった。

節度ある距離感を保ちながらレディーファーストしてくれる、上品な物腰。

藍の意思を無視して、無理矢理に攫った昨夜とは大違いである。

この男が冷淡で暴力的な元ヤクザだと、誰が見破れるだろう。

（それにしても……女性から熱い視線と嫉妬の目が向けられるのはわかるけれど、なぜ男性は引き攣った顔で退散するんだろう）

そっと瑛を見遣ると、優しい笑みを返される。

「どうしました？」

機嫌がよさそうな瑛を見て、藍は自分の勘違いだと思い直し、歩くことに集中する。

案内されたのは、花で飾られた白亜のレストランだった。女性客ばかりの店内で、やはり瑛は注目の的だったが、本人は気にした様子はない。

ここに至るまで、瑛は不快にさせない話術や、細やかな気の配り方で藍を接遇した。それは隣人だった大学生の瑛にも似ていたが、あの頃の彼は、今のように藍を女性としては扱っていなかった。

（どれが、本当の瑛なんだろう……）

分別ある大人の男として振る舞われては、うまく警戒距離が保てない。それどころか瑛が好ましく思えてしまう。由々しき事態だと、藍は自分に言い聞かせた。

（これはあの瑛よ。冷たくされたことを思い出すの！　つらくて苦しかったでしょう？）

忘れたい記憶を必死に呼び起こし続けたせいか、食事の味がよくわからなかった。

そして午後九時。瑛とともにレストランを出た藍は、タクシー乗り場の前に立っていた。

「明日、どんなふうにチームメンバーに発表したのか、教えてくださいね。明日も同じ時間に、我が社でお待ちしています。今日はお疲れ様でした」

瑛は優雅に頭を下げると、呆気なく去っていった。

（あ……。今日はあっさりと引き下がるんだ……。なんだ……）

安穏に終わって喜ばしいはずなのに、こうも他人顔で線を引かれると、胸がもやもやする。しかも、妙な寂寞感まで湧き上がってきた。

「昨日は、たくさんキスも、それ以上もしたくせに……」

肩を落とした藍は、そこまで言った途端に我に返り、勢いよく首を横に振る。

「なにを考えているの！　わたしが、なにかしてもらいたかったみたいじゃない。まったくもう、瑛が紳士的だとこっちまで調子が狂っちゃうわ！」

去ったはずの瑛が近くで肩を震わせて聞いていることも知らず、藍は大きな独り言を口にすると、タクシーに乗り込んだのだった。


次の日。その日も八城がいない中、藍は瑛との勉強会の成果を披露することになった。

多少ぎこちなさは残るものの、藍自身が理解して説明しているためか、以前よりはきちんと要点をメンバーに伝えることができた。家で工夫して作成したレジュメも、わかりやすいと好評だった。

それをもとにメンバーと今後について話し合う。出てきた疑問点については、次回の勉強会の時に、瑛に聞くことになったのだが——

「いいですか、北村さん」

藍からの質問を受けた瑛は、眉間に皺を刻み、大きくため息をついて告げた。

「会議や打ち合わせ内容を正確に相手に伝えることも大切ですが、あなたは電話でも木霊でもない。しかも私の担当だ。あなたの意見はどうなんですか」

「わたしの意見……？」

「そうです。あなたの言葉で私に質問するようにしてほしい。このプロジェクトは、あなたたちのものだ。解決策を丸投げするのではなく、私を説得できるあなたの言葉を見つけてほしい。それに対して私が意見を述べる方が、よほど建設的で画期的な議論になります」

確かに、プロジェクトは瑛の構想ではない。今は瑛に頼りきった勉強会でも、最終的には瑛を説得しないといけないのだ。

藍は今、瑛との仲介役として、互いの意見をまとめて正しく相手に伝達することばかりに傾注し、自発的に考えることをほとんどしなかった。

ここは自分の判断ができないところだからと、メンバーや瑛の意見に頼りすぎていた。

(瑛の言う通りだわ。もっとしっかりしろ、わたし)

「あなたは小さい頃から親から離れて暮らし、極道のひとつを潰して逃げた。あなたにはどんな相手にも貫(つらぬ)ける強い意志があるのだから、知識と正しい判断力さえあれば、私を説得させられるはずだ。足りない知識と疑似経験をここで補えば、後はあなた次第」

瑛はそう言うと、臨機応変な対処が苦手な藍の特訓を始めた。

唐突に質問してきたり、理解度を試す確認テストをしたり。

また、しどろもどろになりやすい藍のプレゼン能力を鍛えるために、瑛は適当なテーマでプレゼンの練習をさせた。その後、藍の意見に反論し、さらに藍に反駁(はんばく)させ、互いが納得できる第三の意見を考えさせる。いわゆる弁証法的な正反合(アウフヘーベン)である。

当初、勉強会に六日間も必要ないと思っていたが、足りないくらい濃密だった。

本来、藍が自分で気づいて改善すべき点を、元目付役のインテリ若頭に指摘されることは複雑だ。それでも、毎朝藍から報告を受けているメンバーの反応を見れば、その特訓の効果は一目瞭然だった。特に藤倉の感激ぶりはすごかった。

「北村ちゃん、すごく急成長している！　部長に見せてあげたいわ、泣いて喜びそう」

八城はたまに顔を見せることがあっても、すぐに専務からお呼び出しがかかり、いなくなってしまう。いまだどんなトラブルに見舞われ、どんな対処に当たっているのか教えてくれない。

（部長が戻ってきた時には、今よりもっと戦力になれるように頑張ろう）

成長できたのなら、それは瑛のおかげだ。彼の根気強い指導には本当に感謝している。

……だけど、なぜ瑛はここまでしてくれるのだろう。

藍は、瑛の大切な組を潰した女だ。組長の遺言を守るどころか、その顔に泥を塗った。

それなのに六年経った今もお嬢と呼び、藍に奇妙な執着を見せる。

そこに、どんな真意が隠されているのかわからず、もやもやする。

同時にそうしたもどかしい感覚を懐かしく感じて、藍を慌てさせた。

（いけない！　彼に恋をしていた昔に逆戻りだわ。平常心、平常心……）

しかし、瑛に染まっていく日々は藍の感覚を少しおかしくさせるようだ。

どんなに平常心で接していても、瑛に会えない時間がやけに寂しく、逆に会えると心が躍るようになってしまったのだ。昔のことを忘れていないのに、だ。

（これじゃあ、また手懐(てなず)けられてしまったようじゃない。気のせい、気のせい……）

そんな藍とは対照的に、瑛の態度は変わりがなく、どこまでも泰然としている。

それを無性に腹立たしく思いながら、勉強会は最終日となった。

（今日で終わりか……）

勉強会が終われば、あとはせいぜい打ち合わせぐらいのみで、もうこんなに頻繁(ひんぱん)に顔を合わせることはない。

今までが特殊だっただけで、これから正しい付き合い方に戻るだけだ。

それなのに――もう瑛に惑わされずにすむという安堵感より、悲しみが強かった。

何度経験しても、彼との別れはいつも晴れ晴れとした気分にならないようだ。

軽くため息をつきながら、ノートに要点を書き取っていると、ふと瑛の視線を感じた。

顔を上げて首を傾げると、瑛はふっと笑う。

「いえ……。今日で会えなくなるのが、寂しいのかなと思いまして」

わざと楽しげに聞いてくる瑛にカチンとくる。

彼は感傷的になる要素がまったくないから、そんなことを口にできるのだ。その上――

「あなたが望むなら、延長してもいいですよ？」

恩着せがましい物言いに、さらにカチンとした藍は、わざとにっこり笑って言ってやる。

「せっかくですが延長はいりません。熱血な素晴らしい先生に、今後の成長をお見せできないのはとても寂しいですが、それを乗り越えるのも生徒の務め」

寂しさが顔に滲(にじ)んでいたにせよ、それは特別な感情ではないのだと釘を刺した。

「はは。そんな寂しさは乗り越えずともいいんですよ。私が直接、熱心な生徒さんの成長を見に、御社へ伺えばいいのですから。それが教師の務め」

瑛が黒い笑みを見せた。藍は途端に真顔に戻り、ぶんぶんと首を横に振る。

「来なくて結構です！　弊社は昔も今も未来もクリーンな会社。社員も顧客も真っ白なので……」

ふと、重役フロアで見かけたヤクザらしき男を思い出した。

（真っ白ではなさそうな客は、いるけれど……）

藍がわずかに顔を顰めたことを、瑛は見逃さなかった。

「……黒い奴が、出入りしているんですか？」

ゆっくりと念押しするその声は、ぞくりとするほど低い。

「真っ黒かはわからないけれど、黒っぽい男性客を見たことがあって……」

藍がそう言うと、瑛の目に鋭いものが宿る。

「あなたが言うのなら、黒なのでしょう。いつ？　会社のどこで？」

詰問調の声に怯みながら、藍は記憶を辿って返答する。

「勉強会が始まった日、重役フロアで見ました。でも見た目は、色眼鏡にスーツを着たビジネスマン風のおじ様で、わたしがヤクザのように感じただけかもしれません。担当秘書ともにこやかにしゃべっていたし」

「今は法や条例があるため、一般人と区別がつきにくい極道者が多い。他に特徴は？」

瑛はやけに食いついてくる。自身の取引先にヤクザが関わっているのが気になるのだろうか。

「右手にごっつい平打ちのゴールドリングをしていましたが、決め手にはなりませんね」

そう笑ったが、瑛は難しい顔をして考え込んでいる。心当たりがあるのだろうか。

「……その男が誰に会いに来たのかわかりますか？」

「そこまでは……社長は持病の心臓病が悪化して入院中だから、副社長か専務だと思いますが」

すると瑛は少し考えてから、藍に言った。

「昔、パーティーで御社の社長にお会いしたことがある。昔気質で、ヤクザなどつけいる隙もない剛毅な方でした。とても苦労して興した会社だから、堅実派の娘婿の副社長に守ってほしいと。……ちなみに専務は、社長とどういった関係で？」

「社長の甥です。ここ数年で部長とともに革新的なプロジェクトを成功させ、会社の知名度をあげた功績で、あっという間に重役になったようですが」

藍の言葉に、瑛は怜悧な目を細め、しばし考え込んだ。

「あの……、なにかひっかかることでも？」

「……いいえ、なんでもありません」

多くを語ろうとしない瑛に、ますます不安を募らせていると、不意にソファがぎしりと音を立てて藍の隣が沈みこんだ。

それに驚くと同時に、甘いムスクの香りが、ふわりと鼻腔に広がる。

瑛が隣に座ったのだ。

「メモの取り方も、変わってきましたね」

彼は藍の書いたノートを覗き込んでいた。

唐突に距離がぐんと縮まり、瑛の声が耳元で聞こえる。

瑛の声が藍の内部に浸透し、藍の思考を瑛だけのものに塗り替えていく。

シャープな顔の輪郭。男のくせに滑らかな頬。

なによりも魅力的なのは――

「ん？　どうしました？」

長い睫毛に隠された、琥珀色の瞳。

手を伸ばせば届く距離に瑛がいると思った途端、どくりと心臓が鳴った。

「……そんな顔をして誘っても、手を出さないと言ったでしょう？」

清廉さを主張する瑛の方が、扇情的な妖艶さを強くまとう。

「ねぇ、覚えてますか？」

睦言のように甘く囁きながら、その顔をゆっくりと傾けて近づけてくる。

そして吐息が藍の顔にかかる至近距離で動きを止めると、熱っぽい流し目を向けた。

「あなたが我慢できなくなったら、この限りではないと言ったことを」

瑛の唇が誘うように薄く開く。

「あなたの気持ち次第です」

（わたしは……）

眉間にぎゅっと力を入れた藍は、瑛から遠ざかって直立の姿勢を取った。

「すみません、体調不良なので帰ります。今までありがとうございました。学んだことを活かし、必ずや西条社長の納得いくプランをお持ちしますので！」

と、体調不良には思えないほど元気よく荷物をまとめ、社長室から走って出ていった。

途中、珈琲（コーヒー）をおぼんに載せた安田とすれ違ったが、彼がにこやかな声をかけるより早く駆け抜け、エレベーターに乗った。

『あなたの気持ち次第です』

……瑛とキスをしたいと思ってしまった。

彼に流されて仕方がなく……ではなく、自分の意志で。

(なんとかしなきゃ。このままだと、また痛い目に遭うだけなのに)

わかってはいる。それなのに——身体が瑛の熱を求めている。

(瑛はからかっているだけなのよ。それが仕返しなの。わかるでしょう?)

泣きたくなる。もう本当に。

どうして他の男を好きになれないのだろう。

どうして他の男を求めたいと思えないのだろう。

男は、星の数ほどいるのに。

(勉強会がなくなれば、気持ちが落ち着くはず。毎日会わなくなればきっと)

そう思い、スマホに登録されたままの瑛の携番を着信拒否にした。

そもそもかかってくるはずがないのだ。そして藍からもかけることはない。

未練を残さず前に進むために設定したが、少しだけ……涙が出た。

◆・━・◆・━・◆

藍が眠りについたのは、小鳥が囀る朝方だった。

スマホの着信音で強制的に覚醒させられる。

画面に出た発信者は『情人』――初めて見るこの登録名と電話番号はなんなのだろう。

藍は眠気にぼーっとしながら、布団の中で応答した。

「はい、もひもひ……」

『ふふ、まだ眠ってらっしゃったのですね』

「……どなたしゃまですか」

『俺の声がわかりませんか？　あなたが何度も蕩けたキスの相手ですよ、お嬢』

途端に藍の頭がクリアになり、飛び起きた。

「なんで!?　この前勝手に登録したのと違う番号じゃない！」

『あれは仕事用のスマホ。これはお嬢専用のものです。前にふたつとも登録しておいたんです』

（ロック解除の暗証番号も変えて、せっかく着信拒否にしたのに……！）

『それにあなたの携番は、名刺に記されていました。かけていいということでは？』

「だ、だからといってこんな朝早くになんて、非常識にも程があるわ」

電話口だと余計に瑛の声音が甘く艶やかで、ムスクの香りが漂ってきたような錯覚に陥る。

『昨夜は電話をしなくても、お嬢が俺のことばかり考えて寝てくれるからと我慢したんです。では今日から夜にしますね、お嬢のお望みのままに』

「望んでいません！　電話自体いりません！　私用厳禁です！　用があるならメールにて！」

『俺は、機械の文字より、お嬢の声を直接聞きたい』

耳元で囁かれているような切なげな声音。

キスをされている時に感じるぞくぞくとしたものが、藍の身体を走り抜ける。

電話でよかった。そばにいたら、沸騰したこの顔を見て、チョロい女と笑われたはずだから。

『お嬢、なにか言ってください』

「……そういうこと、他の女性にも言っているんでしょう」

『お嬢限定です。なぜお嬢以外の女の声を、夜も朝も聞きたいと思わなくてはいけないんですか。俺が聞きたい声は、お嬢だけだ』

甘やかに、そして残酷に、瑛の声は藍の心に浸透してくる。

（そうやって、今も夢を見させようとする。……ひどい男ね）

『ところでお嬢、今何時かご存じで？』

藍は置き時計を見た。そして目を見開き、二度見する。

「遅刻する！」

スマホから瑛の笑い声が響く。終話ボタンを押すことも忘れて、藍は洗面台に走ったのだった。

慌てて支度をして、マンションとは名ばかりの古いアパートの階段を駆け下りると、電信柱のところに大きな黒塗りの車が停まっているのに気づいた。

腕時計を見ながら車の横を通り過ぎようとした次の瞬間、後部座席の窓が開いた。

「おはようございます」

笑顔を見せて挨拶をしたのは——瑛である。

「さ、西条社長、なんでここにいるんですか！」

「さあ、なぜでしょう。不思議ですね」

空惚ける瑛にカチンとくる。

瑛はすでに藍のマンションの下に待機し、電話をかけていたようだ。遅刻だと電話で教えてくれたと言えば聞こえはいいが、見張られていた事実には変わらない。

「お嬢、どうぞ。会社までお送りします」

「結構です」

藍はカツカツとヒールの音を立てて足早に歩くが、その横を黒塗りの車がゆっくりとついてくる。

「なんですか、そのストーカーまがいのいやがらせは！」

「それは心外な。お嬢がどうしても車に乗りたくないと言うのなら、俺も歩いて会社に行きます」

後部座席のドアを開けて、瑛が出てくる。

瞳の色に合わせた琥珀色のネクタイに、藍色のスーツ。今日も上質なスーツをモデルのように着こなし、類い希なる美貌を魅せている。

本気で並んで歩こうとしている瑛に、藍はぎょっとして叫んだ。

「あなたは社長なんだから、車でどうぞ！」

「お嬢とともに」

「いりませんって。ついてこないでください！」

藍はさらに歩調を速めたが、ゆったり歩く瑛との差はなぜか縮まらない。

（くう、長すぎる足め！）

思い切り疾走すると、ようやく瑛を振り切ることができた。

藍が満面の笑みでいると、藍の上着のポケットに入れてあるスマホがメールを受信した。

『土地の話はなかったことにします？』

……瑛からだった。

「そんな足止め、卑怯よ！」

スマホに向かって責めている間に、すぐに瑛に追いつかれてしまった。

「ふふ、俺がそう簡単にお嬢を逃すとお思いですか？」

意味深に瑛は笑う。その笑みにぞくりとしながらも藍は答える。

「勉強会の間は、紳士的に……」

「お嬢、こんな言葉、知っています？　〝押してだめなら引いてみろ〟」

「……は？」

「逃げるのが好きなお嬢が、百面相しながら段々と俺を信用し、別れ際は寂しそうにしてくれた。なによりお嬢自身が、俺のことで頭をいっぱいにして眠ってくれるまでになった。古典すぎる手かとも思いましたが、実に効果的でしたね」

満面の笑みを見せる瑛とは対照的に、藍の顔は引き攣っている。

瑛が素っ気なくて寂しいと思っていた。昨日は無性にキスをしたいと思った。

〝押してだめなら引いてみろ〟――つまり、それもすべて瑛の手のひらの上だったということか。

「悔しい～！」

思わず叫ぶと、瑛はふっと笑みをこぼす。

「へぇ、認めるんですね、お嬢。いつも別れが寂しくて、昨日は俺のことばかり考えたのだと」

「ち、違……」

「――耐えましたよ、俺。お嬢に触れたかったのを」

切なげな面差しで、瑛は瞳を揺らしながら続けた。

「お嬢の頑張りのために我慢しました。だからご褒美に、俺と……」

そこまで言って、瑛は突然己の腕時計を指さした。

「車で会社に行きましょう」

「完全に遅刻だわ！　間に合わない……」

腕時計を見て頭を抱える藍に、瑛は笑顔で追い打ちをかけた。

「遅刻したら、せっかく汚名返上すべく頑張ったことが無意味になってしまうかもしれませんね。

信頼は築き上げるまでが難しく、失うのは一瞬ですから。ですが、なんとそれを回避できる方法があるんです」

瑛の言葉の後、すぐそこに黒塗りの車が停まった。後部座席のドアを開いて、瑛が中へと促す。

「もしかして……最初からそのつもりで、わざと時間稼ぎしていたんじゃ……」

胡乱げな眼差しを向ける藍に、瑛は朗らかに返した。

「ひと聞きの悪い。たまたま俺が望んだ事態になっただけです。別に、遅刻されてもいいんですよ。今ならオプションとして、同僚の方々の信頼とともに、土地も失うことになりますけどね」

……そうして藍は、土地とメンバーの信頼を失いたくない一心で、瑛の甘言に乗ったのだった。

第四章　吹き荒れる恋心

晴天のもと、不審者のようにあたりを見回した藍は、ガッツポーズを取った。

「よかった、車はない。今日は堅実に、電車に乗っていくわよ！　平凡が一番！」

昨日は散々だった。出勤者が賑わう中、運転手つきの高級車が会社の真ん前に横づけされ、そこから降りた超イケメンが、ドアを開いて藍を見送ったのだ。

瑛の素性を探る好奇な視線だけならまだしも、特別待遇を受ける藍には、とてもわかりやすい……妬ましげで冷たい視線が浴びせられた。

メンバーには、瑛とは特別な間柄ではなく、偶然会って送ってもらっただけだと弁解をしたが、腹の底ではどう思われているのかわからない。遅刻はしていないし、信用も失わずにすんだのに、かつて下町でヤクザの娘だと白い目で見られたトラウマがぶり返すほど周りの目を気にして、ぐったりしてしまった。

そして瑛の見送りが連日になれば、言いわけもできなくなる。

今日は瑛が来ない可能性も十分考えられるが、念のためにいつもより早起きしたのだ。

瑛の姿がないことを確認した藍は、足取りも軽く最寄りの地下鉄の駅に向かう。

かなり早い時間なので、朝食をとって時間調整をしようと、改札付近にある喫茶店に入った。

そしてモーニングセットのサンドイッチにかぶりついた時――

「おはようございます、お嬢」

ダークスーツに、藍色と琥珀色が混ざったネクタイ。

隣の席に座ったのは、アイス珈琲をトレイに載せた瑛だった。

途端噎せ込む藍に、瑛がぽんぽんとその背中を叩き、藍のトレイにある水を差し出した。

「な、なんで、ここにいるんですか！」

水を飲んだ藍は、涙目になりながら声を裏返らせた。

「お嬢は優しいから、連日の迎車を気にされると思ったので、今日は趣向を変え、電車でお嬢をお見送りしようかと。駅で待っていたらお嬢がこのお店に入ったので、追いかけてきました」

邪気のない美しい笑みを湛え、瑛は優雅にストローに口をつける。

いつから駅にいたのかはわからないが、早々に藍の手は見抜かれていたようだ。

「さあ、いい時間です。電車に乗りましょうか」

「乗らなくてもいいでしょう。ここでのお見送りで結構です。ありがとうございました！」

ダッシュしようとしたが、襟首を掴まれた。

「そんなつれないことを仰らずに。お嬢の忠犬は、ちゃんとお嬢の会社までお送りしますよ」

「本当に結構ですから。これにてお引き取りください」

「はは。遠慮なさらずに」

今更ではないが、瑛は聞く耳を持たず追いかけてくる。

通勤ラッシュの時間のため、この人混みの中では駆け抜けることもできない。それどころか、ぎゅうぎゅう詰めの電車内では密着せざるを得なかった。

それでも踏ん張り、わずかながら距離を作っていたのに、瑛は藍の腰に手を回し引き寄せる。

「ちょ、な……」

「混んでいるんです。我慢してください」

魅惑的なムスクの香りにくらくらした。

身体が熱くなり、とくとくと鼓動が速くなる。

瑛がこんなに近くにいる——そう思っただけで、切なさに胸が締めつけられ泣きたくなる。

ガタンと電車が激しく揺れた。

よろけそうになると、さらに力を込めて強く抱きしめられた。

瑛の熱い息が耳を掠める。藍はぶるりと身震いをしておもむろに顔を上げると、顔から笑みを消した瑛が、じっと藍を見つめていた。

琥珀色の瞳は熱を帯び、なにかを語りかけているかのように揺れている。

否、ゆらゆらと揺れているのは、自分の方なのか。

瑛の唇が、やけに近い。

（キスが……したい）

すべてを忘れ、なにも考えられなくなるような、脳まで蕩けるキスを。

ただの男と女になって求め合えるような、そんなキスを——

「お嬢……」

しかし、いつまでも瑛にとって自分は、敬愛する組長の義娘(むすめ)であり義妹。

堅気になっても瑛の中には、藍が嫌いなヤクザな彼が見え隠れする。

その片鱗がある限り、好きになれない。好きになってはいけない。

再び、ガタンと電車が大きく揺れる。

(だけど……)

藍はよろけたふりをして瑛の胸に顔を寄せると、静かに目を閉じた。

瑛の上着をきゅっと握りしめ、乱れる息を押し殺して。

(今だけ、だから……)

頭上で瑛がやるせなさそうな顔をして、唇を落としていることには気づかずに。

アークロジック、エントランス内——

「中までは結構です。あなたは別会社の社長なのだから、お戻りください!」

藍が電車で抱いた、しっとりとした切ない想いは、今や焦りに変わっていた。

建物の内部に瑛が入ってくるため、ふたりの様子は昨日よりも多くの社員の目に触れてしまう。

藍は必死に瑛を退けようとするが、瑛はどこ吹く風である。

「ああ、実はアークロジックさんの副社長と打ち合わせがありましてね」

「とってつけたような言いわけはいりませんから。わざわざお送りくださいましてありがとうございました。お気をつけてお帰りください！」

「つれないですね、北村さん。私の担当なのに。それともその話はなかったことにしたいのかな」

「そこで仕事の話を持ち出すなんて……」

そんな時である。

「おはようございます。西条社長、ですね。西川です。大変お待たせしました」

突如やってきたのは、藍にとっては雲の上の存在である副社長だ。

藍が慌てて挨拶をすると、優しげな笑みで挨拶を返してくれた。

温和そうなこの副社長が老いているのか、瑛が若すぎるのかはわからないが、並んでいるとまるで親子ほどの年の差があるように見える。

副社長はにこやかに、瑛に言った。

「昨日は、お電話いただきありがとうございました。朝からご足労いただき、大変恐縮です」

「いえ、こちらこそ副社長直々のお出迎え、恐れ入ります。では北村さん。ここで」

本当に、副社長と打ち合わせがあったらしい。

エレベーターに向かうふたりを見ながら、藍はぼそっと呟いた。

「そっか。わたしを送ってくれたんじゃなく、ついで、か」

そこまで口にして、これでは瑛に送ってほしかったかのようではないかと、ひとり慌てる。

「さ、会議室へ行こう……」

踵を返すと、視界の端にある社員の姿が目に入った。

黒鉄だ。大きな観葉植物の陰で、電話をしている。

（あんな場所で電話をしなくてもいいのに。いまいちよくわからないひとね、黒鉄さん）

アークロジックでは、社員ではない瑛が堂々として、社員である黒鉄がこそこそしている。

不可解さ極まりないと、藍はため息をつく。

会議室へ向かおうとしたところで、黒鉄が電話を終える。それを横目に見て、藍はぞくっとした。

彼が浮かべている笑みが、どこか蛇っぽい……不気味で陰湿なものに見えたからだ。

そして、ニヤではなくニタアとした顔を、瑛が消えたエレベーターあたりに向けている。

あんな笑みを見せられては、死の猟犬といえども怯みそうだ。

つくづく妖怪路線を走る先輩だと再認識しつつ、藍が鳥肌のたった腕を摩っている間に、黒鉄の姿は消えていた。彼は去るのも早かった。

藍はもやもやした気持ちを抱きながら、会議室へ向かったのである。


会議室では、始業前から電話が鳴り響くという異常事態に陥っていた。

そのどれもが、プロジェクト参加を取りやめたいというテナント企業からのものだ。

青天の霹靂。瑛の持つ土地さえなんとかなれば進むはずだった計画が、突然たくさんのテナントから、断りの電話やメールが入ったのだ。

藍も電話を取って応対していたが、何度も顔を合わせて話し合いをしてきたのに電話一本で縁をも切ろうとするなど、相当な理由があるはずだ。

それがわからないと、こちらだって引き下がれない。

断られたと電話を切って嘆くメンバーが多い中、藍は折り返ししつこく電話をかける。

『あなたにはどんな相手にも貫ける意志があるのだから、知識と正しい判断力さえあれば、私を説得させられるはずだ』

窮地に蘇るのは瑛の言葉。忘れたい過去に培ってきた度胸と根性が、藍を支える。

……このプロジェクトを潰してたまるものか。

その一念で電話の相手を説得し続けていると、先方はやがて根負けしたように口を開いた。

『うちの会社に、圧力がかけられたようなんだよ。詳細はわからないけど、上がおりろと言うのなら、従うしかないだろう？』

どこから圧力をかけられたのかまでは、担当者は知らないという。

藍はこの件をメンバーに話し、早急に対策を立てることにした。

辞退したいと電話がかかってきたテナントは、半数以上。

そのどれもが、複合施設において看板となりうる有名ブランドだ。

朝から数多くの電話に対応して疲れ切った藤倉が嘆いた。

「どこからの圧力かわからないのなら対策も取れないわ。テナントはまだ非公表。しかしその内情を知り、大きなテナントにも圧力をかけられるだけのところって、どこかしら」

それに答えたのは黒鉄だった。

「そういえば……西条社長のために作り直した事業計画書。あそこにテナントの一覧を載せましたね」

その言葉に場の空気が震え、藍に視線が向けられる。

「北村ちゃん、西条社長からなにか聞いていない？」

藤倉も疑っているのだろうか。

確かに瑛は最初からプロジェクトには乗り気ではなく、いまだGOサインを出さない。

さらに西条グループの力があれば、大きなテナントを彼の意に従わせることも可能だろう。

（瑛が……圧力をかけたって？　プロジェクトを潰そうと？）

「西条社長の一番近くにいた北村ちゃんだからこそ、なにか感じたりしなかった？」

確かにここ数日、瑛は鬱陶しいほどつきまとい、突然副社長と打ち合わせをするなど不審な行動もしている。

だけど——潰したい気があるのなら、とうにそうしている。

プロジェクトが成功するように手助けしてくれた瑛は、こんな姑息なことなどしない。

「そうだよ、北村なら、なにか知っているんじゃない？」

懐疑的に言ってきたのは黒鉄だ。

彼の冷ややかな表情に、今朝の蛇の笑いが重なった。

蛇が狙っているのは自分のようにも思えて、藍はぞくっとしてしまう。

（まさか……瑛が圧力をかけることを知っていたのに、わざと黙っていたとか、プロジェクトを潰そうとしているとか、思われているの？）

……もしかして、黒鉄だけではなく、皆もそう疑っているのだろうか。

(いけないわ。自分が疑心暗鬼になったら、それこそ仲間を信じていないことになる)

仲間を信じられなくなったら終わりだ。プロジェクトも空中分解してしまう。

電話を切ったばかりの太田を含め、全員が藍を見つめる中、藍は迷いない眼差しで言った。

「西条社長ではありません」

「言い切れるのか？」

それは山田の発言だ。真顔で質問する彼を、藍は毅然と見返した。

「言い切れます。西条社長はそんな姑息なことはしません。圧力をかけたのは別のところです」

息苦しいまでの強い視線を浴びたが、やがて藤倉が微笑んだ。

「……わかった。北村ちゃんを信じる。だから西条社長じゃないという前提で動くわ。皆もいいわね。別の可能性を当たろう」

山田も太田も頷く。黒鉄は肩を竦めていたが、反論する気はないようだ。

「わたしを信じてくださり、ありがとうございます」

藍は泣きたくなる気持ちを堪えて、頭を下げた。

「特にこの一週間、私たちの信頼に足る行いを心がけて結果を出した……あなた自身の頑張りの賜物よ。北村ちゃんが信じるものなら信じられると、私は思うから」

藤倉の言葉に、藍は嬉しさのあまり唇を震わせた。

「それにしても、南沢！　あんたこの緊急事態に、なんで青い顔で固まっているの！　リーダーなんだから、きちんと仕切りなさいよ。意見出して今後の対策を考えて！」

南沢が一番ダメージを食らっているらしい。頭を冷やしてくると言って、ふらふらと部屋から出て行った。

「肝心な時にも役に立たないわねぇ……」

藤倉の呆れた呟き（つぶや）の後、しばらくして会議室のドアが開く。南沢かと思ったが、八城だった。

彼はメンバーから連絡を受け、駆けつけたようだ。その表情は硬い。

「お前たちに任せきりにしてすまなかったな。今日はここにいるから」

それまで気を張っていたのもあり、メンバーたちは指揮官の登場に安堵して、口々に叫んだ。

「部長！　今、大変なことになっていて、テナントが……」

「こちらにいてくださるのはありがたいですが、部長の方の問題は落ち着いたんですか？」

一斉に質問を投げられた八城は、苦笑しながら片手を上げて制した。

「実はこれまで俺が飛び回っていたのは、専務と一緒にプロジェクトの施工主やスポンサーの説得に行っていたんだ。専務経由で、彼らから辞退したいと相次いで連絡を受けてな」

藍たちは顔を見合わせた。

「できる限りお前たちを動揺させたくなかったし、俺と専務でなんとかしようと思っていたんだ。そちらの方はひとまず保留状態にして押さえられたんだが、今度はテナントだ。……プロジェクトを潰そうと圧力をかけている勢力があるのは間違いない」

八城の言葉に、太田が聞いた。

「圧力をかけたところがどこなのか、皆で考えていたんですが、部長はなにかご存じで？」

「六信商社。不動産業界では大手だから、知っているメンバーもいるだろう」

藍以外は、皆知っているらしい。藤倉がこっそりと教えてくれる。

「大手ではあるけれど、悪評だらけなの。底地権を買って居住者を追い出したり、地上げしたり」

地上げと聞いた瞬間、どくりと藍の心臓が不穏な音を立てた。

昔下町で、地上げのヤクザに散々な目に遭わせられたことを思い出したのだ。

（ヤクザ……。まさか関係者の一斉辞退は、ヤクザが動いているからとか？）

妙にしっくりときた。それは、ヤクザと関わったことがある藍だからこその直感だ。

そして同時に、瑛を思い出した。

（同業でヤクザが絡んでいる会社なら、瑛が六信商社のことを知らないはずはないわよね）

勉強会の最終日に、瑛とヤクザの話をしたことが、藍の脳裏を掠める。

あの時瑛は、アークロジックの重役フロアを訪れた男について、なにか考え込んでいた。

（そうだわ。あの話をした次の日から、瑛は執拗にアークロジックまで見送りにやってきて、そして今日は副社長と会い、会社内まで入ってきた……）

そして今、ヤクザの影がちらつく六信商社がプロジェクトの問題としてあがっている。

これらのことは偶然とは思えない。

瑛は、会社に出入りするヤクザが六信商社と関係あると考えているのではないだろうか。

（そういえば瑛、〝平打ちのゴールドリングをした男〟、というところにも反応していたわね。もしかして六信商社に、そういうヤクザがいるのかしら……。だけどそれを確かめにうちに来たというのなら非効率よ。相手がいつやって来るのかわからないのに)

それがわからぬ瑛ではないはずだ。

単に別口のビジネスの話をしに来たとも考えられるが、こちらがプロジェクトを持ちかけている時期に、直接携わっていない副社長とわざわざ話をするのは不自然に思えた。

(副社長になにかを確かめているの？　プロジェクトの総責任者である専務ではなく？)

副社長があのヤクザ風の男と関わっていると思ったのだろうか。

そんなことを延々に考えていると、八城に名指しされて我に返る。

「北村、大丈夫か？」

「は、はい。すみません」

「では続けるぞ。六信商社がなぜうちのプロジェクトを妨害しているのか、正直わからん。ただこのままでは、テナントをすべて戻したとしても、また攻撃されるかもしれない。この一連のことで、自治体もうちの副社長も、プロジェクトを進めることに難色を示し出した。先まで策を練らねば、プロジェクトを進めることができない」

メンバーたちは押し黙る。

「俺の方も、専務とともにできる限り粘ってみる。お前たちはしばらくテナントの説得にあたってくれ。意味があって選定したテナントなんだ。テナント替えは最終手段にしてほしい」

テナントを替えても、しつこく嫌がらせをしてきそうだ。そうなると、恐らくイタチごっこになるだろう。

「北村。ちょっと、上の談話スペースへいいか？」

「はい、わかりました！」

藍は八城とともに、重役フロアへ移動した。

談話スペースは重役とその来客も利用するため、藍のような平社員は普段足を踏み入れない。

しかし八城のような部長クラスになると、気軽に利用できるのだろう。

重厚感あるソファとテーブルが置かれ、まるでどこかのホテルのラウンジのようだ。

入り口に近い壁際には自販機があり、珈琲（コーヒー）は飲み放題。贅沢（ぜいたく）な空間である。

藍は八城とともに珈琲（コーヒー）を手にして、窓際にある椅子に腰掛けた。

苦みあるブラック珈琲（コーヒー）を口に含んだ後、八城が苦笑しながら口を開く。

「プロジェクトの件だが、西条社長には黙っていてほしいんだ。こんな妨害を受けていると知ったら、不信感を抱かれ、お前の頑張りも無意味になってしまう」

「……しかし部長。もしかするといい案を考えてくれるかも……」

「アークロジックの体面もある。専務もそこを気にしている」

「体面……。六信商社というより、ヤクザが……絡んでいるからでしょうか？」

八城は顔を上げた。その表情は肯定を意味していた。

「気づいていたのか。お前、抜けているようで侮（あなど）れないな」

「ありがとう……ございます？」

語尾を上げて疑問形にすると、八城は疲れた顔で笑った。

「幸いにもそれに気づいているのは、ほんのひと握りで、しかも確信にまで至っていない。ヤクザに因縁をつけられたプロジェクトだと表沙汰になれば、風評だけでこの事業は潰れる。だからなんとか、内輪で収めたい」

元若頭なら、対ヤクザの妙案を授けてくれる気がしたが、逆に瑛の素性も露呈してしまうかもしれない。これ以上意見する理由も見つからないため、藍は八城の意向に従うことにした。

「すまないな。せっかく西条社長を攻略するために連日頑張ってくれていたのに」

「わたしはいいんです。……どうにか、プロジェクトを安全に強行できる方法はないんでしょうか」

「実はここだけの話、今な……、六信商社より大きな力を持つ、ある企業の社長と話し合っている。そこでなら、プロジェクトを進められると思う」

「そこでなら、ということは……部長はアークロジックを出られるということですか？」

「できればアークロジックに残りつつ、後ろ楯になってもらえるよう話を進めてはいるが、場合によっては出るかもしれない。しかしそうなったとしても、そこ……三礼(さんれい)コーポレーションが、アークロジックと業務提携できるよう尽力するつもりだ」

この一週間、忙しい最中で八城は決意を固めたようだった。

「いいきっかけなのかもしれない。この会社の考えは、古風で堅実すぎる。遅かれ早かれ、同じようにアークロジックの未来を脅(おびや)かす出来事が起きただろう。これを機に、基盤をしっかり固めた方がいい」

八城は会社の未来をかなり憂えていたみたいだ。

もしかすると専務と行動をともにすることが多かったのは、革新的な考えをする専務と、意気投合していたのかもしれない。

「俺はこの会社が好きなんだ。俺は家族に恵まれなかったから、俺を認めてくれるこの会社が、自分の故郷に思えてな。俺は……故郷を失いたくはない」

「部長……」

「だからこそ、このプロジェクトで、故郷の下町を守りたいというお前の熱情に共感し、ともにプロジェクトを成功させたいと思った。お前は、家族……いや、俺の分身みたいなものだ」

プロジェクトメンバーとなることに躊躇した藍に、故郷への愛を蘇らせてくれたのは八城だ。

こんな未熟な下っ端を、そこまで見込んでいてくれていたことに驚くと同時に、嬉しく思う。

「お前にとってこの会社が、下町に成り代わるほどの意味がなくても、俺にとっては……お前の下町だ。たとえヤクザが絡んできても、見捨てることはできない」

八城はプロジェクトとともに、愛する会社が揺らぐのを心配しているのだ。

その防衛手段として、外部から力を借りようとしている。

「プロジェクトを成功させ、アークロジックを守ろう。一緒に力を合わせて」

八城が藍の手を握りしめ、藍が頷く――その寸前だった。

苛立たしげな咳払いが聞こえてきたのは。

「……お話、まだ続くようですか？」

――瑛である。自販機に背を凭れさせ、腕組みをして立っていた。

口元こそ微笑んでいるものの、今にも触れあいそうなふたりの手を見る目は険しい。

「西条社長、なぜここに⁉」

八城の方が藍より先に驚いた声を出す。藍が瑛の視線の先にある手を引くと、瑛はそのまま厳しい目を八城に向けた。

「ええ、打ち合わせを少々。帰りがけ、見慣れた姿を見かけてご挨拶をと思っていたら声をかけそびれてしまいまして。私に黙っていろ、というあたりから、ここにいましたが」

……最初から聞いていたようだ。八城はばつが悪そうな顔になる。

「ねぇ、八城さん。築き上げた信頼関係は、秘密を持つことから崩れやすい。仮に会社を変えても、あの下町のプロジェクトに拘るのなら、私の持つ土地は必須。私が北村さんに不信感を抱いた時点で、プロジェクトは終わりになる。なぜ私に隠してもプロジェクトが進められると……私に隠しきれるとか考えられたのか。公私混同はしないと宣言していたにもかかわらず、北村さんがいれば懐柔できると思われていたのなら、私もずいぶんと見くびられたものだ」

八城が慌てて弁解しようとしたが、瑛は冷ややかに笑ってそれを止めた。

「詳細は担当の北村さんから聞きます。どうもあなたは信用できない。あなただけではない、この会社もそうだ。落ち着いて話すこともできない」

瑛が目を向けたのは、藍のバッグを手にして現れた黒鉄だった。

（な、なんで黒鉄さんがここに？　しかもわたしのバッグ……）

「スマホ、うるさく鳴っていたから届けにきた。勝手に漁るわけにはいかないからバッグごと持ってきたら、途中で音がしなくなったけど」

そう言った後、黒鉄は瑛に気づき一礼した。そして藍にバッグを手渡す。

「わ、わざわざありがとうございます」

そういえば、今日はスマホを机に置く暇もなかった。緊急で電話をしてくる人間など思い当たらないが、スマホを取り出して見てみると……着信履歴はなにもない。

（どういうこと？　黒鉄さんの勘違い？　悪戯？　それとも単にバッグが邪魔だったからとか？）

訝しげに黒鉄を見ると、彼は朝みたいにニタアと笑って藍を見ている。

馬鹿めと嘲笑われているのだろうか。

だが、今は真意を気軽に問える状況ではない。

藍が引き攣った笑みを返した時、黒鉄の顔からすっと笑みが消えた。

瑛が、険しい顔で黒鉄を見ていたからだ。眉間にくっきりと皺を寄せ、警戒を強めている。

すると黒鉄はあさっての方角を見てから、そそくさとこの場から去っていった。

やはりリアル蛇男の怪しさは、瑛にも受け入れがたかったのだろうか。

（な、なんだったんだろう……。謎すぎる……）

そうして闖入者がいなくなると、瑛は八城に言った。

「では場所を変え、北村さんとふたりきりで打ち合わせをさせていただきますので、これで」

怒れる死の猟犬とふたりきりなんて御免被りたい。藍は八城に助けを求めるように見たが、八城は強張ったような怖い顔をしていて、藍のヘルプに気づかない。

(ひとを頼りすぎるのはわたしの悪い癖。担当者なんだし、腹を括るしかないか……)

それに瑛には聞きたいこともある。

藍は瑛に引き摺られるようにして、近くにあるエレベーターに乗せられた。

「それと……僭越ながらひと言」

瑛は、黙って見送る八城に微笑みを向ける。

「毒をもって毒を制す……それができるのは、毒に熟知している者たちだけ。毒を甘く見すぎない方がいい。気づけば身体を蝕まれて、息を吸うことすら困難になる」

そして瑛は、手を拳にして閉ボタンにたたきつけた。

「彼女をもそんな毒に染める気なら、俺は容赦しない」

瑛が、怒りを含んだ低い声を出した直後にドアが閉まった。

八城が青ざめていたのは、瑛の意味深な言葉に思い当たるところがあったからなのだろうか。

藍は、彼女に背を向ける瑛に尋ねてみる。

「ねぇ、毒ってなんのこと？　それだけじゃない。プロジェクトのこと、重役フロアで出入りしているヤクザ風の男のこと……なにか知っているんでしょう？　副社長や部長が関わっているの？」

すると瑛は、抑揚のない声で答えた。

「仁、義、礼、智、忠、信、孝、悌……その八つを八徳と言います。その言葉を好み、それぞれに数字を振った社名のフロント企業をもって勢力を誇示する、八徳会と名乗る極道がいます。プロジェクトを妨害している六信商社も、八城が話をつけているという三礼コーポレーションも、その八徳会が経営する企業です」

「純正のヤクザの会社ってこと？　ヤクザを用心棒みたいに雇っているのではなく？」

「ええ、堅気の会社ではありません。八城はそれがわかっているから、六信を押さえるために三礼を利用することにしたんでしょう。八城が極道世界を……とりわけ八徳会をよく知っていれば、安易に足を踏み入れないはずだ。末端組織とはいえ、代償としてどれだけのものを請求されるのか。毒をもって毒を制すなど、机上の空論にしかすぎない」

藍は青ざめる。

「え、だったら……部長は？　ヤクザが絡んでいるのなら、プロジェクトも危ないんじゃ……」

「八城、八城……黙っててくれませんか！」

瑛の苛立った声に、藍はびくりと身体を竦めた。

エレベーターは動かない。ふと見ると、階数ボタンを押していなかった。

つまり今、ふたりきりの狭い密室状態だ。

「プロジェクトや八城を気にする前に、お嬢は自分の身を心配すべきだ」

瑛は藍の顔の横に両手をつくと、歪んだ笑いを浮かべる。

「ねぇ、お嬢。俺が割って入らなかったら、お嬢は八城と手を握っていたんですか？　もしそんなものを見せつけられていたら、あの場は血の海になるところでした」

壁ドンをされているが、どこにもきゅんとなる要素はない。むしろ、鋭利な刃物を喉元に突きつけられているかのような危険な状況に、冷や汗がだくだくと流れる。

「お嬢を怖がらせまいと我慢したんですよ、俺。ずっとおあずけ食らいながら、待てもしている……こんなに健気でお利口な俺に、少しぐらいご褒美のご馳走、くださいよ」

垂れた前髪から覗く琥珀色の瞳に、妖しげな光が過ったのは一瞬。

その目は剣呑さに細められ、笑みを消した顔が一気に冷たさを増す。

「……触れさせるな。他の男に」

その次の瞬間、藍の唇は奪われた。

噛みつくように、貪るように、彼との熱と感触を思い出させるように――

驚き、瑛を突き飛ばそうとしたが、その手が押さえつけられてしまう。

唇を割って舌がねじ込まれ、逃げる藍の舌を捕らえると、荒々しく絡みついてきた。さらに舌を吸われ、食まれ、一週間前に味わった快感が急速に目覚めていく。

ダアンと音がする。瑛が一階のボタンを押したのだ。

下降を始めたエレベーターが止まれば、いつ誰に見られるかわからない。それなのに、藍から漏れる声は甘く、続きをせがむように身体が熱くなる。それが、スリルゆえのものだけではないことは藍にもわかっていた。

……嬉しいのだ。彼に餓えた身が、潤い始めた喜悦に高揚している。

（ああ、もっと。もっと……）

そんな藍の昂(たかぶ)りを鎮めたのは、チンという機械音。

それがなにを意味するのか、ようやく頭が動き始めた時、ドアが開く。

藍は誰もいないことにほっとしながらも、すたすた歩く瑛が会社を出ようとしていることに気づき、慌てて追いかけた。

会社から出て現実に返ると、会社のエレベーターで盛ったようにキスをしてしまったことを後悔する。

（なぜ、拒めないの、いつも……！　なんで喜ぶの！）

昔あれだけ傷ついたのに、再び瑛のもたらす快楽に溺れかけている。

彼のいやがらせを、気まぐれを、真に受けてはいけない――

「西条社長」

藍の硬い声に、瑛は足を止めた。

「わたしはただの担当です。エレベーターの件といい、流されてしまったのは反省します。せっかくここ一週間、西条社長の担当として色々学ばせていただいたのですから、仕事に関してはご期待に添えるよう頑張ります。しかし仕事としてあるまじき行為につきましては、今後お断りを……」

「だったら、プロジェクト潰しましょうか」

瑛は藍に最後まで言わせず、陰鬱(いんうつ)に翳(かげ)った顔で振り向き笑った。

「西条の力を持ち出さずとも、俺の力だけで潰せますよ。要は……お嬢が俺の担当でなければいいんでしょう？　お嬢が属する会社ごと、綺麗に潰してみせましょうか」

金の瞳には、暗澹たる闇が広がっている。本当に実行しそうな瑛の様子に、藍は思わず爆ぜた。

「簡単に潰すなんて言わないで！　そもそもあの下町は、敬愛すべき組長の思い出が残る、あなたにとって特別なところなんでしょう？　だから早々に所有して、独占していたんでしょう？」

　六年前のことを口にするのは正直つらい。しかし言わずにはいられなかった。

「ええ、特別ですよ。だから、誰にも渡さないよう手に入れました。しかし、それと親父さんは関係ない。あそこは……あなたにとって特別な場所だからですよ」

「え……？」

「俺のもとから去ったあなたを取り戻すためには、母親との思い出深いあの土地が必要だった。六年かかりましたが、あなたは自分から俺に会いに来た。あの土地のプロジェクトを成功させるために、俺から逃げようとしなくなった。あなたは自発的に俺のもとにいることを選んだ」

　瑛は歪んだ笑いを見せた。

「ね、あの土地の所有効果は絶大でしょう？」

「な……っ！　そんな理由であそこを……」

「そんな理由？　十分な理由ではないですか、お嬢」

「わたしを取り戻してどうするの。もう組はないわ！　やっぱり組を再興させたいんじゃ……」

　瑛はくつくつと喉元で笑った。

「再興するつもりなどありません。前にも言ったように、草薙組を潰したお嬢に感謝こそすれ、恨みなどありませんので」

「だったら、なぜ……」

「本当にわかりませんか？　俺が……あなたにだけ執着する理由」

金の瞳に光が戻り、妖しげに揺らめき始めた。

「いい加減もう、お嬢は知るべきだ。六年も自由にさせてあげていた意味を。……さあ、時間です、お嬢。俺の胸のうちを知ってください」

甘く囁くその声は、まるで悪魔の誘惑のようだ。

ぞくりとしながらもそれをなんとか払いのけ、藍は怪訝な顔をして尋ねる。

「なんで突然そんなことを言うの？　今さら、なんの言いわけをするつもり？　それもこれも、プロジェクトとかヤクザとかが関係あるからじゃないの？」

なにか魂胆があるための演技は、六年前にもう懲りたから――

「無関係とは言いません。できるだけお嬢のペースで進めようとしていたのに、外野が一斉に動き出し、お嬢を巻き込み始めたのだから。だからもう、俺の意志で動くことにしたんです」

「意味がわからないのだけれど」

「ええ、だからお嬢にも意味がわかるようお話しします。頃合いだったんです。俺ももう……我慢の限界にいますから」

瑛は皮肉げな笑いを見せた。

「俺だってね、男なんです。聖人なんかじゃない」

胸に燻る火種が焔になりそうな錯覚に、藍は本能的な危機感を抱いた。

思わず瑛と距離を取ろうとするが、瑛はそれを許さず、片手を伸ばして藍の腰を引き寄せた。

そして藍の耳に、熱っぽい声で囁く。

「――ホテルへ行きませんか。誰にも盗聴されない安全な場所で、打ち合わせを」

それを聞いて藍は飛び上がった。安全どころか身の危険を感じる。

しかも今日に限って、補正下着はおろか、護身用グッズも家に置いてきてしまった。

それに、なぜ盗聴という物騒なワードが出てくるのだろう。

「あ、安全な場所での打ち合わせなら、勉強会みたいに、あなたのところの社長室で……」

「盗聴器や監視カメラがありますが、いいんですか？　前職に似た客が来ないこともないので設置しているんです」

初耳である。

「見られたいのなら社長室でもいいですし、安心したいのならお嬢の家でもいいですが」

「見られるのも結構ですし、わたしの家も困ります！」

藍の家はワンルームなのだ。あまりに狭すぎて、逃げ場がない。

考え込む藍に、瑛は少し苛立ったように言った。

「お嬢。打ち合わせに応じないというのなら、交渉決裂ということで土地は……」

「そこでそれを出す!?」

「ではお嬢が、打ち合わせ場所として希望するホテルの条件を出してください」

瑛の譲歩に、藍は揚として条件をつけた。

「だったら！　とにかく、とても広くて防犯設備がしっかり整っているところで！　さらに打ち合わせする場所が、ベッドからすごく遠い場所で！　窓もあって太陽も見えて部屋が綺麗で、自由に出入りできるドアがあって……。むろん、ホテルじゃない方が大歓迎ですが！」

次々と増えていく藍の条件を聞きながら、瑛は少し考えると、微笑んで頷いた。

「わかりました。ご希望に添えるところがひとつあるので、ご案内します」

そんな場所が本当にあるらしい。

瑛はタクシーを捕まえて、渋り顔の藍とともに乗り込んだ。

このまま、瑛についていくのが怖い。話はきっと、仕事のことだけに留まらない気がする。しかもまた六年前の出来事に言及されたら、自分は冷静でいられるだろうか。

そんな不安を抱くものの、同時に藍は思った。

たとえ痛みにもがき苦しんでも、六年前の傷にまた触れられることによって、今度こそ瑛と決別できるかもしれないと。

担当である以上、瑛と関わることは避けられない。

ならばきちんと線引きするために、過去と対峙(たいじ)するべきなのかもしれないと。

(彼とのプライベートでの関わりを、最後にするために)

どんな場所であろうと、最後に聞きたいと思ったのだ。瑛の胸のうちを。

瑛をもっと知りたい——六年前のもの以上の欲求が育っているのを、見て見ぬふりをして。

◆・|・◆・|・◆

高台にある都心の一角に、重厚感あるその高層建造物は佇んでいた。

しっかりとしたセキュリティが備わった自動ドアを抜けると、磨かれた大理石の館内が広がる。

受付にいるのは、有能そうな美人のコンシェルジュたち。

深々と頭を下げながら渡された一枚のカードを受け取ると、瑛はそのカードをスライドさせてエレベーターを動かし、最上階フロアにあるドアを開いた。

テレビや応接セットが置いてあるその部屋は、かなりの広さだ。藍が住んでいる八畳ワンルームのゆうに五倍はある。

洋風なのにどこか和風も感じさせる、和洋折衷の意匠が素敵だった。

一面に広がる大きな窓には、目映い陽光に包まれた東京が広がっている。

ここは確かに、藍にとって限りなく理想的な打ち合わせ場所だった。

(こんな場所があるなんて。もしかしてここは、噂に聞くスイートルームというところでは……)

藍は瑛に、ここはどこのホテルのスイートか聞いてみた。その返答は——

「ここは俺の家です。まあ、ホテル風の設備ですが。ホテルでない方がいいと言われたので」

つまり藍は、ホテルよりももっと危険な場所に連れられたのである。

(そういえば、コンシェルジュ以外のスタッフは見なかった！　なんでこんなところが自宅……そうだ、忘れていたけれど、瑛は社長で、西条グループの御曹司だったっけ……）

これは、飛んで火に入る夏の虫。涙目で呆然としていると、後ろから瑛に抱きしめられた。

「ちょ……」

完全なる不意打ちだ。ムスクの香りが藍をくらくらさせる。

「お嬢、そんなにわかりやすく覚悟を決めた眼差しで、俺の領域（テリトリー）に入らないでください。それでなくても、あなたは俺を捨てた前科持ちなのだから」

「覚悟って……」

「仕事以外の俺との縁を、最後にしようとしているでしょう？」

図星をさされて、言葉に詰まってしまった。

「俺のことなど無視して、本当にあなたは冷たいひとだ。六年も待たせ、さらに俺に我慢させ続けた挙げ句、今度も逃（のが）れられると思っている」

「……っ」

「大嫌いな義兄である俺の愛撫に、あんなに女の顔で乱れてせがむのに、それをなかったことにできると思っている。六年前のように、また俺が見逃（みのが）すと思っている。俺が、執拗（しつよう）で冷酷なヤクザだと思い知ったくせに」

そして耳元でわざと吐息交じりに囁（ささや）かれた。どこまでも艶（つや）めいた熱っぽい声音で。

「……ああ、お嬢はなんて可愛くて、浅はかで……つれない女性（ひと）なんだ」

やるせなく響いてくるその声に、藍はぶるっと身震いしながら抵抗を試（こころ）みた。しかし瑛の腕は強く身体に巻きつき、振りほどけない。

「今度は離しませんよ、お嬢。六年待ったんです、俺は。……いや、六年以上だ」

首筋にぬるりとした舌が這い、藍は思わず身を竦める。

「これ、打ち合わせじゃ……」

「打ち合わせですよ。俺とお嬢のこれからを話し合うんです。帰れませんよ。今度は帰すものか。……お嬢がいると思うだけで、こんなにたまらないのに」

瑛は上擦った声で呟き、藍に自らの腰をぐっと押しつけた。尻に感じるのは、硬く膨張したもの。それがなにかを悟った藍は、下腹部を熱くさせて息を詰める。

「お嬢にこんなに欲情している俺を……また、いらないと捨てますか」

それは胸を締めつける悲哀な響きがあった。藍は耐えきれずに叫ぶ。

「やめてよ……やめて！　被害者はわたしよ、あなたじゃない。あなたはわたしを騙してばかりいたじゃない。今だって部長にも、元カレとか嘘をついて！」

「八城に嘘をついたのはヤスです。俺は、勘違いしているのを知りながら否定しなかっただけ。俺には、お嬢との仲が特別ではないと否定する方が嘘になる。それに……」

藍はくるりと向きを変えられ、藍の両肩を掴んだ瑛に真剣な顔を向けられる。

「俺はお嬢を騙したことはありません。六年前、確かに組長命令は下されましたが、お嬢を本気で愛でていた。それに、俺は自分が極道者ではないとは言っていない。それどころか警告したはずです」

『警戒しろよ。俺が、きみを騙していた悪いヤクザだったらどうするんだ』

「欺く必要もない。俺が望んでお嬢のそばにいたのに。俺が騙していたのは、自分の心だけです」

秀麗な顔が、悲痛さに深く翳る。その顔にはヤクザの冷酷さは感じられない。

「お嬢は妹だと、そう強く言い聞かせて線を引かなければ、俺は親父さんとの約束を破り、お嬢に手を出してしまっていた。だから辛抱していたのに、熱で理性が薄れた途端、あのザマだ」

自嘲気味に笑う瑛は、藍がそれまで一度も見たこともない、悩める表情をしていた。

どうしてそんなことを言うのだろう。

過去と対峙すると覚悟していたのに、もう胸がこんなにも痛み出している。

六年かけて忘れたはずのものが、簡単に巻き戻ってしまう。

「六年前、お嬢の告白で我に返ったけれど、あの時……本気でお嬢の心に応えたかった」

期待と絶望の狭間で揺れた昔の時間が、いとも簡単に――

「俺も……ずっと好きだった。そうお嬢に告げて、抱きたかった」

悲痛さを滲ませた絞り出すような声に、藍の心がぐらりと揺れる。

しかし、瑛につけられた傷口をなかったことにはできない。

藍に耐えがたい痛みを植えつけたのは、まぎれもなく――この男。

そして今もなお、自分勝手な言葉で、その痛みをぶり返させようとしている。

「……それを、あの熱の時の免罪符にしろって?」

自分の口から出たと思えないほど低い声を出し、藍は瑛を睨みつけた。

「ねぇ、勝手にいなくなったのは誰？　わたしが慕った隣人の姿を消したのは誰？」

あまりにもひどい。あまりにも身勝手すぎる。

六年間の痛みを、苦しかったあの過去を言葉ひとつで白紙にできるのだと、本気に考えているのだとしたら、そこまで自分は軽んじられていたということだ。

ほろりと、藍の目から涙がこぼれ落ちる。

「簡単に消し去れるような男に、わたしの〝好き〟をわかってもらいたくない」

蘇る失恋の痛みに、胸が張り裂けそうだ。

「元からいなかったの、わたしが好きになったひとは。騙されたのよ、わたしはあなたに」

「お嬢……」

「わたしに触らないで。ヤクザなんて嫌い」

藍は肩を掴む瑛の手を払った。

心のどこかで泣き叫ぶ自分の声がする。

——スキ。

それを掻き消すように、藍は激しい怒りを瑛にぶつけた。

「あなたなんて大嫌い！」

——コノオトコガ、イマモスキ。

途端、瑛が爆ぜたように藍の手を引くと、きつく抱きしめる。

「俺を……好きだと言ったじゃないか」

低く唸(うな)るような声だった。

「今でも俺とのキスに蕩(とろ)け、愛撫に応(こた)えるのに、なにもなかったことにするな」

ふわりと甘いムスクの香りが、残酷にも藍にまとわりつく。

「やだ、離して！」

「離さない」

「やめてよ、このヤクザ！」

「——うるせぇ、黙れ！」

藍の唇は荒々しく瑛のそれに塞(ふさ)がれ、口腔内(こうこうない)にねじ込まれた舌が暴れる。

甘さもなにもない、暴力的な口づけだった。

こんなもの望んでいないのに、こんなもの嫌なのに。

それでも、抗(あらが)えない。

今でも、彼が好きなのだ——

六年経った今も、ひとりの女として、彼に愛してほしくてたまらないのだ。

優しい隣人でなくても、今は冷酷な若頭でなく……ヤクザ家業から足を洗ったこの男に、どうしようもなく惹かれている。

認めたくなかっただけで、最初からもう……わかりきっていたじゃないか。

——瑛が好きだ。

「ふ……く……」

嗚咽（おえつ）を漏らした藍に気づいたのか、瑛は唇を離す。

そして、抑揚のない声で尋ねてくる。

「……そんなにいやですか？」

藍は両手を拳（こぶし）にして、交互に瑛の胸に叩きつけた。

悔しい。悔しい。この男はいつもひとを好きにさせておいて、それに気づかない。

「でも無理です。十分すぎるほど待ちました。もうこれ以上は待てません。だからお嬢を奪い、俺の女にします。たとえ嫌われていても、身体からでも強引に」

琥珀（こはく）色の瞳が仄暗（ほのぐら）い色と混ざり合い、狂気を揺らめかせる。

それは残忍さを滲（にじ）ませながらも、誘惑するような妖美さがあった。

「……わたしは義妹なんでしょう？」

「血は繋（つな）がっていないし、仮に繋（つな）がっていたとしても問題ない」

禁忌すら凌駕（りょうが）してみせる、凶猛心。

ぞくりとしながら、そこに偽りはないと感じた藍は震える声で言った。

「だったら、教えてよ。あなたが熱を出したアパートでのこと。なんで突然いなくなったの？ 本家で、あなたはわたしの気持ちを知っていながら、すべては演技だったと嘲笑（あざわら）った。その時につけられた傷は、わたしの中にまだ深く残っているわ」

その言葉は意外に効力があったらしい。瑛はぐっと詰まり、大きなため息をついた。

そして頭をくしゃりと掻き毟（むし）ると、ゆっくりと真実を語る。

「俺は昔、親父さんの惚れた相手を偵察しに来た際、下町の公園でお嬢に会っているんです。熱々な〝幸せのアイのたこ焼き〟を口に突っ込まれ、死ぬかと思いましたが」

「え……？　公園で？」

母親からもらう、愛情たっぷりのたこ焼き。愛と藍をかけたそれを、当時〝幸せのアイのたこ焼き〟と呼んでいた。瑛がそれを知っているということは、確かに自分と会っていたのだろう。

しかし藍には、瑛と過去に会った記憶はなかった。

「その時もお嬢は、誰もが厭(いと)うこの忌まわしい獣(けもの)の目を気に入ってくれた。……あの時から俺はあなたが欲しくてたまらなかった。理屈抜きに本能で、お嬢を見初(みそ)めたんです」

瑛は愛おしげな表情で語る。

「しかし親父さんはお嬢に過保護で、自(みずか)ら若頭の地位を与えた俺を警戒した。ようやく目付という名目でお嬢の隣人になることに成功したのに、親父さんは俺に三つの首輪をつけた」

〝藍の義兄となること〟〝藍が成人するまで手を出さないこと〟〝藍に無理強いせず、求めさせること〟――瑛はその約束を律儀に守っていたゆえ、藍を妹扱いしていたらしい。

「親父さんに忠誠を誓ったその日から、その命に従うことこそが仁義。しかもお嬢は、親父さんの愛娘だ。お嬢が成人するまで我慢すれば、親父さん公認のもと、堂々とお嬢が手に入る……」

その予定だったのに、と、瑛はすねたような顔をして続けた。

「自制心を超えるほどお嬢が可愛すぎて、俺が我慢できなくなってきた。もし、堪(こら)えきれずお嬢に手を出せば、親父さんは容赦なく俺とお嬢を引き離す。きっともう二度とお嬢と会うことすらできなくなる。頭を冷やして仕切り直すため、一度本家に戻ることにしました」

『時期が来たので、家に戻っただけのこと』――六年前、瑛はそう言っていた。

「ただ……本来それは、あのタイミングではなかった。熱を出して理性を吹き飛ばしたことは、完全に想定外。お嬢を俺の女にしたくて暴走し、いじらしいお嬢の告白で我に返れば、もう冗談ですまされない状況にいることを知り、一旦あの場から引いたんです」

そんな瑛の事情など知らず、藍は置き去りにされたことを嘆いていた。

「でもね、お嬢。熱があろうがなかろうが、お嬢を女として求めたのは本心だ。同時になかったことにしたくないから、去り際に『待っていてほしい、必ずなんとかして迎えにくる』……そう言ったんです。親父さんとの約束をなんとかしない限り、俺はお嬢に好きだとも告げられなかった」

確かに、あの時瑛がなにか言っていた記憶はある。だが、それは拒絶するための言葉だと思い込んでいた。

「あの後、本家に戻りました。親父さんにお嬢が欲しいと直談判している最中、休戦協定を破った他の組の奇襲を受けた。もし奴らが俺を追いかけてくれば、お嬢の存在が明るみになる。だからあの場所を引き払い、大家にお嬢への手紙を託して連絡を絶ったんです。事情があって姿を消すけれど、落ち着いたら必ず会いにくるから待っていてくれと」

瑛の話す内容は知らなかったことばかりで、藍の頭がくらくらしてくる。

「手紙なんてもらっていない。大家さんは認知症で、すぐに娘さんが大家業を引き継いだの」

「……お嬢の様子から、伝わっていない気はしていました」

「でも！　本家では冷たかったじゃない」

瑛はため息をひとつつくと、自嘲気味に笑った。

「親父さんと姐さんの突然の死がなければ、俺はあんな態度は取らなかった」

瑛はまっすぐとした瞳を向けて、静かに言った。

「姐さんの……お嬢にとって大切な母君の死を乗り越えてもらうためです。この世に絶望して生きる気力を失うくらいなら、俺への怒りをバネに強く生きてほしかった」

（なにそれ……。だったら、わたしのためにわざと……）

「俺もそうやって、親父さんに助けられましたから」

瑛は悲しげに微笑する。

彼が抱えていた傷がなにかはわからないが、瑛は冷酷な仮面を被ることで、藍を救おうとしたのだ。その代償に、藍からの怒りと怨恨を一身に受けて。

藍は確かに、瑛へ負の感情を向けることで、母親の死を乗り越えた。

「本家でお嬢を見張っていたのは、逃亡というよりは自殺防止のため。お嬢になにかあったら、生きてはいられない……俺のためです」

「……っ」

「おかしくなりそうなほど恋焦がれていたお嬢の涙を見て平然としていたり、あの言葉の通りに思っていたりするほど、俺は鬼畜ではありません。誰もが怖がる〝死の猟犬〟にも心がある」

瑛は真摯な表情で藍の手を握り、静かに指を絡めた。

藍もまた、おずおずと瑛の手に指を絡めさせる。

「わたし、もう成人したわ。組長もいない。首輪は……外れたの？」

信じていいのだろうか。……いや、信じたい。

大嫌いなヤクザにも、一握りの真実があるのだと。ヤクザもまた人間なのだと。

暴虐で強靱に見えても、藍と同じく脆い心があるのだと。

「その首輪は外れましたが……親父さんの遺言状はふたつありました。俺は親父さんが亡くなる数日前に、親父さんから直々に手渡されたんです。そこに書かれていたのは三つ。お嬢の指示に従い、円滑に組を解散させること。俺についた組員をきっちりと更生させること」

組長が解散を望んでいたというのは、真実だったようだ。

それを藍に託すなど、重荷もいいところだが。

「そして、七回忌を過ぎるまでお嬢に手出しをしないこと。……親父さん亡き後、新たに首輪を三つつけられたんです。それを外さなければ、お嬢が手に入らない」

琥珀色の瞳がゆらゆらと揺れて、切なげに細められる。

「俺は不忠にも、お嬢に早く組を解散してもらいたかった。親父さんの遺言を守れるよう、お嬢に逃げてもらいたかった。だから車を用意して、控えさせていたんです。ヤクザの本家がある場所は、普通タクシーは寄りつかない場所なんですよ」

今思えば、確かに不自然だ。あの場に一台だけ、タクシーが停まっていたなど。

「そして六年目の今年。今月が、親父さんの七回忌でした」

七回忌を過ぎるまで、六年も彼は動かなかった。組長に対して不忠どころか、どこまでも忠実に。彼は堅気になってもヤクザの仁義を貫（つらぬ）いたのだ。

「逃がすのはもう終わり。この六年間で、堅気の男としてお嬢を迎え入れる準備はできています」

ああ、元より逃げる術（すべ）などなかった。逃げる必要もなかった。

すべてはこの男の手の上で、転がされていただけなのだから。

「俺にはもう、邪魔な首輪はない。だから俺は――」

絡み合う視線は、次第に熱を帯びていく。

そしてゆっくりと……唇が重なった。

唇はいつだって知っていた。彼以外の男に心が動かないことを。

瑛の唇が藍の首筋に滑り落ち、かりと歯を立てられる。

「これは〝死の猟犬〟の忠誠の証（あかし）。あなたは俺の、唯一無二の最愛の主（あるじ）です」

瑛は身を屈（かが）めると、藍の足元に傅（かしず）いた。

「これからは、あなたに俺のすべてを捧げる。この命も、この愛も」

向けられるのは、愛おしさに蕩（とろ）けた琥珀色（こはくいろ）の瞳。

「――愛してます、お嬢。これ以上ないっていうほど大切に愛（め）でて甘やかすんで、観念して俺の女になってください」

藍の胸は喜びに打ち震えた。

もう、孤独に喘（あえ）ぐことはない。これからは強がらずとも、彼がいてくれる。

嫌おうとしても嫌えず、好きでたまらない……唯一無二の男が。

「ずっとお嬢を、女として求めてきたんです。今更、隣人の時のような物わかりのいい義兄になどなれない。極道の環境で育ってきた〝死の猟犬〟は、聞きわけのいい愛玩動物ではありません」

凶暴さの片鱗を目に宿しながらも熱情を孕ませて、瑛は藍の返事を待つ。

藍は、ある決意をして口を開いた。

「ひとつ……お願いがあるの。あなたの入れ墨を見せて。あるんでしょう？」

「……っ、しかし……お嬢……」

入れ墨はヤクザの証。藍にとって忌まわしいものだ。瑛が躊躇したのは、それを目にした藍が、態度を硬化させてしまうのではないかと懸念したからだろう。

だが藍にとって、本当の瑛と向き合うためには現実を見つめる必要があった。それができないと、この先何度も彼のもとから逃げ出してしまう気がした。

入れ墨は踏み絵のようなものだ。ヤクザ嫌いの藍が瑛の入れ墨を受け入れられたら、この先なにがあっても彼を信じられる。

「お願い」

藍の覚悟を感じ取ったのか、瑛は了承した。

瑛は背広を脱いで、床に放った。ネクタイを解き、カフスボタンを外す。

そしてゆっくりとワイシャツのボタンを外していくと、鍛えられた胸板が見えた。

着痩せするタイプなのだろう、胸板は大人の男の逞しさを感じるほど厚い。

修羅場を経験してきたヤクザなのに、昔にヤスが言った通り傷は見当たらない。

それほど強い若頭だったようだ。

瑛はひと呼吸おいてから、ワイシャツを脱ぐと、くるりと背を向けた。

そこにあったのは――隆起した背中一面に広がる、金の目をした黒き獣の入れ墨。

開いた口から鋭利な牙を剥き出しにして、獰猛さを見せつけている。

それはまさに怖い獣なのに、藍は不思議と親近感を覚えた。

この獣と、昔に会ったことがある気さえしてくる。

（なんだろう。このワンちゃん、とても懐かしい気がする。また会えたねって……」

ふと、脳裏を過るのは幼い頃の記憶。

「どうしました？　やはり怖いですか？」

無言になった藍に、不安げな声がかけられる。

「ううん、違うの。わたしのヤクザ嫌いの原因にもなった……下町で地上げしていたヤクザを思い出して。あの時、ヤクザに殴られていたせいか記憶ははっきりとしてはいないんだけれど、突然黒い犬が飛び込んできて助けてくれたの。そのワンちゃんとだぶって……」

金の目をした黒い犬――そんなものは世にありふれている。

しかし藍にはなぜか、瑛の入れ墨の獣と記憶が重なったのだ。

そんな時、瑛が静かな声で訊いてきた。

「地上げされていたのは、商店街の……駄菓子屋『すずらん堂』ですか？」

「そうだけど……なんで知ってるの？」

すると瑛はため息をついて言った。

「やっぱり……姐さんの話に出てきた時に、もしやとは思っていましたが。……それは俺です。親父さんと歩いていた時に騒ぎを聞きつけまして。のびたと思っていたチンピラに服を掴まれ、破けてしまったんです」

「あれはワンちゃんではなくて、あなたなの!? もしかして、救急車を呼んでくれたのも……？」

「救急車は、親父さんです。ヤクザが幼子と老婆に手を上げているのを見た親父さんは、それを機に休戦協定を考えたと言っていました。協定の陰の立役者は、お嬢だったんですね」

愉快そうに瑛は笑顔を向ける。

「あなたは……わたしの恩人でもあったのね……。あの時は、ありがとう」

藍が背の獣に触れると、瑛はびくりと筋肉を動かした。するとそれに呼応するように、瑛と同じ金色の瞳が動いた気がする。

「……お嬢が怖がらないのはなによりですが、それは誰もが怖がる獣で、犬ではないんです」

苦笑交じりに瑛が言う。

「えっ、ワンちゃんじゃないの!?」

「はい。それは北欧神話に出る、狼の姿をした巨大な怪物、フェンリル——神々の鉄鎖を引きちぎる獰猛な獣です。それにちなんで俺は〝死の猟犬〟と呼ばれました」

ああ、彼は……背に猛獣を飼っているのだ。

「じゃあ、あなたも獰猛なの？」

藍の言葉に、瑛は小さく笑った。

「どうでしょう。躾をされているので、ひとたび忠誠を誓うと死ぬまで尽くす健気な奴だと思うんですが」

そう冗談っぽく告げる瑛の入れ墨に、藍はそっと頬摺りをした。

怖くなどなかった。ただひたすら……愛おしい。

「……お嬢。その……触るの……やめてくれませんか？」

「どうして？　気に入ったのに」

「それはほっとしましたが……惚れた相手に直に触られると、禁欲中の身としては、その……」

「欲情するって？」

藍が直球で言うと、長い間をあけた後、観念したように瑛が頷いた。

「じゃあ、もっと触る」

「お嬢！」

藍の唇を肌で感じ取った瑛が、慌てて振り返る。

藍は今までのことを思い出しながら、瑛に静かに言った。

「どんな理由があったにしても、あなたはわたしを傷つけた。わたしは苦しんだわ」

「……はい。お嬢を傷つけたことは、生涯償っていきます」

瑛は殊勝に頭を下げる。

「わたしも、あなたたちの拠り所を簡単に潰してしまった。そのことと同等だとは思わないけれど、それで六年前のことは、ひとまず……手打ちにしてくれる？」

瑛は笑って頷いた。

「それとわたし……あなた以外の男にキスされると気持ち悪くなるし、触れられるとぞわっとするの。あなた以外、好きになろうとしてもまったくだめだった。なぜだと思う？」

そう尋ねる藍の額に己のそれをコツンとぶつけ、瑛は唇が触れあう至近距離で囁いた。

「言ったでしょう、そのまま聞くなと。あなたの意見をきちんと交えて言ってください」

「たぶん、かなり重症なくらい、あなたが好きなんだと思うの。ずっとあなたに、キスを……されたくて、たまら……なかった、か……ら」

瑛のように余裕ぶってみたが、もう無理だ。気持ちとともに涙が溢れ出る。

藍はようやく秘めていた想いを口にした。

「ずっと、ずっと……あなたが好きだった。どんなに冷たくされても、あなたが大嫌いなヤクザであっても、忘れることなんて……」

最後まで言えなかったのは、瑛にきつく抱きしめられ、唇を塞がれたからだ。

瑛は急いたような荒い息を吐き、角度を変えて藍の唇を貪る。

藍が唇を薄く開くと、瑛の舌が差し込まれ、卑猥にくねらせた舌が絡み合う。

ただ気持ちいいだけとは違う。瑛の心とも溶け合っている至福感に、藍は甘い声を漏らした。

彼の首に両手を巻き付けて、もっと瑛が欲しいとねだって身体を擦りつける。

「お嬢、ああ、お嬢……っ」

上擦った声で藍を求めながら、瑛は揺れ始めた藍の腰をがっちりと捕まえ、自分の下肢に密着させる。スラックス越しにはっきりと猛るそれで、藍の恥骨にごりごりと激しく擦りつける。さらに藍の片足を持ち上げると、ショーツのクロッチの上から何度も抉った。

この中に挿れたいのだと、ストレートに意思表示している。

「ん、うぅっ」

瑛は濃厚に舌を絡め、下半身を密着させたまま、藍の尻の下に回した手で身体ごと浮かせて移動した。背を倒したソファに藍を横たわらせると、足の間に腰を入れて覆い被さる。

見上げる瑛の顔は妖艶で、金色に光る目は蠱惑的な肉食獣のようだ。

熱を滾らせる瑛の双眸から目を離せないまま、藍は下着ごとブラウスを捲り上げられた。

瑛の舌が腹部を這う。ざわりとした快感に、藍は顔を横に背けて身を捩らせた。

「お嬢、こっちを見て。俺がどうやってお嬢を愛しているのか、すべて見てください」

瑛は一層ぎらついた目を細めると、恐る恐る顔を戻した藍と視線を交わしたまま、ゆっくりと舌先を腹部に滑らせた。

瑛の舌は胸の頂上へ向かい、蕾の周りをぐるぐると旋回する。

藍から甘い声が漏れた瞬間、蕾は激しく揺らされ強く吸引された。

反対の胸は揉み込まれ、口淫に合わせ蕾を指先で捏ねられる。

「やっ、あっ」

藍が快感に乱れる様を見て、金の瞳が嬉しそうに細められる。

非情だったはずの彼の目は、どこまでも愛おしさに満ちていた。

「……ああ、可愛いですよ、お嬢。この蕾も……んっ、こんなにしこらせて、気持ちいいんですね。交互に舐めてあげましょう。ん……お嬢は、右が弱いみたいだ」

「そんなこと、言わないで……ああ……っ」

右の蕾を瑛に歯を立てて甘噛みされ、藍はびくんと身体を跳ねさせた。

「こんなに腰を振って、俺のに擦りつけておねだりするなんて、なんていやらしいんだ」

瑛の言葉通り、藍の足は彼の腰を強く挟みつけて揺らしていた。

欲しい——

理屈抜きに本能が、瑛を求めている。

飢えていた部分をもっと満たしてほしい。

「思い知ってください、お嬢。俺の前で、どれだけはしたなくなれるのか」

そう宣言して、瑛は藍の足からパンストとショーツを素早く抜き取った。

そして藍の両足首を掴むと、折りたたむようにしながら押し広げる。

「あぁ、お嬢。蜜が溢れていますよ、花びらをひくつかせて……こんなに欲しがっていたんですね」

「やあっ、見ないで！」

藍は羞恥のあまり足を閉じようとしたが、瑛に掴まれたままの足は動かない。

「見ますよ、愛おしいお嬢のものはすべて。……お嬢のここは、俺のもの。これから、はちきれそうなほど猛っている俺のを奥深くまで押し込んで、お嬢と溶け合うんですからね」

耳打ちされた瑛の言葉に、ぞくぞくしてくる。きゅんきゅんと切なく疼くそこに、瑛の男の部分が触れると想像しただけで、秘処も子宮も悦びにとろとろに蕩けるのが自分でもわかった。

魅惑的な金色の瞳が、秘めたるところをじっくりと見つめている——それだけで恥ずかしくて居たたまれないのに、瑛は藍の淫らな変化を見逃さず、うっとりとした声で言う。

「ああ、お嬢……すごい。太腿にまで、いやらしい蜜を垂らして……」

「いや……言わないで」

「黙っていられません。焦がれている女が、こんなになって俺を求めているんです」

瑛は熱に浮かされたように呟くと、秘処に顔を近づけた。

「だめっ、お風呂に入ってないから、だめ！」

本能的に瑛がなにをしようとしているのか察知し、藍はわめいた。

「風呂なんていけません。俺は……そのままの、濃厚なお嬢を味わいたいんだから」

熱い息を吹きかけながら、瑛は秘処に唇を押し当てる。

それは淫靡な行為なのに、騎士の忠誠の誓いのように崇高さがあった。

長い口づけは、じんわりとした熱と柔らかな感触だったが、それに慣れない藍は息を詰めてやり過ごすことしかできない。

やがて瑛は恍惚とした顔で舌を突き出すと、ゆっくりとそれを動かして、蜜で濡れしきった花園の表面を味わう。

もどかしかったそこに突如快感を与えられ、藍は喘がずにはいられなかった。

「やっ、ぁんっ、ああ……」

粘着質なものがまざった水音に、藍の甘ったるい声が重なる。

されている行為も、出している声も恥ずかしいのに、一方でたまらなく嬉しい。

藍の声はますます艶めき、無意識に瑛の髪を両手で掻き乱していた。

「あぁ……俺の愛撫でこんなに乱れるなんて、可愛すぎる。たまらない」

瑛はやるせなく呟くと、じゅるるると大きな音を響かせて、激しく蜜を吸い立てた。

激しい快感に、藍は悲鳴のような声をあげて背を反らせる。

「それだめっ、変になる。なっちゃうから！」

快感に耐えきれず、太股が戦慄いて足先が揺れる。

「なってください……ん、お嬢の味……美味しい」

瑛は、がくがくと揺れる藍の腰をがっちりと押さえ、舌で念入りに秘処を掻き回しては、蜜を強く吸引する。ごくんごくんと嚥下する音と振動に、藍は食べられているような倒錯感に陥りながら身悶える。

「ああ、ああっ」

瑛を犬のように奉仕させているのに、至福感と喜悦感が藍を満たしていく。

暴力的なほどに襲ってくる快感の波に、藍は仰け反りながら激しく喘いだ。

「吸っても舐め取っても、まだ蜜が湧いてくる。そんなに感じてくれるなんて、嬉しいです」

瑛はうっとりとした声音を響かせつつ、とめどなく蜜を溢れさせる蜜口に中指を埋め込んだ。

くぷりと音がして、熱いものがこぼれ出た。

「は、う……んんっ」

瑛の指がゆっくりと抜き差しを始めると、若干の圧迫感や違和感も薄らいでいく。

「お嬢の中は、熱くてとろとろです。……見てください、お嬢。俺の指をこんなに咥え込んで、食いちぎろうときゅうきゅうに締めつけてくる。お嬢は本当にいやらしい」

はしたなく広げた足の間で、瑛の指が根元まで埋め込まれては引き抜かれる様は、どこまでも淫靡だ。目を背けたいほど恥ずかしいのに、瑛にされることすべて目に焼きつけたい心地にもなる。

さらに、内壁を擦り上げる彼の指が、探りつつも確実に藍の官能を引き出していく。指の動きに合わせて腰が動き、嬌声が止まらない。

「あぁっ、あぅんっ、んん……！」

藍が乱れれば乱れるほど、瑛は嬉しそうに金の目を和らげる。

「ふふ。可愛い啼き声だ。早く……この中に俺のを根元まで挿れたいところですが、もっとよく中を解しましょうね。お嬢に気持ちよく俺を感じてもらうために」

この先、指ではなく瑛と繋がることを想像したら、身体がさらに熱くなった。

その瞬間を見計らったかのように、ある一点に触れられ、藍は悲鳴じみた嬌声をあげた。

「見つけた。ここですね。お嬢のいいところ」

そこを重点的に攻められると、さざ波のように肌をざわつかせていた快感が、突如強烈な奔流となって全身を走り、藍はあっという間に達してしまった。

がくがくと身体を震わせている間、指を引き抜いた瑛が、蜜が滴る指を藍に見せつけるようにして口に含んだ。そして艶のある流し目を藍に送りながら、卑猥に舌を動かして蜜を舐め上げる。

その妖艶さにあてられた藍が真っ赤な顔をしていると、瑛はふっと笑い、閉じられた足を再び左右に開く。

「え、やっ、わたし、まだ……」

「今日は何度もイッてもらいますよ、お嬢。俺の指も俺の舌も、お嬢の身体に刻み込みます」

そう言うと、瑛は達したばかりでまだひくついている蜜壷に、容赦なく二本の指を差し込んだ。

二本の指は蜜を潤滑剤にして別の生き物であるかのようにぱらぱらと動き、藍の内壁を愛でる。

「あっ、やっ、ああ！」

変化のついた愛撫を受け、藍は戸惑いつつも快楽に喘ぐ。

「もしかして……俺の方が、我慢を強いられるかもしれませんね」

藍に愛おしげな眼差しを向けて呟いた瑛は、抽送を続けながら、身体を倒して蜜口の前方を唇で吸い立てる。そして舌を伸ばすと、隠されていた粒を見つけ出して優しく舐めた。

「ひゃ、あああっ」

内側と外側からの快楽の波が同時に藍を襲い、藍は髪を振り乱して啼いた。

この行為が瑛の愛の顕現だというのなら、決して穏やかなものではない。

猛烈だ。過激すぎる。

「ああ、わたし、また……！」

迫り来る波に戦きながら、息も絶え絶えに訴えると、瑛が口淫しながら言う。

「お嬢……ん、イク時は……俺に、イキ顔……見せてください」

わざとくねらせた舌を見せつけ、秘粒を揺らす瑛の目はぎらつき、獰猛な肉食獣を思わせた。

瑛の男の顔は、藍の女の細胞を否応なく刺激する。問答無用に上り詰めていく藍は、金色の双眸に捕らえられたまま、艶めいた女の声を響かせて弾け飛んだ。

「ああ……なんて顔でイクんだ、お嬢は！　食らうのは……俺の方なのに、逆に俺を食らう気か」

瑛は悔しげに言い捨てると、肩で息をする藍の唇を奪う。

藍の腹に、スラックス越しの猛ったものが擦りつけられた。

それは瑛の……男の象徴であり、それを迎え入れて自分は女になる。

瑛だけの女に――

そう思った瞬間、なぜか早く欲しいと急いた気分になる。

「……ちょうだい」

「なにをです？」

耳に吹きかけられるのは、誘惑するような妖艶な声。

瑛はわざと腰を動かして、藍の肌に分身の雄々しさを意識させている。

「欲しいのは……あなたなの。……早く、奪って。わたしを……瑛の女にして」

たまらず藍が涙目で懇願すると、瑛は苦しげに目を細めた。

「ああ……くそっ、破壊力……ありすぎだろうが……！」

瑛はベルトを外すと、ソファに放ったままの背広に手を伸ばした。

そのポケットから取り出したのは、小さな箱。

藍はぼんやりと、このマンションに来るまでの間、瑛がコンビニに立ち寄ったことを思い出す。

中にある包みがなにかわからないほど子供ではない。

それを素早くまとった瑛は、匂い立つような男の艶(つや)を強めた。

「お嬢、挿(い)れますよ。俺の女に……しますから」

そして――

「――愛してます、お嬢」

瑛は正常位の形で、猛々(たけだけ)しい己(おのれ)の剛直を埋め込んでいった。

狭道をぎちぎちと押し開き、藍の中に太くて熱い瑛が挿入(はい)ってくる。

想像以上の圧迫感だ。

藍は、はくはくと浅い息を繰り返し、かなりの質量を持つ瑛を迎え入れた。

「ああ……、お嬢の中、すごい。絡みついて絞り上げてくる」

苦しげな顔をしているのに、瑛の声は恍惚(こうこつ)としている。

そんな瑛を見るだけで、愛おしさが募(つの)ってくる。

「お嬢、痛みは？」

「大丈夫。痛くはないけど……変な感じ」

「だったら、一気にいきますね。早く……全部挿れたい……！」

瑛がぐっと腰を進めた次の瞬間、疝痛が藍を襲い、脳裏に赤い亀裂が走る。

瑛は声をあげようと開いた藍の唇を奪い、逃げる腰を掴むと、最後まで押し込んだ。

藍の引き攣った息と、瑛の呻き声が重なった後、瑛は身体を倒して藍を抱きしめた。

「お嬢、わかりますか。熱いお嬢の中に、俺が……いるのが」

「わかる……。瑛も、とっても熱いわ」

藍の口からするりと出てきた、瑛の名前。

瑛は泣き出しそうな顔で微笑むと、藍とゆっくりと唇を重ね合わせた。

心も身体も繋がり、藍の胸は幸せで満たされる。

ほろりと涙がこぼれると、瑛は唇で涙を拭って言った。

「つらい思いをさせ、待たせてしまってすみません。でも俺の心はいつだって、お嬢のだけのもの。それはこの先もずっと――」

「瑛……」

「おかしくなりそうなほど、あなたを愛し……求めてきました。愛してます……愛してる、藍」

胸が苦しいくらい、きゅんとする。

「藍、藍……。俺のお嬢……」

口づけが急いたものに変わるのとは裏腹に、瑛が緩やかな律動を始める。

息が詰まるほど圧迫感あるものが、ゆっくり抜かれると、開放感よりも寂しさが強くなる。出ていかないでほしい——そう目でせがむ藍に、少しだけ速度を速めて剛直が戻ってきた。

内壁を擦り上げられる感触に、ぞくぞくする。

「痛くありませんか？」

「じんじんするけど……痛くない。なんか……もっと動いて、奥まで欲し……んんっ」

そう言った途端、藍は官能的な喘ぎを繰り返した。

「悩ましいメスの顔をしている。たまらない顔だ……。だったら、遠慮なくいきますよ」

力強い律動に身体が揺すぶられ、声が漏れ出てしまう。

「は、あっ、あぁっ」

「お嬢、お嬢……ああ、すごく……いい。溺れそう、だ……」

瑛は精悍な身体を汗で濡らし、壮絶な色気をまとっていた。

時折、喉元を晒して呻く様はどこまでも男の艶に満ち、藍の女の部分を震わせる。

猛々しく怒張している剛直は衰えを知らず、藍を屈服させるかのように力強く穿つ。

瑛のもとでは藍のすべてが暴かれ、心を通わせてもなお容赦なく攻められる。

それでもいい。それが嬉しい。

「それ、気持ち、いいっ、ああ、奥から、波みたいに……気持ちいいのっ」

子宮の奥から、絶えずぞくぞくとしたさざ波が生まれ、止まらない。

剥き出しの瑛に深層を擦り上げられると、溶けてしまいそうになる。それは表面的な前戯とはまた違う、充足感に満ちた鮮烈な快感を藍に与えていた。

快楽が、藍を呑み込もうと大きな渦を巻き始めた。

(ああ、……ひきずりこまれそう)

そんな時、瑛は繋がったまま藍を抱き上げ、座位の体勢にした。

質量ある剛直が一気に奥まで貫き、そこで息づく。

最初の時よりも藍を息苦しく感じさせるのは、瑛が昂っているからだ。

猛った瑛は藍の胸の頂きに吸いつき、腰を大きく突き上げた。

「は、ああ……っ」

「ああ、初めてなのにこんなに締めつけて。いけないひとだ。……でも、まだですよ。ようやくあなたを手に入れたのだから、じっくりと味わわせてもらいます」

舌舐めずりをしながら、ガツンガツンと腰を打ちつける瑛は、どこまでも野生的だ。

未開だった深層が抉られ、再び容赦なく穿たれる。

快楽の渦に呑まれて溺れてしまいそうになり、藍は瑛の背中に回した手に力を入れた。

(あ……ワンちゃんが、痛がってしまう……)

その手をすぐにひっこめたが、それを瑛は曲解したらしい。

「やはり……ヤクザは、怖いですか?」

「違う。ワンちゃん……傷つけたくなくて」

たどたどしく答えると、瑛は妖艶な顔をしたまま小さく笑った。

「犬、か。いまだ愛玩動物だと思うのは、お嬢だけですね。フェンリルもきっと喜んでいる」

瑛は艶めいた流し目を寄越したが、すぐに独占欲に滾った剣呑な目になった。

「でも……お嬢は渡しません。どんなにこいつと付き合いが長くとも、お嬢の味見すらさせません。お嬢は……藍は、俺のものだ。俺だけが、藍を食らい尽くす」

一瞬、彼の背中の入れ墨が、瑛と重なって思えた。

自分を抱いているのが、獰猛な金の目を細め、舌舐めずりをする——瑛の顔をした獣のように。

「わたしも……瑛にしか、あげない。どんなに瑛の顔をしても……瑛じゃないといや」

心も身体も許すのは、唯一無二の恋人にだけだ。

藍の返答を受け、瑛の目がゆったりと細められ、口角が持ち上がる。

「お嬢……そんなことを言って俺を煽るなんて、どうなっても知りませんよ。俺、手加減できませんから」

言葉が終わるやいなや、瑛の律動が激しくなった。ぐちゅんぐちゅんと粘着質な音が響き渡る。結合部分からは、ふたりの欲情の証——攪拌された淫液が垂れている。

「ああ、たまらない。気持ちよすぎて頭が変になりそうだ。お嬢は……離さない。離さないからな。お嬢は……藍は……、俺だけの女だ——」

瑛は、なにかに責め立てられているかのように叫ぶと、一気に藍を高みに押し上げた。

汗ばむ肌を密着させながら、内部までみっちりと繋がる至福感。

独占欲をぶつけられ、快楽で支配されるこの身は、完全に肉食獣に捧げられた獲物だ。

それでも——藍は嬉しかった。ずっと望んでいたのだ。

手荒でもいい。壊れてもいい。

理性を壊すほど、瑛に男として求められたいと。

……ああ、ずっと、こんな風に愛されたかった。

妹でも知人でも友人でもなく、ただのひとりの女として、欲情に猛る男に愛されたかった。

誰よりも必要だと、激しく求められたかった。

瑛の身体から、ぐつぐつと滾る血潮が伝わる。

それはかつて、兄のように優しく穏やかだった男のものではない。

激情を伝える眼差しは、凍てついた眼差しをした若頭のものでもない。

歓喜にも似たぞくぞくした感情が、藍の身体を激しく昂らせる。

さらに快感が強まり、絶えず押し寄せていた快楽の波が大きく渦巻いた。

藍を呑み込もうと、怒濤の勢いを増しながら。

「お嬢、俺だけを求める、ただの女になれ！」

激しい快感によがりながら、藍は頭を振り乱して高みに上っていった。

「ああ、あああああっ、これ、だめっ、壊れる、だめぇえっ」

前戯など比べものにならない快楽の衝動。否応なく、渦が藍を呑み込んでいく。

容赦なく穿たれ、やがて藍の視界に果てを知らせる白い閃光が飛び散った。

「イク……イク、イッちゃう、瑛、瑛っ」

泣き叫ぶと同時に瑛の唇が藍のそれを塞ぎ、ぎゅっときつく抱きしめられた。

そのまま奥に向けてゆっくりと深く突き上げられると、藍は瑛の背中に爪を立てる。

そして……身体を大きく反らし、一気にぱあああんと爆ぜた。

その瞬間、苦悶の表情を浮かべた瑛は、藍の尻をぎゅっと引き寄せる。

「藍、俺も……ああ、イ、ク――っ」

藍の最奥でぶわりと膨張した剛直を震わせ、薄い膜越しに熱い欲を放った。

悩ましい声で呻き、少しでも奥に精を注ぎたいと言わんばかりに何度も腰を打ちつけてくる。

そして荒い息をつきながら、藍と唇を重ねて避妊具を取り替えると、藍を押し倒して正常位で繋げてきた。男の艶に満ちた顔で藍を見下ろし、ゆさゆさと藍の身体を揺らし始める。

「やっ、やだっ、わたし、まだイッているのに……ああああっ」

瑛の剛直は萎えていなかった。藍の味を知った瑛は、好戦的な眼差しを藍に向ける。

「一度でなんか、終わらせませんよ。どれだけ……待ったと思っているんですか。どれだけ……お嬢の中が俺を歓迎して気持ちよくさせていると思っているんですか。今日のレッスンは、お嬢の中が俺の形を覚えるまで、です。幸いなことに、明日からは週末ですしね」

（ま、まさかぶっ続けで……）

「大丈夫。初めてでもあんなに中で感じることができるなら、こちらの面ではかなり優秀ですから。俺が保証します。俺なしでは生きていけない身体に……ちゃんとなれますよ？」

そう妖艶に笑う瑛は、嗜虐的な目をしていた。

朝食兼昼食は、瑛の手作りオムライス。とろりとした卵皮を捲れば、チキンライスが現れる。

「まったく、お嬢は甘えたさんですね。ちゃんと食べて体力をつけてください」

リビングのソファに腰をかける瑛は、彼の膝の上にいる藍に、ゆったりと笑いかける。

そしてオムライスを自ら(みずか)の口に運ぶと咀嚼(そしゃく)し、そのまま藍に口移しをした。

絶妙な味が口に流れ込むが、味わう前に舌を搦(から)めとられ、食べるどころの話ではなくなる。

(せめて腕だけでも動けば……)

あれから朝まで、絶倫な元若頭はベッド以外の場所でも身体を繋(つな)げてきた。

まるで瑛の家に、藍の痕跡を残すマーキングをしているかのように。

獣(けもの)みたいな後背位での交わりの際、腕立て伏せの状態で長らくいたものだから、藍の両腕は筋肉痛で持ち上がらない。さらに疲労困憊(こんぱい)の腰は砕け、立ち上がることすらままならない。

しかし腹だけは空く。きゅるるると切ない音が響くと、瑛は笑って食事を作ってくれた。そして二十分後、お揃いのシルクのバスローブを着せられて運ばれ、こうして餌付(えづ)けをされているのだ。

「本当にお嬢は、俺なしでは生きられない身体になりましたよね。いろんな意味で」

含んで笑う瑛に、目だけで詰(なじ)ってみせても敵(かな)うわけがない。

不意に瑛の揶揄(やゆ)めいた笑みがすっと消え、男の艶(つや)が色濃くなる。

それはキスをしたいという合図だと、藍にはもうわかっていた。

彼がすべての仮面を外して、ただの男としての顔を見せる時、藍もたまらなくキスをしたくなるのだ。

ちゅくちゅくと音を立てて唇が重なった。ぬるりとした舌の先同士が、戯(たわむ)れているみたいにくねって擦り合う。やがて藍の舌は吸われ、舌の根元まで絡ませ合う濃厚なキスが始まる。

「ふ、ぅんっ」

甘い声は絶えず藍の口から漏れ、呼応するように瑛の声も漏れる。

瑛も感じてくれていると思うと嬉しい。必死になって舌を動かすと、頭を両手で抱きしめられ、お返しとばかりに官能的な大人のキスをたっぷりとされた。

脳まで痺(しび)れるようなキスに身体の芯が熱くなる。思わず腰を振ってしまうと、瑛の手が滑り落ち、バスローブの裾の内側に潜(もぐ)り込んだ。尻たぶを強く揉まれた後、その手は尻の合間を滑るようにして前に進み、秘処に行き着いた。くちゅりと音がして、蜜で潤(うる)んでいる表面を掻き混ぜる。

「あっ、ああっ」

思わず唇を離し、瑛の首元で喘(あえ)ぐと、愛おしげな眼差しが注がれる。

「お嬢、いやらしい顔をしている。そんなに気持ちがいい？」

こくこくと頷きながら、瑛の腕を掴(つか)む。果てはもう近くにまで迫っていた。

「でも、だめです。イカせません」

指を外され、藍はいやいやと頭を振ってせがんだ。

「意地悪、しないで……」

「意地悪ではありません。お嬢は……知ったでしょう？　俺の味」

いつの間にか、破れた避妊具の袋が床に落ちている。藍が寝ている間に、新たに避妊具が数箱増えていた。そんなにたくさん消化することはないと笑っていたものの、このペースならすぐになくなってしまうかもしれない。

「指じゃ……物足りないでしょう？」

ずん、と下から突き上げられ、藍は悲鳴を上げた。

何度も繋げたのに、いまだ擦り上げられて中が埋められる感覚には慣れない。

肌が粟立つような快感に悶え、それが落ち着くのを待ちたいのに、瑛はお構いなく律動を始めるのだ。

「や、んんっ、はぁっ」

身体を揺さぶられて弾む声に、艶が混じる。

気持ちがいい。頭がおかしくなってしまいそうなほどに。

挿入されると、本当の自分に戻ったかのような満たされた感覚になってしまう。

「あああっ」

「朝からこんなによがって、締めつけてきて……。あれだけしたのに、まだ満足していないんですか？　こんなに熱く蕩けさせて、お嬢は……どこまでいやらしいんです？」

蕩けているのは瑛の方だ。

欲を溶かしたこの金色の瞳を見ているだけで、たまらない気分になる。

匂い立つ男の色気に、噎せ返りそうだ。

「お嬢、あっ……、気持ち、いい……。……くっ、病みつきに、なりそうだ」

もっと喘がせたい。この美しい男を溺れさせたい――

「あ……お嬢。そのいやらしい腰の動き、どこで覚えたんですか。……ああ、妬ける。お嬢に、そんな動きを教えた男を……殺したい」

剣呑に細められた目と、口から出る言葉は、あまりに理不尽で物騒だ。

瑛が初めてだとわかっているくせに、いるはずもない男の影を勝手に創り出して嫉妬している。

それが愛ゆえと思うと、可愛くて仕方がない。藍は微笑ましい心地で見ていたのだが、瑛はそれを肯定だと受け取ってしまったらしい。

「悪いお嬢だ。……許さない。許しませんよ。飼い犬だって……噛みつくんです」

途端に藍の中の剛直が膨張し、律動が獰猛になる。

瑛の目にはぎらぎらとしたものが浮かんでいた。嫉妬だ。

それが嬉しいと思う自分は、おかしいのだろうか。

身体を繋げたままソファに倒され、ガツンガツンと腰をぶつけられる。

「あ、あんっ、奥までくる。破れる……お腹、破れちゃう！」

「孕ませたい。俺を煽り、男の影をちらつかせる悪いお嬢の胎の奥に、この激情を注ぎ込みたい」

あまりにも激しい動きのため、避妊具が破けてしまいそうだ。

藍は段々と身の危険を感じ始めた。このままでは、本当に壊される。

「そんなひと、いない、から。自然に、腰が動いただけ……よ。瑛が感じてくれるのが嬉しくて、瑛が感じてくれるのが嬉しくて、もっと気持ちよくさせたかった、だけ……だから、これ以上、激しくしないで……っ！」

「お嬢、あなたは男心をもっと知った方がいい。あなたの気持ちに悦ばない男がいるのなら、それは男じゃありません。俺は……一途で純情な可愛い男なんですから」

「純情な可愛い男は、こんなに獰猛じゃない。今のあなたは、飢えた野獣だから！」

「野獣……。はは、いい響きだ。背中も疼く。本当にお嬢は悦ばせるのが上手だ」

瑛は舌舐めずりをして、さらに動きを激しくする。

「悦ばせてない、激しいのだめ！　おかしくなる、から……あ、あああっ」

野獣から与えられる恐怖と快楽は紙一重。大きな波が、すぐそこまで迫っていた。

「だめと言いながら、中はもっとしてほしいとうねって誘ってますよ。ご期待にそわないと、ね」

瑛がラストスパートをかけ、藍は紅潮した肌を強張らせて一気に達した。

「んっ、お嬢、俺も……っ、あ、あぁ――く、うっ！」

瑛も吼えるような声をあげて何度も吐精しながら、藍の肩に噛みついた。

軽くではない、がぶり、とだ。

それは野獣の激しい求愛――

（うう……なんとか壊れずにすんだけど、最中に彼を怒らせたらだめだ。口は慎もう……）

半分白目を剥きながら、藍は思った。

◆・|・◆・|・◆

「死の猟犬さん、明日が出勤日だというのに、まったくもって身体が動きません」

ベッドの上にいる藍は、虚ろな目を天井に向けて言った。

「いいですよ、お嬢の面倒は俺がみますから」

藍に腕枕をしている瑛は、琥珀色の瞳を愛おしげに細める。

瑛は疲れ知らずだ。それどころか溌剌として、美しさにも拍車がかかっている。

「あなたの性欲と体力は、化け物級ですね」

「お褒めいただきありがとうございます」

「まったく褒めていないんだけど⁉　その……回数を減らしてもらえない？　せめて一日一回とか」

「無理ですね。そもそも、今のお嬢がもう満足できないでしょう。お嬢は甘えたの欲しがりさんですから」

ちゅっと啄むようなキスが、唇に贈られる。

しかし……なぜこの男はこんなに色気がすごいのだろう。セックスを重ねるほどに、妖艶さを増している気がする。ただ会話を交わしているだけでも、のぼせてしまいそうだ。

「……また、俺が欲しくなりました？　蕩けそうな顔になっている」

「蕩けた顔をしているのは瑛の方。もう少し、その色気……減らせない？」

「それを言うならお嬢だって同じです。たまらないくらいのメスの匂いと色気を撒き散らしていますよ。月曜からお嬢の色気にあてられた虫退治に、忙しくなりそうだ」

「その必要はまったくないわ。それより、寝ている間にまた繋がっていた部分がとても硬くなっているみたいだから、少し自重してほしいんだけど」

「つれないな。俺がこんなになるのは、お嬢が好きでたまらないからだと、まだわかりません？　自重しろと言われても、もう止められませんよ。むしろ溢れすぎて溺れています」

「……っ」

「お嬢、愛してます。俺の愛をすべて受け入れてください」

耳元で囁かれる声にぞくっとして、藍は反射的に身を捩らせる。

「でも……お嬢に嫌われないよう、今は繋げているだけで我慢します」

そう言って瑛は藍を抱きしめ、顔中に優しいキスの雨を注いだ。

「わたし……こうしているだけでも幸せなの」

「ええ、俺も。でも、自分の女を隅々まで支配したいのはオスの本能です」

尻を掴まれて、奥まで剛直をぐっと押し込まれた。

藍は嬌声交じりの悲鳴をあげ、瑛の胸をぽかぽか叩く。

「ふふ、お嬢とこうしていられるのは……幸せだ」

こんなに柔らかい笑みを浮かべるなんて反則だ、と藍は思う。

尖らせた唇は啄(ついば)まれ、何度も軽いキスを繰り返される。

「わたし……瑛と離れてちゃんと仕事できるか、心配になってきちゃった」

「心配するくらいなら、離れなければいい。ずっと俺とこうしていましょう？」

「でも、人間としてだめになりそう……堕落しちゃう」

「だめになってもいいじゃないですか。俺も一緒に堕ちますから。どこまでも」

破壊的な威力を持つ誘惑の言葉に、藍は自制心を総動員させる。

「あなたは西条の御曹司でしょう？　昔ならまだしも。瑛は踏みとどまってよ」

「お嬢が手に入ったのなら、西条の力などもういりません。西条を継がずとも、すでに俺自身の力で地盤も固めています。お嬢ひとりくらい余裕で養えますし、金には困らせません。お嬢が、西条の御曹司を望まないのなら、そうしますけど」

……なにやらいろいろと看過(かんか)できない言葉を並べられた気もするが、藍が気になったのは瑛と西条の関係性だった。

「ねぇ、前にはぐらかされたけれど……そろそろ、なぜ瑛が西条姓を名乗っているのか教えてほしいわ」

「そうですね……。お嬢にはお話ししましょう」

瑛曰(いわ)く――組長の遺志に従い、組員たちのために起業するには金が必要だったらしい。

「親父さんが遺した組の金は解散時に分配したので、まとまった金は手元になかった。だから俺は、かつて俺を捨てた家に金を借りにいったんです」

瑛は長い睫毛を震わせ、まっすぐな視線を藍に向けて続ける。

「……俺は西条当主の実子。ただし妾腹の子です。実母は最初こそシングルマザーとして俺を育てていましたが、やがて俺を捨てました。西条の……血の繋がらない奴らには犬として扱われ、実父にも捨てられた。俺には……家族などいなかった。親父さんが拾ってくれるまでは」

同じシングルマザーに愛情を注がれながら育てられ、ヤクザの世界を拒んだ藍とは違う境遇。愛に飢えた瑛にとって、組長こそが本当の親であり、草薙組は家族だったのだ。

(それを……わたしが潰した……)

湧き上がる罪悪感とともに、瑛の孤独を感じて藍は瑛をぎゅっと抱きしめる。

「六年前、西条の当主は俺がヤクザとなったことや、金を無心していることに特段驚いた様子はなかった。それどころか、俺の経営手腕を試すために、こう提案してきた。期間内に利益を上乗せして金を返すことができるのなら、西条の息子として生きることも許すと。なぜそんな好条件を突きつけたと思います?」

「わからないわ。なぜ?」

「親父さんが先に動いていたんです。親父さんは……西条の息子。当主の弟でした」

つまり、瑛の叔父だったということになる。血の繋がった本当の家族だったのだ。

「親父さんの過去になにがあったのかはわかりません。しかし親父さんはよく俺に、先代組長に拾われた恩を口にしていました。俺と同じ境遇だったんです」

子分から慕われていた義父。その彼もまた、組長を慕うだけの恩を受けていたらしい。

「その親父さんが、いずれ俺が作る会社の後ろ楯になるよう、縁を切った西条の兄のもとへ頭を下げて頼みに行ったそうです。実際、当主が俺に好条件を出してきたのだから、親父さんは相当な屈辱に耐え尽力してくれたのでしょう。どこまでも親父さんは情に厚く、組員の未来を考えていた男だった。だから俺も含めて、組員は皆……親父さんを慕っていた」

「……っ」

「お嬢は親父さんからの遺産を一切拒否した。しかし親父さんがお嬢に遺そうとしたのは、義理とはいえ兄という切れない絆（きずな）を持つ家族。そして孤独になってしまうお嬢を支える愛と、金を持つ……俺なのだと思っています。俺が持つすべてが、お嬢への遺産だと」

瑛の言葉を聞いて、藍の目からはほろりと涙が流れた。

『実は、おじさんには好きな女性（ひと）がいてな……』

しみったれた腑抜け男だと思った。大好きな母を奪った大嫌いなヤクザだと思った。

でもきっと、母に愛情を注いでくれたように、自分にも愛を向けてくれていたのだ。

「だから俺は、男として父親として兄として、組長の分もお嬢を溺愛します。これは親父さんが最後に俺に遺した命令。俺は……仁義を貫（つらぬ）く。これからは親父さんの愛娘であるお嬢のために生き、お嬢をひとりにしない。お嬢を苦しめるものから必ず守る」

「瑛……」

「死の猟犬の忠誠は、どこまでも永遠です」

瑛は藍の涙を唇で拭う。

「こうしてお嬢を呼び寄せることもできたし、もう西条の力は必要ない。しかしいまだ俺が西条姓を名乗っているのは、西条当主の息子だからではないんです。俺にとって敬愛すべき親はただひとり。愛情を受けた子供として、親父さんの本当の姓を名乗らせてもらっているだけです」

「……っ」

「お嬢は、御曹司の俺がいいですか？　お嬢が望むのなら……」

「わたしは……ありのままのあなたなら、なんでもいい」

解放してあげたい。

愛のいう名のもとに、色々なしがらみに囚われた、愛おしいこのひとを。

「わたしの前では、仁義もなにも関係ない……本当のあなたでいてほしいから」

「お嬢……」

「ねぇ、また見せて。背中のワンちゃん」

「愛玩動物ではないんですが……」

苦笑する瑛は、名残惜しそうに繋いでいた剛直を抜くと、藍に背を向けた。

見事なほど精彩に描かれた、死の猟犬だ――

幼い自分が、本物だと勘違いしていたのも頷ける。

威嚇しているのは、必死に瑛を守っているからだろうか。

思った以上に瑛は、シビアな環境の中で生きてきた。その救いが極道であるのなら、それを闇雲に否定し続けてきた自分は、いかに偏見を持っていたのだろう。

藍だって、もしも母親に捨てられてひとりで生きなければならなかったら、普通の生活をしていなかったかもしれない。ヤクザは嫌いだと騒げるのは、幸せな環境で生きてこられた証なのだ。

「……ありがとう。頑張って生きてきた瑛を守ってくれていて。これからも……よろしくね」

藍は猟犬の頭を撫でて口づける。

瑛の筋肉がびくびくと動く。心なしか瑛の息も乱れているようだ。

「ふふ、感じちゃった？」

「……ええ、たまらなく」

悩ましげな返事に、藍は微笑んだ。

皆、つらい思いを抱えて生きている。――ヤクザも例外なく。

死の猟犬は、瑛を守ってくれるだろうか。自分のために彼が傷つくことがないように。

（どうか……守り神になって）

そう願わずにはいられない。

「しかし……お嬢が墨を気に入ってくれるとは、嬉しい誤算でした。怖がると思って、できるだけ見せないようにしてきたんですが」

瑛がこちらを向いて言う。一度外したものをきちんと繋げるのも忘れない。

「よくドラマとかで見る龍とか桜とかだったら、だめだったと思う。でも、そのワンちゃん、なぜか親近感を覚えるの。瑛が背中のワンちゃんになったら、本気でワシャワシャしてあげる」

「……犬に変身する人間はいません」

「わかっているわよ。たとえよ、たとえ！」

藍の言葉に瑛は笑い、触れあうだけのキスをする。

「なんか……今、プロジェクトが大変なのに、こんなにまったりと幸せに浸(ひた)ってていいのかって思った。あ、そもそも、瑛に現状説明もしていないわ！」

「今さらですよ、お嬢。大丈夫、わかっていますから」

瑛は意味深に笑ってみせる。

「……ねぇ、勉強会の最終日、うちに出入りしているヤクザの話をしたじゃない？　その時からそのヤクザがプロジェクトを妨害していたって見当をつけていたの？」

「そうとも言えるし、違うとも言えます。プロジェクトに関する知識は、お嬢たちメンバーが知る程度でしたし、八城がなぜ奔走しているのかも知らなかった。ですが、別口からある極道の不審な動きを耳にしていたんです」

「それが、八徳会とかいうヤクザ？」

「ええ。元々草薙組三代目は……つまり親父さんの前の組長ですが、八徳会の前々代会長と兄弟の盃(さかずき)を交わしています。以降、友好の証(あかし)として草薙組の者が八徳会に流れていたんですが、八徳会の現会長はそれをよしと思わず、元草薙組を冷遇した。中でも俺たちが叔父貴(おじき)と呼び、若頭をしていた武闘派を海外に追いやったんです。ですが今、その会長が亡くなり、会長代行として叔父貴(おじき)が帰国した」

瑛は淡々と語るが、表情は硬い。

「叔父貴はいつも右手に、平打ちの金の指輪をしているんです。それは親父さんからの贈り物で、存在感のある一品です」

藍が重役フロアで会った男も、同じ指輪をしていた。

「ただ、そんな指輪などたくさんあるし、偶然の可能性もある。しかし、お嬢の会社に出入りしていたとすれば、おそらく叔父貴の可能性が高い」

「どうしてそう言い切れるの？」

「それは情報が不確かなのでまだ言えませんが……叔父貴が動いているのなら、プロジェクトの妨害は六信の独自判断ではなく、八徳会本部の指示です。お嬢の会社がどうなるかは、副社長次第ということになる」

「その叔父貴さんは副社長と繋がりがあるということ？」

「副社長は叔父貴と繋がりはありません。別の人間が……まあ金曜日、色々と餌を撒きましたから、今頃動き出しているでしょう。近しい間柄であるがゆえに見えないこともある。誰が敵で誰が味方か、きっとお嬢でもわかるはずだ」

藍はその返答を受け、怪訝な顔をして瑛に問うた。

「待って。その言い方だと、わたしと近しい間柄にあるひとが、六信……八徳会側にいるということ？　近しいって、まさかチームメンバーのこと？」

藍の問いかけに瑛は頷くと、はっきりと言い切った。

「ええ。六信が動けるだけの情報は、現場で管理しているメンバーでないと得られないでしょう」

「でも、チーム内で不穏な空気にはなったことはあるけれど、あんなにプロジェクトに情熱を注いでいたメンバーたちが裏切るわけがないわ。怪しい動きをするひともいなかったし……」

そこでいったん、藍は言葉を切った。蛇のように笑う黒鉄のことを思い出したからだ。

普段は愛想の欠片もない男なのに、金曜日はやけにニタアと笑い、藍のバッグを運んできた。あの意味は、なんだったのだろう。

藍の視線が、寝室の片隅に置かれた己のバッグに注がれる。それを見て察したのだろう、瑛が問うた。

「もしかして、黒鉄をお疑いに？」

「黒鉄さんを知っているの？　実は……」

藍は、黒鉄が電話をしていた時、そしてバッグを手に現れた時、蛇みたいに不気味に笑っていたこと。なにより、嘘をついてバッグを持って来た理由がわからないことを瑛に告げた。

すると瑛は、愉快げに笑う。

「ご安心を。黒鉄の電話の相手は、ヤスです」

「……へ？　ヤスさん？」

「はい。それと黒鉄がお嬢のバッグを届けに来たのは、すぐ退社できるようにと気を利かしたつもりなんですよ。同時に、情報漏洩者が聞き耳を立てていることも伝えに。目で合図していたでしょう、黒鉄が去る間際」

「……あれは、瑛の凄みに目を泳がせていたんじゃ……」

「違います。ねぇ、お嬢。俺、やけにプロジェクトの内情を知っていたと思いませんか？　黒鉄……テツは、元草薙組のカルブサイド社員。テツは八徳会ではなく、俺のスパイです」

瑛の言葉に、藍は絶句する。

「テツは、嬉しくなるとニタアと蛇みたいに笑う悪癖がありまして。大分矯正したつもりでしたが、バッグを届けに来た時はお嬢に礼を言われたから、感情が昂ったんでしょう。後でまた教育し直します」

瑛がそう言い切った直後、サイドテーブルにある瑛のスマホが鳴った。

「ナイスタイミングだ」

瑛は〝テツ〟と表示されたスマホの画面を藍に見せ、応答ボタンを押した。

「俺だ。どうした？」

『若。奴を監視していましたところ、接触を見せました。六信の社長とともにいます』

スピーカーから聞こえてきた声は、確かに黒鉄のものだ。

(なに……。一体、どういうこと……？)

藍がパニックになっている間に電話は終わったようだ。瑛は藍に言う。

「テツはお嬢の会社を辞めさせました。探っているのを勘づかれる前に」

「ちょっと待って。本当に黒鉄さん、チーム草薙の元ヤクザなの……？」

「ええ。今もヤス直下の諜報担当です。テツは背中から腕にかけて入れ墨があるので、長袖でいる理由を周りに悟られぬよう、夏は寒がりを演じなければいけないのだとか」

冷房を消していたのは、そんな理由からだったらしい。

しかし、なぜ長袖を着たままで冷房をつけていてはいけなかったのだろう。

全員が暑いのを我慢する必要などなかったじゃないか。

「黒鉄さんがスパイではないのなら、六信商社に情報を流していたのは誰？　〝奴〟って……？」

「それは、明日になってのお楽しみ。明日になればきっと、すぐにわかるでしょう」

瑛はふっと笑うと、己（おのれ）の唇の前に人差し指を立てた。

明日が来るのが無性に怖い。できれば、あの仲間とずっと一緒にやっていきたいのに――

不安がる藍を見て気を使ったのか、瑛は話を変えた。

「一度テツに、お嬢が自発的に俺のところに来るように促（うなが）せと命じたことがありまして。しばらくめそめそしてやがりました。どうもお嬢に担当の自覚がないとねちねち言って追い詰めたのが、不本意だったようです。テツもヤス同様、お嬢をえらく気に入っていますので」

今まで一度たりとも黒鉄から好かれていると思ったことはなかったし、黒鉄がめそめそした姿など想像すらできないので驚いた。〝追い詰めた〟というのは状況的に考えて勉強会へと至らしめた黒鉄の発言のことだろうが、あの時の言葉はもっともだった。

あれがなければ、担当をおりることばかり考え、瑛から逃げ回っていたはずだ。

あの一件で担当として奮起し、自（みずか）ら瑛のもとへ行って逃げずに仕事をする覚悟を決めた。

「でも黒鉄さんは、プロジェクト前から中途採用枠で会社にいたはずよ。プロジェクトにわたしが入ったから追いかけてきた……というわけじゃないわよね？」

「ええ。お嬢がアークロジックに入社したのと同じ時期に潜(ひそ)ませました」

この口ぶりは、藍の個人情報など既知だと言わんばかりである。

いやな予感がして、恐る恐る尋ねてみた。

「……アークロジックを紹介してくれたのは、大学の就職課なんだけど……」

「担当は佐々木(ささき)さんでしたよね。お嬢がうちと畑違いの会社ばかり選ぶから、色々と手回しが大変でした。アークロジックはヤクザとは無縁な会社でありつつ、カルブサイドと関係のある業種です。社長とパーティーで会った時、ここにしようと決めました。お嬢にも気に入っていただけて光栄です」

瑛は悪びれた様子もなく、いけしゃあしゃあと種を明かす。

「ああ、それと、お嬢の交際遍歴は俺だけにしてください。お嬢に気安く触れた責任を、優しく追及しているだけなのにすぐ逃げる……あんな気概のない男たちは記憶から完全に抹消しましょう」

「瑛が動いていたせいなの!?　音信不通になったのは！」

この六年、逃げ切れたと思っていたけれど、瑛の手のひらの上にいたというのか。

（まさかすでにわたしの家を知っていたり、鍵まで持って……いやいやいや、そこまではしないはず）

動揺する藍への返答代わりに瑛はふっと笑うと、悩める藍の唇を奪い、繋(つな)いだままの部分を動かし始めた。

湿った音がしてくると、すぐに藍の唇から甘い息が漏れてくる。

「――言ったでしょう？　逃(のが)しはしないと。どこにいても、必ず戻るのは……俺のところです」

それはどこか狂的な響きを持っていたが、喘(あえ)ぎを強める藍には届いていなかった。

◆・―・◆・―・◆

明くる朝、案の定、藍はラッシュを戦い抜く体力が残っていなかった。

瑛は自分の車で藍を会社に送りたがったが、彼が所有しているのは遠目でも目立つ超高級外車だ。それを運転するのはプライベートにしてくれと拝み倒し、いつもの社用車にしてもらった。

少しでも噂にならないようにと、藍は先に自宅で着替えをすませたが、出社する社員がピークになる頃合いにまた会社の正面で横づけされてしまった。さらに瑛は、藍を横抱きして会社に入ろうとする。

全力で抵抗し、よろよろと会社に逃げ込んだ藍は、バッグの中に見慣れぬ小瓶が入っていることに気づいた。

『頑張る担当へ。即効性で持続力があります。効果は俺が保証します』――そんな付箋(ふせん)が貼られたそれは、エナジードリンクのようだ。

（瑛がいつも元気で、美貌をさらに輝かせているのは、これのおかげなの？）

改めて小瓶を見ると、ラベルには『漲(みなぎ)る精力、元気奮(ふる)い勃(た)ち！　マムシとすっぽん効果で疲れ知らず！』とある。藍が求めているジャンルとは違うが、この際体力が回復するならと、試しにそれを飲んでみた。

「――まずっ！」

しかし飲んでからほどなくして、倦怠感が薄れ、筋肉痛が薄らいでいく。

（すごい即効性。恐るべし、マムシとすっぽん……。これならいつも通りに頑張れる！）

今日なにが起きても頑張ろうと意気込みつつ、朝の業務に取り掛かる。だが、始業時刻になっても太田と山田のふたりしかいない状況に不安になってしまう。

藤倉の上着とバッグは席にある。本人はどこに行ったのだろうか。

それからしばらくして、藤倉が戻ってくる。八城と一緒だったが、いつもにこやかな藤倉は、なぜか険しい面持ちだった。

「遅くなって悪かったな」

謝罪から始めた八城は、硬い顔をして四人のメンバーを見渡した。

「金曜、重役会議が開かれたが、プロジェクトはひとまず続行することになった」

八城の説明を聞いて、藍はほっとする。

「ただ……先週末づけで、チームメンバーに退職希望者が出た。黒鉄と南沢だ」

（黒鉄さんはともかく、なんでリーダーが!?）

金曜日、南沢はかなり青い顔をして固まり、藤倉に怒られていたことを思い出す。

「部長、ふたりはなぜ……」

太田の問いに、八城は深いため息をついて言った。

「どちらも一身上の都合だ。退職届が郵送されてきた。直接会って説得したいんだが、まったく連絡が取れない。とりあえずは俺のところで一時預かりにしている」

南沢と仲がよかったはずの藤倉は、なにも反応しない。

ただ机の上に置かれた手に力が込められ、震えている。

南沢の退職について、今まで八城と話していたのだろう。藤倉の様子を見ると、南沢からなにも聞いていなかったようだ。

暫定的にチームリーダーは八城が兼任するらしい。

藍は長く息をつくと、瑛の電話越しに聞こえた、黒鉄ことテツの声を思い出した。

『若。奴を監視していましたところ、接触を見せました。六信の社長とともにいます』

状況から考えて、〝奴〟とはきっと南沢のことだったのだ。彼が、六信商社に情報を漏洩していた。

金曜に黒鉄が瑛に誰かに聞かれていると合図していたのは、先に会議室を出ていた南沢だったに違いない。

(リーダーだからって、あんなに一生懸命に頑張っていたじゃない。どうして……)

いつも明るく、メンバーを気遣って和を大切にしてきた南沢。

彼が裏切っていたことに、ショックとともに悲しみが湧いてくる。

南沢に聞いてみたい。彼にとってあの下町は、あのプロジェクトは……なんだったのかと。

なぜテナントが一斉辞退した際、あんな青い顔をして固まっていたのか。

そうやって藍が色々と考え事をしている間に、八城がいなくなっていた。

しんと静まり返った会議室の中で、藤倉がぼそりと呟く。

「……昨日ね、あの馬鹿から変な電話が来たの。六信商社に転職できるかもしれないって。アークロジックよりもいい給料で役職つきで……って、嬉しそうに言うのよ？」

藤倉は一度唇を噛みしめた後、続けた。

「だから結婚しようとか、恋人でもないのにふざけたことを言ってきて。こんな馬鹿に付き合っていられるかってスマホの電源を切ったの。腹が立って眠れないから朝早く来て、部長からあいつの退職を聞いて。確かめようとスマホの電源を入れたらもう……連絡が取れなくなっていた」

言いながら、藤倉の目からぼろぼろと涙がこぼれた。

「六信商社からどんな攻撃を受けているのかを知って、ビビって動けなくなっていたくせに。餌をぶら下げられたらそっちに鞍替えする、そんな薄情で無責任な奴だとは、思ってもいなかった！」

もしかして、藤倉は南沢を好きだったのかもしれないと、藍はぼんやりと思った。

南沢はどんな心境で、藤倉に結婚を匂わせた電話をしたのだろうか。

やがて会社の電話が鳴り出すが、応答する気にはなれない。

しかし今は、私情を抑えてでも仕事をしないといけなかった。

それが、たくさんの夢と希望を乗せた、プロジェクトを担う者の役目だから。

◆・―・◆・―・◆

八城の気遣いで、仕事は定時に終えた。会社から出ると、堪(こら)えていた涙が止まらなくなる。

そんな藍を迎えたのは、正面口に横づけされていた黒塗りの車と、それに寄りかかるようにして立っていた瑛だった。

瑛の姿を見つけると、藍は脇目も振らずに走って瑛に抱きつき、泣きじゃくった。瑛は驚いたようだったが、苦笑しながら藍の頭を撫でて車に乗せる。

「テツの見立てでは、南沢自身、事が大きくなるとは思わず、安易に情報を渡してしまったのではないかと。金曜の様子では、かなり驚愕して罪悪感を覚えていた様子だと言っていました」

藍から事情を聞いた瑛は、優しげな声で言った。

「もしかして、彼のウィークポイントに六信がつけいったのかもしれません。それがなければ、彼はお嬢の知る彼のまま、チームリーダーとして責務をまっとうしたでしょう」

「六信商社はなにがしたいの？　プロジェクトを横取りしたいなら、瑛に土地交渉をした方が早いじゃない」

「それはありません。あそこは不動産業ではありますが、実際のところは乗っ取り屋です」

「乗っ取り屋!?」

藍は驚きのあまり、声が裏返ってしまった。

「プロジェクトを隠(かく)れ蓑(みの)に、アークロジックを乗っ取ろうとしているのだろうと俺は踏んでいます」

「そんな旨味（うまみ）、うちにあるの？」

「あの下町に関わるプロジェクトを遂行しているのが、すでに旨味（うまみ）です」

「そんな……下町になにがあるというのよ。お宝でも眠っているとでも？」

「ある種、宝です。八徳会……いや、叔父貴（おじき）の」

琥珀色（こはくいろ）の瞳は冷めていながらも、その奥に怒りの焔（ほのお）が揺れているような気がした。

「許せませんね。お嬢を……泣かすなど。お嬢が啼（な）いていいのは俺の前だけだ」

瑛は軽口にも似た言葉を口にしたが、その目には触れれば切られてしまいそうな剣呑（けんのん）さが宿っている。思わず藍が怯（ひる）むと、瑛はそれを隠すように美しい微笑みを湛（たた）えた。

「お嬢、いい気分になれる場所に連れて行ってあげます。倉庫と地下室、どちらがいいですか？」

その単語の響きから、不穏な想像をした藍の涙が完全に引っ込み、無意識に腰が引けた。

しかし瑛は、その腰をぐいと引き寄せる。

「お嬢は初心者だから、地下室がいいかな。俺が愛用している、秘密の地下室なんです。いやらしいお嬢ならきっと、喜んでくれると思いますよ？」


十五分後、強制的に連れて来られたのは、確かに地下にある密室だった。

ただし――モダンジャズのナンバーが流れる、落ち着いた雰囲気のＢＡＲ。

カウンター席はなく、仕切り戸で覆われた個室風のテーブル席ばかりある。

「意味ありげに言わないでくれる⁉　わたしがどれだけドキドキしていたか……！」

藍は涙目で物申したが、瑛は口端を吊り上げて笑う。

「でもその間、いやなことは忘れていられたでしょう？　まあ、後部座席でお嬢を喘(あえ)がせるという選択肢もありましたが、運転手にお嬢の可愛い声を聞かれるのも癪(しゃく)なので除外しました」

いつもながら、瑛は藍の小言をものともしない。

案内役の黒服の男は深々と頭を下げると、奥の角にある広めのＶＩＰルームへふたりを案内する。

「ああそうだ、ここは極道関係者が利用するＢＡＲなので、お嬢はひとりで来ないでくださいね」

藍は青ざめた顔でこくこくと頷き、黒服の男に渡されたメニューを開く。

ここはＢＡＲとはいえ、料理が豊富なようだ。メニューに値段が記されておらずどう選んでいいかわからない藍を見て、瑛が適当に見繕(みつくろ)って注文をしてくれた。

ヤクザ御用達の店ではどんな料理が出てくるのだろうと内心ドキドキしていたが、瑛が頼んだものは肉を中心としつつも、藍好みのあっさりと味つけされたものばかりだった。

「このカクテルも美味(おい)しい。レモンとオレンジの味が染み渡る」

「それはブランデーベースのコープスリバイバーと言います。度数が高いので気をつけて」

「ん……なんだか、ほわほわしてきた」

藍の様子を微笑ましく見つめながら、瑛はウイスキーのロックを口に含む。

「いやなことは薄れた？」

「ん……」

瑛の目元が酒気を帯びて赤らむといっそう色香が強まったように感じて、藍は息苦しさを覚える。

「コープスは死体、リバイバーは蘇生。死者を蘇らせる酒という意味で、回復にいいものだとか。カクテルとしての意味は、〝命つきても愛し続ける〟……お嬢に贈る愛の言葉そのものですね」

藍の肩を抱いてそう耳に囁くと、瑛は藍の顎を摘まんで唇に吸いつく。

「甘くて美味しいですね。……お嬢の味は」

熱を帯びた金の瞳に魅入られて、藍もちゅくりと音を立てて瑛の唇を吸う。

「瑛の味は……大人だわ」

「ふふ、子供だったら、あんなにお嬢は気持ちよくなれませんからね」

瑛は、手にしているウイスキーと藍のグラスをテーブルに置いた。

そして藍を膝の上に跨がらせると、その身体をきつく抱きしめる。

「お嬢の感触が、たまらない」

絡み合う視線に熱が籠もる。どちらからともなく唇を重ね、ねっとりとしたキスを繰り返した。

ぬるりとした熱い舌が擦れ合うのが、ひどく気持ちがいい。

「瑛……好き」

キスの合間にたまらずに告げると、瑛は切なげな顔で見下ろす。

「甘えたのお嬢は、破壊力がありますね。蕩けた顔をして……、そんなに俺が好き？」

「うん、好き」

「素直なお嬢は、いっそう可愛い」

啄むような優しいキスが、顔中に注がれる。くすぐったさに思わず笑って身を竦めた。

「仕事している間、俺に会いたくなりましたか?」

「なった」

「……恋しかった?」

「恋しかった。……好きって思った。瑛も……会いたかった?」

酔って呂律が回らない。たどたどしく尋ねると、熱を帯びた金の目が柔らかく細められる。

「もちろん。焦がれながらお嬢を待っていました。早く会いたくて、触れたくて……」

ぎゅうとさらに強く抱きしめられ、耳元で囁かれる。

「俺から、お嬢の匂いと感触が抜けずに困りました。ああ、俺のお嬢。会いたかった……」

切なく響く、瑛の声が気持ちいい。

ふたりは再び唇を重ね、互いの舌を吸い合った。

「お嬢……口を開けて」

瑛の舌先から唾液が垂らされる。照明にきらきらと光るそれは、甘露のようだ。

悦んで呑み込むと、藍は微笑んだ。

「ん……美味しい。瑛、もっと……」

瑛は悩ましげな吐息をつくと、何度も唾液を注ぐ。そしてたまらなくなったのか、藍の舌をゆっくりと根元まで搦めとる。

やがて藍の背中に回った手が動き、ぱちっと音がして下着が外される。

「お嬢、両手で服を持ち上げて。俺にお願いしてみて。舐めてって、気持ちよくしてってって」

妖艶な面差しで命じる瑛に逆らえない。逆らいたくない。

触られたい。瑛に火照る身体を愛撫してほしい。

藍は、下着ごとキャミソールとブラウスを持ち上げ、か細い声で言った。

「……て」

「聞こえません」

瑛の熱い視線を胸に浴び、先端がじんじんとしてくる。

「舐めて……。瑛、気持ち、よく……して……」

そこまで言ったところで理性が首をもたげ、一気に羞恥が胸に広がる。

酒気を帯びた熱い頬が、さらに熱くなった。

「恥じらう姿も可愛いな。……ふふ、よくできました。では気持ちよくしてあげましょう。声、抑えてくださいね。聞かれますよ?」

意地悪な笑いを浮かべた瑛は、うっとりとした表情で藍の胸に舌を這わせた。

藍は口を一文字に結んだまま、その感触にぶるりと身震いする。

瑛の舌先はくねり、いやらしく動いて蕾と戯れた。

藍の引き結んだ唇から声が漏れる。その様子を見ながら、瑛は蕾を唇で咥えて軽く引っ張り、刺激を与えた。

「ん、んんっ」

口を閉じていても、漏れ出る喘ぎ声に甘さが滲んでくる。

アルコールで頭は麻痺しているのに、身体の感度は上がっている。

瑛の愛撫で蕾が根元から勃ち上がると、瑛は唇を窄めて胸の頂きに吸いついた。

ぴりっとした痛みが、段々と甘美な痺れへと変わる。

（ああ、気持ちいい……）

両方の蕾を舌で転がされて、何度も強く吸いつかれる。口淫されていない方は瑛の指先で引っ掻くような刺激を与えられ、藍は身体を何度もびくつかせた。

（あん、ああっ、声が……出ちゃう）

流れ聞こえるジャズが、やけに情感たっぷりで官能的に聞こえる。

さらに、ずんずんと響く低いベース音が、藍の秘処や子宮を刺激してきた。

（ああ、イッちゃいそう。ああ……）

「お嬢……、また腰が動いてます。切ないんですね？」

瑛の両手がするりと藍の背に回ってから腰へ滑り落ち、ショーツに潜り込んだ。

尻たぶを強く揉み込まれると、連動したように秘処がじゅんじゅんと疼く。

そして片手が尻の合間を滑り、ひくつく花弁を割って花園を擦り始めた。

「ん、んんっ、瑛、瑛っ」

「ほら、声……聞かれてしまいますよ」

瑛は藍の唇を奪うと、蜜壷に指を差し込んだ。

「ん……っ」

「ああ、避妊具……持ってくれば、ここでお嬢の中にねじ込んだのに……」

悔しげに言い捨てながら、瑛は指を官能的に動かす。

藍は瑛の首に抱きつきながら、尻を揺らした。

「お嬢……。俺のと俺の指、どっちが気持ちいいですか？」

「そ、そんなの……」

「指より、俺の方がいいですよね。剥き出しの俺の方が、お嬢……好きですよね」

それはまるで自分の指に嫉妬しているかのようだ。

指で抽送しながら、瑛は腰を打ちつけてくる。

布越しに硬く膨らんだそれが、藍の秘処の前方を刺激してきてたまらない気持ちにさせる。

「あっ、ああっ」

「お嬢、お嬢が好きなのは……どっち？」

瑛によって開花した身体が、果てに向かって上り詰めていく。

「わたしが好きなのは……瑛、なの！」

そして背をぐっと反らせると、藍は悩ましい女の顔で果てた。

瑛はびくんびくんと痙攣する身体を抱きしめ、藍の首筋に執着の証をつけた。

それに気づいた藍が、涙目になる。

「真夏にキスマークを隠すのって、大変なんだから！」

「だったら、すぐに冷やしてきたらどうですか。もしかすると薄まるかもしれませんよ」

瑛の冗談を真に受けた藍は、急いでＶＩＰルームに設置されている化粧室に走ったのだった。

「薄まらない……。ということは、明日もあのブラウスか。まあ黒鉄さんいないから冷房はつけられるからいいとして、明日も出勤前に自宅に家に寄ってから……って、わたし、なに今日も瑛の家に泊まる気満々でいるの⁉」

化粧室の鏡の前で、藍はひとり騒いで頭を抱える。

「とにかく、身だしなみを整えて……と」

そしてドアを開いて、瑛のところに戻ろうとした時だった。

瑛の向かい側のソファに、男が座っているのに気がついたのは。

こちらからは後ろ姿しか見えないので、顔はわからない。瑛と視線が絡むと、彼は出てくるなと告げるように目を細めたので、藍は慌てて近くにあった背の高い観葉植物の陰に身を隠した。

やがて、ふたりの会話が聞こえてくる。

「お久しぶりですね、マサの叔父貴（おじき）。風の噂で、昨年末には日本に戻られたと聞きました。ご挨拶（あいさつ）が遅れてしまい、申し訳ありません。そして八徳会会長の御崩御、心よりお悔み申し上げます」

瑛の声は丁寧だが、非常に堅い。

（叔父貴（おじき）、八徳会って、まさか……）

男は藍に背を向けたまま、瑛の挨拶（あいさつ）に応（こた）えるように片手を上げる。その指には、平打ちの金の指輪が嵌められていた。

(アークロジックで会った男だわ)

男は背広から箱を取り出し、中にある一本を瑛に差し出した。

「腹割って話そうぜ。吸え」

「あっち仕込みのマリファナではないでしょうね」

「んなもん、ここで出すかよ。市販のタバコだ」

瑛は、テーブルにあるマッチに火を灯した。タバコを口に咥えた男が顔を寄せた後、瑛も顔を傾けさせ、己のタバコに火をつける。そしてテーブルの端にある灰皿を引き寄せ、マッチを捨てた。

(瑛、タバコを吸うんだ……)

秀麗な顔をわずかに顰めて、気だるげに紫煙をくゆらせる様は堂に入り、喫煙初心者には見えない。藍が知らない裏の部分もある男なのだと、改めて思い知った。

「聞いたぞ、六年前の馬鹿げた襲名解散式。俺を呼んでくれればよかったのによ。その、極道をなめた……兄貴の血ぃ繋がらねぇ娘を見たかったなあ。兄貴に代わって、兄弟の盃を交わしたこの俺が、とんでもねぇクソガキを躾けてやったのに」

男は豪快な笑い声を響かせている。凄みある物騒な言葉に恐怖を感じて、身体が竦む。

草薙組は物わかりのいいヤクザが多かっただけで、ヤクザ世界において藍がしでかした解散劇はやはりとんでもないことだったようだ。

「――なぁ、瑛。なぜお前は、草薙組を潰させた？　兄貴がどれだけ三代目を慕っていたか、兄貴の組がどれだけ俺にとっても大切だったのか、お前わかっていたよな」

　空気が切り裂かれそうなほどの剣呑（けんのん）さを秘めている、男の声音。

「兄貴はお前を若頭にまで育て上げた。だったらお前は、兄貴の命である草薙組を継いで守るのが、筋じゃねぇのか、瑛」

　男の低い声が、藍の胸に突き刺さる。

「解散は親父さんの遺志。それを継ぐのが、若頭だった俺の仁義です」

「甘いこと言ってるんじゃねぇよ。草薙組だけの問題じゃねぇ。兄貴とお前がいたから休戦協定が現実になった。お前が堅気になったら、協定は白紙だ。抗争が勃発し始めていること、気づいていないわけじゃねぇだろう？」

　厳しい指摘に、瑛は返事をしなかった。

「麻薬、拳銃……色んな組が武装をして動き出している。全面戦争にでもなりゃ、どうなるかなど目に見えてわかるだろう。それじゃなくてもマル暴だの暴対法だの、極道モンには生きづらい世の中なのによ。お前とお嬢の勝手な判断によって、兄貴が守ろうとした世界をぶち壊したんだ」

　男の声はなおも続く。

「どうやって西条にとりいったのかは知らねぇが、堅気になったからもう関係ないと、極道と縁を切れると思うな。お前には、兄貴が作った極道社会の平和を乱した責任がある」

「では一体俺にどうしろと？」

　涼やかな声とは裏腹に、男は大きな声で言い切った。

「――極道の世界に戻ってこい、瑛。お前がしでかしたことだ。お前が収めてけじめをつけろ」

「いやだと言ったら？」

「いやだと？　お前まだ未練があるだろう。背中の墨をまだ背負っているだろう？　あれがある限り、お前は堅気にはなれない。あれは生涯、極道の世界に生きることを誓うものだ」

（瑛……）

「死の猟犬に戻れ。墨の犬とともに、裏世界に帰ってこい」

逆らうことを許さないような男の威圧的な言葉に、藍はぶるっと身震いする。

すると、瑛はくつくつと喉元で笑った。

「叔父貴が本気で抗争危機をなんとかしたいのなら、あなた自身が修羅となってでも確実に目的を達成させていたはずだ。その非情さと実行力を怖れたから、八徳会の亡き会長は叔父貴を海外という檻に入れたんでしょう？　……本当に、極道者に優しい平和な社会を望んでいるんですか、八徳会会長代行？　最近ずいぶんと、動いてくれているようじゃないですか」

静かだった瑛の空気が、突如鋭くなる。

「いつ、俺が所有するあの下町が、八徳会のシマにでもなったんですか。親父さんの大切な土地だとわかっていながら、土地を守り再生しようとするプロジェクトを妨害するのは、どういった了見ですかね、叔父貴」

しかし男はそれに動じることなく、呵々と豪快な笑いを響かせた。

「わかっているんだろう？　情報を錯綜させたり遮断したりと、姑息な真似しやがって。アークロジックに行き着くのに、どれだけ時間と苦労を費(つい)やしたと思う？　俺の敵に回らねぇで、兄貴の組を潰したお嬢をさっさと寄越せ。あのプロジェクトみたいに、潰したくなる前に」

藍はびくんと震えた。

（わたしのこと？　なんでわたしを必要としているの？　……制裁？）

「六信商社を動かして間接的に俺にメッセージを送るくらいなら、直接、俺に言ってくればいいものを。まあ、六信の動きの目的は、それだけではないのでしょうが」

「わかっていて無視(シカト)か。この俺に直々に挨拶(あいさつ)させるとは、いい度胸だ。がははは」

笑い声を響かせた後、男は天井を見上げる。その口から白煙が細く長く伸びた。

「……ひとつお聞きします。アークロジック専務の立ち位置は？」

「お嬢が勤める会社にいただけの、ただの駒だな。ま、あの男が企(くわだ)てた出世用のプロジェクトが、お嬢を表に引き摺り出した。その手柄に、あの会社を乗っ取った後は社長に据えてやるが」

（このひとが会いに来ていたのは、専務だったのか）

「乗っ取り専門の六信が出てきた時点で予想はついていましたが、やはり奪う気ですか」

「ああ、もちろん。まあ乗っ取りも専務との合意のもとだがな。専務の方が乗り気で、積極的に極秘情報を流したくらいだ。ま、このまま俺に忠誠を誓うのなら、悪いようにはしねぇがよ」

もしも専務が藍をメンバーにしたプロジェクトを企画しなければ、ヤクザの介入はなかった。

しかしヤクザと関わったからこそ、専務は下克上の夢を見ている——そういうことなのか。

（専務が堂々とこの男を会社に呼んでいるのは、乗っ取られた後、自分が社長になるのだから自由

にできるという誇示と、恩人だから特別待遇しているつもりだったのかもしれない）

海外にまで追放された武闘派ヤクザを懐柔した気でいるのかもしれないが、専務はヤクザを甘く見すぎている。

「八城が三礼と接触しているのも、叔父貴の指示で？」

「いや、あの男が勝手に動いているだけだ。八徳会系だと知っているのか、いねぇのか。ヤクザが絡んでいることに気づいて、専務に意見し始めた。それが気に入らねぇ専務は、プロジェクトが潰れた責任を八城に取らせる気だ。俺は、それには干渉する気はねぇがよ」

専務が出世したのは八城の功績が大きい。それなのに、ヤクザの力で社長になれると確信した途端、忠実な部下を厄介払いしようとしているなんて。

（そんな、ひどい……）

「俺にとっては使いやすいが、あんな男の下にはなりたくねぇな。とはいえ、もしあの男が俺と関わらなければ、プロジェクトは当初の予定通り、専務の功績として成功したかもしれん。そうなりゃあんな男でも、下から敬われただろうが」

プロジェクトがこの先潰されることと示唆しつつ、くつくつと男は笑った。

「そういうことだ。俺が動いたんだ、お前もいい加減腹括れや。……お遊びは終わりだ」

場の温度が急に冷え込んだ。藍は寒気を感じて、鳥肌になった手をさする。

しかし瑛は余裕めいた顔で笑うと、タバコを灰皿に押しつけ火を消した。

「ねぇ、叔父貴。堅気になったうちのもんに手出しをしてきた時点で、叔父貴の魂胆はわかっているつもりです。しかしね、俺を……ただのガキだと、みくびってもらっては困ります」

瑛の声で、場の温度がさらに下がったように感じる。

「一応俺も、死の猟犬というふたつ名がありまして。仁義があって堅気になろうが、猛犬には変わりないんです。取り扱いには細心のご注意を」

「あはははは。この俺を逆に脅すか、瑛よ。……その度胸、痺れさせるじゃねぇか」

男はひとしきり笑うと、ぎしりと音を立ててソファから立ち上がった。

「……今日のところは挨拶だから引いてやるが、お前に仁義があるように、俺にも仁義はある。お前に譲れないものがあるように、俺にも譲れねぇものがある。それが任侠に生きる男の心構えだ」

覚えておけ――男は低い声で凄むと、その場を立ち去った。

第六章　その愛の名は、仁義なき溺情

ＢＡＲで会った男は、相羽真継（あいばまさつぐ）という。

相羽は元々別組に所属していたが、抗争の末に居場所を失い、四代目組長たる藍の義父に助けられ、兄弟の盃（さかずき）を交わしたという。組長の口添えもあり草薙組に入るものの、懇（ねんご）ろにしている八徳会へ出され、会長の養子となり若頭になった。

しかし会長は、次第に相羽の好戦的な性質を警戒し、海外へ追いやったそうだ。

相羽が半年前に帰国できたのは、会長が亡くなったからだ。八徳会に相羽を御せる幹部がいなかったため、相羽が現在会長代行として取り仕切っているらしい。

「ねぇ、相羽さんはなぜわたしを欲しがっているの？　草薙組を解散させたから？」

瑛は硬い表情をして首を横に振った。その顔にはわずかに哀れみが浮かんでいる。

「叔父貴（おじき）は……自分の居場所を作りたいんです。そのために、親父さんの愛娘であるお嬢を必要としている。厳密に言えば、親父さんに可愛がられた俺もワンセットで」

「作るって、別に一緒に工作するとかじゃないんでしょう？　一体なにを……」

「そんなことはさせませんから、大丈夫」

瑛は藍の問いを遮（さえぎ）って笑う。

瑛が話そうとしないのは、それが藍にとって好ましいものではないからだ。

（一体なんだろう……）

ひとつわかることは——

「瑛は、わたしの知らないところで、ずっと守ってきてくれたんだね。ありがとう」

「忠犬としては、お嬢をお守りするのは当然ですから」

情報操作で相羽を混乱させたという元凶は、悪びれた様子もなく楽しそうに笑った。

「ただ、叔父貴に宣戦布告を受けた以上、対策を練らないといけません。まあ叔父貴が、わかりやすく動いてくれたおかげで、俺は予定を早めてお嬢を手に入れることができたのは幸いでした。いつも以上に堂々と、お嬢に張り付くことができる」

当たり前のようにストーカーに徹することを宣言した瑛は、どことなく嬉しそうにも見える。藍はこれからの騒ぎを想像し、思わず遠い目をしてしまった。

「しかし、そういったことを予想できない叔父貴ではないのに、どんな手段でお嬢と俺を手に入れようとしているのやら」

（願わくば、現役武闘派ヤクザまでもが、堂々とわたしに接してきませんように……）

今まで瑛がヤクザでよかったなどと思ったことはないが、無双伝説のある元ヤクザだったという事実は頼もしい。相羽の思惑はわからないけれど、不安にはならない。

「代行さんが仲良くしていたのは、うちの専務だったのね。瑛が副社長と会ったから、副社長の方なのかなって思ったりしていたけど」

「副社長は社長の精神をきちんと受け継いでいます。ヤクザの脅しに屈し、甘言に乗る可能性があるのは専務の方だった。まあ叔父貴のこと、社長の座をちらつかせて、プロジェクト以外のところでも専務のコネや力を存分に味わっているのでしょうが。そうして最終的には、専務のいる会社まで奪う……貪欲なヤクザらしいやり方です」

瑛は乾いた笑いを浮かべ、淡々と言った。

「社長や副社長のように、専務がもう少し物事に慎重で野心がなければ、叔父貴も簡単には懐柔できなかったでしょうし、プロジェクトも影響を受けずにすんだでしょう」

考え方が似ている堅実派の社長と、娘婿である副社長。それとは正反対の、革新派の社長の甥である専務。

その対立がなければ、ヤクザなど介入しないクリーンな会社だったのに。

(どこにでもある、後継者争い……と言われればそれまでだけど)

藍はため息をつきながらぼやく。

「若くして専務になれたんだから、それに満足していればいいのに」

「それではだめなんです。トップを獲ってこそが男ですから」

男とはそういうものらしい。

「わたしなら平穏にコツコツと生きるのが一番なんだけどな。そもそも副社長の子供は、病気で亡くなったと聞くわ。待っていれば自ずと専務に社長の椅子が回ってきそうなものだけど……」

「前の打ち合わせで、副社長には前妻との間にひとり息子がいると聞きました。離婚の原因にもなった前妻の不貞で、血は繋がっていないんだとか。離婚後は疎遠になったようですが、年を取った今は考えを変えて、自分が社長になった後はゆくゆくはその息子に継がせたいようです。ただ、冷遇された息子にしてみたら、ひとり親で育った苦労を知らずして、突然父親面されても怒りを感じるだけ。徹底無視か、恨みを晴らすために近づくかするとは思いますけれどね」

琥珀色の目が冷たく光る。

瑛も親に冷遇された息子だ。彼は虐げた親を利用することを選んだのだ――

「社員としては複雑ね。できれば、会社や社員に対する愛や素晴らしい考え方を引き継いでくれるひとに、社長になってもらいたいものだわ。血とは関係なく」

藍がため息交じりに言うと、瑛は小さく嗤って言った。

「実際副社長は、専務が会社を手に入れようと画策していることに気づいているようです。社長が不在の今、恐らく次の株主総会あたりで代替わりを提案するのではと」

アークロジックの株主総会は、来週に開かれるはずだ。

「俺が副社長と会ったのは、専務への警戒を促し、叔父貴の乗っ取り計画を阻むためです。そう簡単には叔父貴の思い通りにはさせませんので、ご安心を」

今更だが、瑛の先見の明はすごい。相羽から話を聞いてもいない段階で、わずかな状況証拠から推測して事実関係を見抜いていたとは。

「なんか、瑛に社長を任せる方が、アークロジックにとっていい結果になる気がしてくる」

藍は息をついて呟く。八城も洞察力はあるが、瑛には及ばないと思う。

「ふふ、だったらお嬢。アークロジックを辞めて、カルブサイドに転職しますか？」

「結構です！　なにが嬉しくて、また草薙組を再結成しなければいけないのよ」

部外者である彼が動いたのは、藍を守ろうとしたからなのかもしれない。

そこに愛を感じて感動はするけれど、副社長は元ヤクザに、専務は現役ヤクザに助力を乞う状況は、ヤクザとは無縁な世界で生きたい藍には受け入れがたい。

(わたしを手に入れるメリットってなにかしら)

あるのだとすれば、切れ者の元若頭がそばにいることくらいだ。

(瑛を手に入れたいがために……？)

ふと、瑛が言った言葉が蘇る。

『叔父貴は……自分の居場所を作りたいんです』

自分は――昔に数分間だけ組長をやったことがあるだけの、どこにでもいる女だ。

偉い地位にある現役ヤクザの居場所など、作れるはずない。

『極道の世界に戻ってこい、瑛。お前がしでかしたことだ。お前が収めてけじめをつけろ』

相羽の言葉が、やけに藍の心の中にひっかかっていた。


それからは、不気味なほど平穏に時間が過ぎた。

とはいえ、それは表面上のこと。裏では退職届を出したふたりが正式に退職にならないようにと、八城も藤倉も必死に動いていた。藤倉は電話が繋がらない南沢を捕まえるため、彼の家にも行ったようだが、連日不在らしい。どうしようもなくなった藤倉は憔悴しきっていた。

藍はそんな藤倉をちらちらと見つつ、次の会議に向けてのレジュメをパソコンで作っていた。南沢がいつ戻って来てもわかるように進捗状況をまとめていたが、本当に彼は戻るのだろうか。

（今ごろ、ヤクザの会社に転職しちゃったのかな……）

相羽は南沢のことは口にしていなかった。相羽は専務から情報を得ていたらしいが、別ルートで現場で働く南沢からの細やかな情報も手に入れていたのだろう。

（もう一緒に仕事できないのかな……。明るくて優しい先輩だったのに……）

そんなことを考えながら藍がデータを保存した時、内線を切ったばかりの山田が藍に声をかけた。

「専務から、次の会議用の書類ができたら専務室に持って来てって。すぐに確認したいらしい」

「わかりました。後は印刷だけなので、急いで行きます」

藍は印刷した書類をホチキスでとめると、上階の専務室に届けに行った。

専務は相羽と繋がりがあると知ってしまった今、変に警戒してしまうが、仕事は拒否できない。それに相羽が社内に入り込まないようにと、瑛たちが外で見張っていてくれているから大丈夫なはずだ。

（まさかわたしのために、元草薙組が動くなんてね……）

いまだ彼らにとって藍は『お嬢』なのだと、瑛が忌々しそうに教えてくれた。

自分だってお嬢扱いしているくせに、彼以外の男が藍を特別視するのが気に食わないらしい。

そんな瑛を、ヤクザな世界と縁を切ったはずの自分が微笑ましく見ているなど、少し前では考えられなかったことだ。
（本当に、人生どうなるのかわからないものだわ……）
嘆きながら専務室のドアをノックする。
平社員である藍にとって、初めての重役室訪問はかなり緊張する。
（書類を渡して、さっさと戻ってこよう……）
すぐに中に入るようにと返事があり、ドアを開けた。
奥のデスクには専務が座っており、他には誰もいない。
藍が専務へ書類を届けようと、足早に歩いていた時だった。
首のうしろに鋭い衝撃が走り、身体から力が抜けたのは。
（な、に……？　うしろに……誰かが……）
意識が段々と薄れ、藍はその場に崩れ落ちた。
そして大きな段ボールのような箱に入れられ、蓋をされる。
ゆっくりと光が消える間際、藍の目尻から涙がこぼれた。
（あき、ら……）
……ブラックアウト。
そして藍の世界は、完全に閉ざされた。

◆・━・◆・━・◆

「ん……」

目を開くと、ぼんやりとした視界が広がっていた。

（あれ、わたし……？　ここはどこ？）

必死に目を凝(こ)らすと、ようやく視界が明瞭になってくる。

そこは、青畳が広がる静謐(せいひつ)な大広間だった。

片側は障子戸が連(つら)なっており、一見、旅館の大広間のように見えるが、壁側の上方には神棚と、和装姿の強面(こわもて)な男たちの白黒写真が並んでいる。

広間の奥にある床の間には、黒布に金糸で大きく刺繍(ししゅう)された布が垂れ下がっていた。

八つの花びらを持つ家紋のような模様の真ん中には、『八徳』と書かれた筆文字。

ここは——八徳会の居城だ。

直感した藍は恐怖に青ざめつつ、最後の記憶を思い出し、己(おのれ)が拉致されたことを悟る。

藍は四肢を縄で縛られ、芋虫のように畳に転がされていた。

せめて上体を起こしたいともぞもぞと動いていると、ぴしゃりと音がして障子戸が開いた。

「目覚めたか、お嬢」

虫けらでも見ているかの如く、冷ややかな目で見下ろしている男——右手に見覚えのある平打ちの金の指輪をつけていることから、相羽だろう。

その貫禄ある風貌といい、威圧感といい、そこらのチンピラとは格が違う。

「八徳会へようこそ、お嬢。俺は会長代行、相羽という。今まで捜したぞ？」

「……っ」

「瑛があれだけ必死になって長いことお前の痕跡を隠してきたのは、お嬢だからという理由だけではねぇんだろう？　だから待ってやったんだ、瑛がお前の男になるのを。後はせいぜい、瑛を動かす道具となれ。お嬢がいれば死の猟犬はすぐに戻る。……極道の、修羅の世界へ」

（このひと、やっぱりわたしを囮にして、瑛を手に入れようとしているんだわ！）

藍がきっと睨むと、相羽は口端で笑い、パチンと指を鳴らした。

どこからともなく複数の黒服たちが入ってきて、ふたりの男を畳の上に投げ捨てると去っていく。

ひとりは南沢、もうひとりは八城だ。

暴行を受けたのだろう、顔は腫れ上がり、ところどころ血が流れてぐったりしている。

「なんで、こんなひどいことを……！」

藍は悲鳴交じりの声をあげた。駆けつけて息があるか確認したいのに、身動きが取れない。

「俺を甘く見るとどういう目に遭うのか、わからない奴らだったものでね。お嬢も気をつけな」

相羽はにやりと笑うと、南沢を見下ろした。

「そいつはいつも惚れた女にいいところを見せられず、色恋拗らせている劣等感のかたまりでな。専務にしろ、横にいる八城や瑛にしろ、劣等感や嫉妬というのは操りやすいものだ」

そう笑う相羽には、人間を道具のように利用することに対して罪悪感も躊躇もない。

彼は、生粋のヤクザなのだ。

（南沢さんが惚れた女って……藤倉さんのこと？）

思い返すと、確かに南沢はいつも藤倉に怒られてばかりいて、悔しそうにしていた。

「自分にはできなかった瑛の担当に新人が抜擢され、惚れた女の評価が下がってしまったと、居酒屋で管を巻いていたところに、六信の……うちのもんが居合わせてな。つけいれば、こっちの言うがままに動いた。本人はストレス発散程度のつもりだったみたいだが、いざプロジェクトが妨害されていると知るや憤慨して、録音していたやりとりを公にすると言ってきた」

南沢は、テナントの一斉辞退を目の当たりにして青ざめていた。自分のせいだと思い詰め、彼なりにプロジェクトを守ろうとしたのだろう。その結果として、六信を脅した――

「南沢の動きによって、専務と乗っ取りを企てていることまで明るみになっちまえば、面倒臭ぇことになる。それで退職させた。六信に好待遇で迎えると、なだめすかしてな。でも突然、条件をつり上げて脅してきた。だから、六信の社長を使って呼び出し身の丈を思い知らせたのよ。ま、遅かれ早かれ、こうなる運命だったがな」

藍は、南沢の退職を知って泣いていた藤倉を思い出した。

『結婚しようとか、恋人でもないのにふざけたことを言ってきて。こんな馬鹿に付き合っていられるかってスマホの電源を切ったの』

藤倉が相手にしなかったことが、南沢が条件をつり上げた原因なのではないか。

藤倉が南沢を見直すような、そんな肩書きが欲しかったのだろう。

そうすればきっと、求愛も求婚もできるからと――

（そんなもの、彼女が欲しがるはずないのに！）

「そもそも、仲間を裏切るような奴は虫唾が走る。こちとら義理人情の世界で生きているもんでな」

非情な声が紡いだ言葉は、そう仕向けたヤクザらしからぬものだ。

「八城は、専務がヤクザと懇意にして会社を乗っ取ろうとしていることに勘づき、対抗策を練った。その時専務がお嬢について八城に尋ねたことを受けて、理由は知らずとも、お嬢を盾にできると踏んだ。浅はかにも、お嬢を手懐ければ会社やプロジェクトを守れると」

相羽は鼻で笑って言う。

藍はふと、八城との会話を思い出す。八城の会社愛は、かなり強いものだった。

「それはつまり、こちらにお嬢を差し出してくれるということだ。ま、瑛がそれを許すはずはないがな。八城の誤算は、八徳会の内情を知らなかったこと。なんでよりによって三礼を頼るかね？うちで一番力があるのは六信だ。だから俺が会長をしている。むしろ三礼は下位。六信を止める力にもなりゃしねぇ」

「……っ」

「南沢たちが抜けたことで、いよいよ乗っ取りが近いと感じたんだろう。外でこそこそと動き回っているから、ここに拉致してわからせてやったんだ。今まで、ただ泳がされていただけなのだと。その気になれば、いつだって――」

そこまで言って、相羽は八城の顔を蹴り上げた。

「やめて！　どうしてそんなひどいことができるの！」

藍は縛られたままでもなんとか身体を起こし、涙目で相羽を睨みつけた。

「ひどい？　だったらお前はなにをした。ヤクザにとって生きる意味であり信念でもある組を簡単に壊し、何食わぬ顔で生きていただろう。ヤクザをなんだと思っていた？　簡単に踏みつけることができる、虫けらだと？　それより自分は偉いと？」

「そんなこと、思ってなんか……」

「――同じなんだよ、お前がしでかしたことは！」

周りの空気がびりびりと震えるくらいの恫喝に、藍は圧倒される。

「お前が見下すこのヤクザの世界にも、最低限のルールがある。受けた恩は必ず返せ、受けた屈辱は倍以上にして返せってな。仁義なき闘いなんだよ、舐められたら終わりだ。ヤクザの……極道の世界っていうもんは」

「……っ」

「それでも俺らには、命を賭しても守らねばならねぇ仁義がある。誰にも触れさせてはならねぇ領域がある。そこにズブのド素人であるお前がズカズカと土足で踏み込み、俺たちが生きてきた世界を、兄貴が拾った俺らの命を、簡単に否定して壊した。あんまりじゃねぇか、お嬢」

相羽は暗澹とした闇が広がる目で藍を見据え、続ける。

「しかも死の猟犬を引退させやがって。あいつは……兄貴の想いを一身に受け継いだこれからの組を背負う奴だ。瑛はヤクザが生きやすい新たな世界を築いてくれるはずだった。それを……たかが色恋如きで牙を落とし、お嬢をイカせるためだけの発情犬になりさがった」

相羽は、ぎりぎりと音を立てて奥歯を噛みしめた。

「わかるか、俺の嘆き。俺の怒り。なぁ、お嬢……」

相羽は、藍の髪を鷲掴みにして引っ張った。

痛みに顔を顰める藍は、以前瑛が言ったことを思い出す。

『叔父貴は……自分の居場所を作りたいんです』

ようやく、その理由がすとんと胸に落ちる。

「今、ここに瑛を呼んだ。多くの子分が集う、この八徳会本部へひとりで来いと！　あいつは、溺愛するお嬢の前で本来の姿に戻るだろう。獲物を屠る死の猟犬に」

八城は、藍を理由にして切に瑛を求めているのだ。

「瑛は……堅気になったのよ。そんなこと……」

「まだわかんねぇのか。瑛は生粋の極道の男だ。血塗れの姿が一番輝く。……見せてやるよ、お嬢。お前が愛した元若頭がどんな男で、どんな顔をお嬢に隠していたのか」

相羽の顔は、血に飢え平和を厭う、凶悪的なヤクザそのものだ。

怖い。怖くてたまらない。

しかし藍は、恐怖に戦きながらも勇気を出して声を震わせた。

「草薙組四代目……わたしの義父が願ったのは、ヤクザらしい社会を作ることじゃない。ヤクザ社会が平和になることでもない。ヤクザも一般人も平等に生きられる世界よ」

どんなに怖くても、伝えねばと思う。亡き義父の遺志を。

恐らくそれが、大切な組まで託された娘としての務めだろう。

「知った口をきくんじゃねぇよ」

相羽は激しく凄む。藍はそれに怯むまいと、太股をつねって己を奮い立たせた。

「わたしはヤクザが嫌い。大嫌い。暴力的で必ず相手が屈服すると思っているから。確かにわたしがやったことは偏狭で浅はかだった。わたしのせいで行き場を失ったヤクザが出たのなら、それは猛省する。だけど瑛が堅気になったのは、義父の想いを継いで一般社会とヤクザの社会の架け橋になるためよ。ヤクザであり続けることを、義父は望んでいない」

毅然と告げる藍の言葉に、相羽は威嚇するように目を細めた。

「それを望んでいるのは……義父を大義名分にして、瑛を使ってヤクザの世界でのさばろうとしている、あなたの方じゃないの？」

「なんだって？」

獣みたいな唸り声。

気を抜くと失神してしまいそうだ。藍は握り拳に力を込めて続けた。

「今のヤクザの世界が生きにくいからって、あなたの事情に瑛を巻き込まないで！」

そして一気に、感情を爆発させる。

「自分でなんとかしなさいよ。飼い犬みたいに誰かから餌を与えられるんじゃなく、自分の意志で自分の人生を切り拓きなさいよ！」

「――黙れ、このアマ！」

大きな手が藍の頬に向かって飛んでくる。

殴られる――そう思って反射的に目を瞑ったが、痛みはなかった。

それは八城が……身を賭して庇ってくれたからだった。

「部長!?」

「彼女には……俺の部下には、触れないで……いただきたい」

八城は息も絶え絶えにそう言った。

「へぇ。売ろうとしていた女のために身体を張るのか。お前、お嬢に惚れてるのか？」

途端、八城の目に力が戻り、相羽を睨みつける。

「下衆なことを言うな！　故郷を失いたくないのは誰もが同じ。お前も同じだろうが！」

「この俺を、お前ら雑魚と同じにするんじゃねぇよ！」

相羽の目には、行き場のない怒りが渦巻いている。

「やめて、やめて――っ！」

（このままじゃ……部長が殺される！）

相羽の拳が振り上げられた。

今度は藍が受け止めようとしたが、横に突き飛ばされた。

代わって相羽の拳を腹に受けたのは――南沢だった。

「ぐ……。だっせぇわ、俺……。藤倉に、香菜に……合わす顔が、ねぇ……」

「リーダー!?」

「リーダーじゃねぇよ。どんなに帰りたくても……俺が、自分で……帰れなくしちまったんだよ！」

彼は、腫(は)れた目からぼろぼろと悔し涙をこぼしていた。

……仲間なのだ。八城も南沢も。

腹に抱えていたものはそれぞれ違っていても、プロジェクトを通して繋(つな)がった仲間だ。

今まで培(つちか)ってきたものは、嘘でも無意味でもない。

……今まで通り、彼らを信じるんだ。

「なんだその、メロドラマみたいな展開はよ。お前らは、お嬢と瑛を誘(おび)き寄せるための、ただの餌(えさ)なんだよ。それだけの価値しかねぇ奴なんだよ。なのに、なんで俺に楯突く！」

相羽は憤慨すると、転がるふたりを蹴り飛ばした。

「惨(みじ)めな姿を晒(さら)して、なにを格好つけてやがるんだ、あああ!?」

「やめて、ふたりに手を出さないで！」

ふたりがぐったりしているのを見て、藍は反射的に相羽の足に噛みついた。

「こいつ！」

逆上した相羽が、ポケットから折りたたみナイフを取り出した。

「なぁお嬢。お前が、極道ものにも堅気ものにも守られるだけの価値ある女なら……」

シャキンと刃が伸びる。

「あんな下町ではなく、草薙組を再興してくれよ。俺らの看板として、瑛とともに」

「え……」

「捨てるのではなく、活かしてくれよ。古き良き……あの頃みたいに」

相羽は昔を懐かしんでいるのか、わずかに遠い目をした。

色々と場所を変えてきた彼にとって、戻りたい故郷（ふるさと）が草薙組だったのだろう。

(再興……したいの？)

外部によって作るまがいものではない。正統なる草薙組の象徴……〝お嬢〟と〝若頭〟が作る、懐かしき故郷（ふるさと）に彼は帰りたいのだ。故郷（ふるさと）を取り戻したいのだ。

それは——下町を守りたいと思った藍の心と、同じだ。

会社を守りたいと思った八城と、会社に戻りたいと願う南沢とも同じ。

それを求める心は、誰にも責めることはできない。

しかし——

「それができねぇというのなら、瑛を修羅に戻す贄（にえ）になれ」

理想郷がなくなったからといって、他人の生き方を狂わせていいはずがない。

藍は、目に強い意志を込めて叫んだ。

「瑛は昔には戻らない！」

誰かの生き方を、誰かの想いを、他人が奪っていいはずがない。

ヤクザにも生きる権利があると主張した相羽には、それがわかるはずなのに。

そんな時、部屋の外から、声や物音が大きく聞こえてきた。

そして——

「どこにいる、お嬢――!!」

愛おしい男の声に、藍は歓喜に震えて声をあげた。

（ああ、瑛を危険に晒しているのに、助けに来てくれたことがこんなに嬉しいだなんて）

襖が大きく開いた瞬間、相羽が歪んだ笑いを浮かべた。

「瑛が来たな。八徳会組員を大勢配置していたが、敵ではなかったか。まあ、それも想定内。死の猟犬が完全に野生に還るのは、血だ。それも……惚れた女の、血の臭いでな」

そう呟いた相羽がナイフを振り上げ、転がったままの藍に向かって大きく弧を描く。

（やられる！）

藍が目を閉じた刹那、暴風が吹き込んだ。

それを合図にして、走馬灯のように昔の記憶が蘇る。

……ああ、そうだ。

小さい頃、下町のチンピラに殴られたあの時も、こうやって風が吹いた。

「ああ、また……助けてくれたんだね」

そこにいたのは、魅惑的な金色の目の、牙を剥いた黒い大きな犬。

あの時と同じ黒き獣が、藍の目の前にいる。

（瑛が、また……）

ワイシャツの背を裂かれた瑛が、ナイフを握る相羽の手首を掴んでいた。

「目覚めろ、瑛ああああああ！」

瑛の手を振り払い、相羽が叫びながら襲いかかる。

それを躱した瑛は、抑揚ない声で宣言した。

「――叔父貴、お遊びは……終わりです」

そして長い足をくるりとひねらせ、ナイフを遠くに蹴り飛ばした。

そこからは鮮やかな連続技だった。重い音を響かせて、相羽の屈強な身体を俯せ状態で畳に押さえつけると、相羽のネクタイで彼の両手を背に縛り上げる。

瑛は片膝をつきながら藍の拘束を解き、切なげに言った。

「お嬢、遅くなりました」

両手を広げた瑛の胸に飛び込めなかったのは、彼のワイシャツに血が散っていたからだ。

「怪我をしたんじゃ……」

不安そうに言う藍に、瑛は苦笑した。

「大丈夫、すべて返り血です。俺は怪我をしておりません」

神秘的なほど透き通る金色の目をした、死の猟犬。

そこにいるのは、冷酷なヤクザな彼ではない。藍がよく知り、心から愛する男だ。

「……あき、ら、瑛……！」

泣きじゃくって瑛に抱きつくと、瑛は愛おしげに受け止め、藍の頭を優しく撫でた。

血の臭いを上回るほど魅惑的なムスクの香りが、藍を安心させる。

戦意は消えていることを確認した瑛が相羽の拘束を解くと、相羽は手首をさすりながらぶちぶちと文句を言った。

「……くそっ。現役ヤクザが堅気にやられるなんて。俺もなまったものよ」

「叔父貴、俺を捕獲しようと待ち構えていたあなたの配下は、叩きのめしてきました。もう終わりにしましょう。あなたの望んだ世界はもうないんです」

相羽を見る秀麗な顔は怒りに満ちたものでありながら、出てくる声は冷静だった。

「どうしてだ、瑛。血の臭いを嗅いでいながら、どうして昔のような死の猟犬に戻らねぇんだ」

相羽は組員たちをも生餌にしたらしい。しかし死の猟犬は本能を取り戻すどころか、こうして人間としての理性を保っている。

「お前の女を犯したと電話で言っただろう。それなのに、どうしてそんなに落ち着いていられるんだ！　俺を殺したいだろう？　殺せよ、さあ！」

（もしかして代行さんは……自分の命も捧げようとしていたのかもしれない。彼が望むヤクザの世界を実現するために。それが彼にとって譲れない仁義なのかもしれないけど、でも……）

その仁義だって、自分の想いや信念を土台とするものだ。

自分の生きる意味を、自分だけの居場所を見つけたい――その想いを否定されて憤慨するのは、ヤクザではない一般人だって同じこと。

人間は強い想いがある限り、たとえ威圧されようと、そう簡単には屈しないのだ。

「――俺はね、叔父貴。お嬢を怖がらせたくないんです。今まで散々怖がらせて泣かせてきた。だから今度は……お嬢の笑顔を守りたい。だから辛抱しました」

瑛が広げた手のひらは、血で真っ赤に染まっていた。爪を立てて握りしめていたらしい。

「青臭いことを言っているのはわかっています。それでも……死の猟犬は、ずっと求めていた番を見つけ手に入れたんです。だからもう、俺は極道には戻りません。俺の生きる場所は……お嬢の隣。たとえお嬢が、叔父貴に穢されていたとしても、俺の愛は変わらない。お嬢への忠誠は永遠です」

それは静かな口調だったけれど、藍の心を打つ強烈な愛の言葉でもあった。

「わたし……なにもされてないから」

藍が慌てて訂正すると、瑛は藍を強く抱きしめ、耳元で「よかった」と呟いた。

その声は、頼りなげに震えている。

「……なんだよ、瑛。なんでそんなに腑抜けになっちまったんだ。お前、俺に一番近い男だっただろう。俺の下につけよ。もっと殺気飛ばして威嚇して来いよ」

相羽はまだ諦めきれないのか、駄々を捏ねる。

「叔父貴。今の俺は一ノ瀬瑛でも草薙瑛でもない。西条瑛です。草薙組若頭は引退しました。今の俺を求めるのなら、正々堂々としたビジネスの場で。暴力は……断固お断りいたします」

瑛がそう告げた時、八城と南沢の呻き声が聞こえた。藍が慌ててふたりを起こすと、彼らの目がゆっくりと開く。ともに命に別状はなさそうで、安堵の息をついた。

藍は再び相羽に向き直り、そして落ち着いた口調で話しかけた。

「代行さん。皆……居場所が欲しいんですよ」

藍は立ち上がりながら、静かに続ける。

「ヤクザだって普通人だって、ひとりぼっちは寂しくて……悲しいもの。その気持ちに違いなんてなく、皆、平等です」

そして藍は、まっすぐと相羽を見据える。

さっきまでは震えることしかできなかったけれど、瑛がそばにいるだけで不思議と心は落ち着いていた。

「あなたにも仁義があるように、わたしにも仁義がある。わたしは……愛する男が本当に求める姿になることを邪魔だてする者を、許さない。暴力は嫌いだけど……この、愛という名の仁義を守るためなら、修羅にだってなれる」

パアアアン！

藍は思いきり相羽の頬を平手打ちすると、きっぱりと言い捨てた。

「――わたしの男に、手を出すな！」

それは六年前に組長に就任した時の如く、どこまでも毅然として気高く迫力あるもので――

武闘派の現役ヤクザは萎縮して固まり、『わたしの男』と言い切られた元若頭は、愛おしげな熱を滾らせながら、うっとりと心酔した笑みを浮かべたのだった。

◆・―・◆・―・◆

八城と南沢は入院した。

ふたりはそれぞれ個室で寝たきり状態だが、声は元気だ。

藤倉に、南沢が重傷で入院していると伝えると、彼女は一目散に病院へと駆けた。

そして泣いて叫んで、包帯だらけの南沢の身体を容赦なく叩いた後は、毎日献身的に看病をしに行っている。

藍は南沢がなぜ裏切ったのかは、藤倉には伝えていない。

彼は自分から藤倉に伝えるはずだ。……愛の言葉とともに。

そこから、ふたりが待ち望んでいた時間が始まるだろうと、藍は信じている。

一方八城は、藍と瑛の前でぽつりぽつりと今回のあらましを吐露した。

「たまたま、俺を捨てた父親がアークロジックにいることを知った。だから俺は、復讐しようとこっそりと入社した。だけど……アークロジックは居心地がよくて、いつしか俺の故郷(ふるさと)になった。俺の恨みも素性も専務だけは知っている。会社をいい方向に変えようとしている専務につきながらも、このままの会社を守りたいという気持ちの狭間(はざま)で、いつも揺れていた」

それを聞いて、瑛が静かに言った。

「復讐しようと入社したことは、専務だけではなく、お父様もすでにご存じですよ」

八城は驚いた顔を瑛に向けた。

「本当はずっと気に掛けられていたようです、血の繋(つな)がらない息子のことを。私に、あなたと一緒に酒を酌み交わして仕事の話をしたいと仰(おっしゃ)っていました。彼もまた、アークロジックがとても好きなようですから、話も合うことでしょう。彼……副社長とは」

「副社長!?」

思わず藍は大きな声をあげてしまった。

副社長と血が繋がっていない前妻の子というのが、八城だったのだ。

「知って、いたんですね、西条社長」

八城は苦笑した。

「知っていたからどうということもありませんが。まあ、あなたが退院すれば、開いた距離は縮まると思います。否応なく」

瑛はやけに意味深に言って、続ける。

「それとひとつ。先に誤解のないように言っておきますが、私は部外者ですからアークロジックさんに愛はありません。私が愛を注ぐのは私の担当と、彼女が愛する下町だけですので」

「ちょっ……!?」

なんてことを宣言するのだと、藍は思わず噎せ込んでしまった。

「だから、彼女が守りたいものについては、命を賭けて守ります」

「……社長？」

不思議そうに問いかける八城と同じく、藍もなにかを感じたのだろう、瑛に訝しげな顔を向ける。

ふたりの視線を受けた瑛は、何も答えずにっこりと微笑んだ。

「そのうちわかると思います。今は養生してください。これまで以上に忙しくなると思うので。私はかなりスパルタなんです」

一体なにを言いたいのかよくわからなかったが、面会時間が終わりを迎えたので、藍は瑛と病院を出た。

「お嬢。この後、立ち寄りたいところがあるんですが……」

そう言って瑛が藍を連れて来たのは、義父と母が一緒に入っている墓だった。

藍は、手にしている仏花を供えた。

母が大好きだった向日葵も入れてもらっている。

手を合わせ終わった後、瑛が相羽のことを語った。

「叔父貴は本当に親父さんを慕っていた。だから草薙組の復興こそが使命だと思っていたんでしょう。うちの社員や離散した元組員にも声をかけていたんです」

「……っ」

「極道の世界がどうというよりも、叔父貴にとっては親父さんこそが、世界のすべて。八徳会でどんな肩書きを手に入れても、海外に飛ばされても、そこは叔父貴のいたい場所ではなかった。だから、色々と思うところがあったのでしょう」

瑛の言葉が終わったと同時に、線香の火が消えた。藍は新たな線香を供え、立ち上がる。

「お嬢」

瑛が背後から藍を抱きしめてくる。

両親の前で抱擁されるのは、なんだか照れ臭い。恥じらいに顔を赤くさせる藍とは裏腹に、瑛は堂々と愛の言葉を口にする。

「叔父貴の前でのお嬢の啖呵を聞いて、また惚れ直しました。どんな口説き文句よりも破壊力がありすぎる。『わたしの男に手を出すな』……最高に痺れましたよ」

うっとりと告げた瑛の唇が、藍の頭上に落とされる。

「だから……俺も、親父さんと姐さんに伝えたくて。それで今日、ここに来たんです」

瑛は藍から身体を離すと、墓前で片膝をついて言う。

「親父さん、姐さん……今日はお願いがあって参上いたしました」

真摯ゆえに硬くも聞こえる声で、彼は続ける。

「俺に――お嬢をください」

藍は驚きのあまり、目を見開いた。

「お嬢を幸せにすることを誓います。だから俺に――あなた方の愛娘をください」

そう言い切り、瑛が深く頭を下げる。

「隣人の頃から、ずっと用意していたものを……今、お嬢に渡すことをお許しください」

瑛はポケットから小さな箱を取り出し、藍に渡した。

藍の心臓が、けたたましい音を立てている。

身体が熱くてたまらない。ふわふわと夢心地になりつつそれを開けると、中に入っていたのはダイヤのついたプラチナの指輪だった。

透き通るような琥珀色の目が、藍を捕らえる。

「お嬢、俺と所帯を持ってください。お嬢以外に考えられないんです。昔からずっと」

瑛の言葉を受けて、藍の胸に熱いものが込み上げてくる。

目頭が熱くなり、じんわりと滲(にじ)んだ涙は幾重(いくえ)にも筋になって、頬を伝い落ちた。

藍は返事の代わりに、ダイヤの指輪を自分の左手の薬指に嵌(は)めてみせる。

まるで藍のために作られたかのように、ぴったりだ。

藍は墓の前で屈(かが)みこんで頭を下げると、両親に声を掛けた。

「――わたしからもお願いします。わたし、瑛が好きなの。瑛と……結婚させてください……」

藍が涙交じりに懇願した……その時である。

風ひとつなかったこの場に、ふわりと柔らかな風が吹いたのは。

その風は優しくふたりを包み込み、墓に供えた向日葵(ひまわり)を揺らした。

「……これはいいっていうことかな。どう思います、お嬢」

「もちろん。大歓迎だって言ってくれているのよ」

藍は泣きながら笑う。瑛はほのかに潤(うる)んだ金色の瞳を優しく細めて、唇を重ね合わせた。

途端に、突風が吹く。

これは義父が文句を言っているのだろうと、ふたりは笑った。

どこまでも続く蒼天のもと、ふたりは本当の家族になる約束を交わしたのだった――

◆・|・◆・|・◆

『お嬢。草薙組の再興は諦めるから、八徳会で女組長やらねぇか。昔のことは水に流してよ』

藍に平手打ちと啖呵を食らった相羽は、藍の気っ風のよさに惚れたらしい。あれから何度か藍の前に現れて勧誘してきた。

『あんたの大好きな下町の邪魔はしねぇし、乗っ取りもやめるから。だから俺の上につけよ』

執拗に藍を追いかける相羽を、瑛が番犬のように撃退する。

『わかったよ、瑛。お前は俺に言ったよな、堂々とビジネスを通してならお前を求めてもいいと。よしよし、俺もヤクザな実業家を目指すわ。それでお前を手に入れ、もれなくついてくるだろうお嬢も手に入れてやる。……ということで、おら、俺に学をつけろ。俺はお前の叔父貴だろう？』

あれだけ刃傷沙汰に発展しかねない関係だったのに、今では仲良しに近い。

ヤクザに親近感すら覚えているなど、慣れとは恐ろしいものである。

相羽は本気を見せると宣言し、下町から一切手を引くと、今度は逆にプロジェクト支援側に回った。そのフォローもあり、辞退したテナントも戻り始める。

そんな八徳会や六信商社の動きに気づかず、専務は自分が八徳会系アークロジックの社長になれることを夢見て、しばし浮き足立っていた。

相羽の話では、株主総会で彼が買収した株主たちにより社長が解任され、専務が選出される……という手筈だったらしく、株主総会の日にやけにお洒落をしていた専務はすこぶる機嫌がよかった。

総会が始まるや否や、体調不良で欠席したはずの社長が現れ、自ら辞任を宣言。そして後任を株主が決めるという流れになった。

専務が意気揚々と社長の席に歩いていく最中、株主が全員で指名したという新社長が場に現れた。

『この度、アークロジックの社長を拝命いたしました――西条瑛です』

専務の動きを察していた瑛は、事前に副社長と画策していた。アークロジックの名前を残したまま、西条グループ直下の大企業になる。瑛が言い値でアークロジックを買収したのだ。

専務は、相羽に便宜を図って会社を私物化していたことや、色々な不正の証拠を上げられ、その場で直ちに解任となった。副社長が中心となり、告訴に踏み切るようである。

専務が企画したプロジェクトは再編された。

土地を所有している瑛が責任者かつチームリーダーになると同時に、追加メンバーが補充された。

「南沢です。新人として一から頑張ります」

「黒鉄です。新社長かつ新チームリーダーに、絶対なる忠誠を誓います」

それは坊主頭にした松葉杖の南沢と、ごく限定的な忠義心を口にした黒鉄である。

表向き、八城が説得したという形になっているが、南沢は自分から頭を下げた。

副社長やメンバーひとりひとりに自分の裏切り行為を告白した上、心から詫びたのだ。

八城のおかげで退職にはなっていなかったものの、減給の上、密かにあった課長昇進の話も白紙となったらしい。さらにリーダーという地位を剥奪されても、プロジェクトに戻りたいと南沢は乞うた。

瑛からジャッジを託されたメンバーは全員一致で、彼を迎え入れたのだ。

すると南沢より先に、藤倉の方が感激して泣き崩れてしまった。

黒鉄は、ＩＴスキルを必要と感じた瑛の命令でプロジェクトに戻った。黒鉄が藍に向けてニタアと笑っているのを見るや否や、瑛が冷たい眼差しで舌打ちをする。それに気づいた黒鉄は、瑛の再教育を怖れて、白い顔をさらに白くさせたのだった。

そして、南沢と同じく包帯をつけて退院した八城は、副リーダーとなった。

「前にも言いましたが、私はスパルタです。ついてきてくださいね、副リーダー」

見舞いで意味深な発言をしていた時から、八城を下につけることは決めていたのだろう。

「望むところです。よろしくご指導ください、リーダー」

八城にとって肩書きは関係ないらしい。逆に瑛と仕事ができるのが嬉しいと、八城はこっそり藍に語ってくれた。できる男は、どこまでも好戦的なようだ。

八城も南沢も、瑛と藍の素性を知っている。しかし彼らはそれを聞いていなかったことにしてくれた。だから瑛はその御礼として、八城には父親と和解できる場を与え、南沢には再び働く場を与えたのだという。

かくして、暗雲がたちこめていたプロジェクトは、瑛という心強い協力者を得て絆を強固にし、実現に向けて着実に進み出したのである。

「だけどまさか……瑛がうちの社長になるとは思わなかった」

御影石に覆われた広い洗い場で、藍は呟いた。

瑛のマンションは、浴室もかなり大きい。

　ふたりで入っても余裕があるのに、今日もまた藍は瑛の膝の上だった。

「俺も当初、社長職は副社長に任せ、プロジェクトの指揮だけをとる予定だったのに……これも皆お嬢のせいです。お嬢が、俺と離れていたら寂しいとか、社長だったらいいとか言うから」

「え、それが理由なの⁉」

「ええ。愛するお嬢の願いを叶え、ずっとそばにいるのが忠犬の務めでしょう？　それに社長夫人という位置にいれば、悪い虫も寄ってこない」

　前々から瑛に特別扱いされていると会社の面々には感づかれていたが、今では公然と嫁扱いだ。

　それでも、藍は指から指輪は外さなかった。

「アークロジックは経営面に問題がある。それが改善されて会社が立て直せれば、社長職は副社長に譲ります。早めに移譲しないと、次期社長として八城が育ちませんし。まあ八城自身、後継になって会社を守ることになるとは夢にも思っていないでしょうが」

「部長が跡継ぎになることに、瑛は反対しないのね」

「ええ。会社の未来や実力など考えれば、ベストだと思います。それに八城は……叔父貴(おじき)にお嬢を差し出さず、庇(かば)ったのでしょう？　その恩は返さないといけませんしね」

　その顔は不本意そうに歪められているが、瑛は義理堅かった。

「そんなことより、お嬢……」

　瑛の声音が欲情に掠(かす)れ始め、藍はぞくりとする。

　背後から藍の耳をねっとりと舐(ねぶ)り、瑛の両手が藍の肌を泡立てる。

きめ細やかな泡に滑り、肌に擦り込まれていく瑛の熱と感触に、藍はうっとりとしてしまう。

瑛の手が藍の下腹部を弄った。

「いつもこの奥にあるお嬢のいやらしい襞が、俺のにねっとり絡みついて、俺の精が欲しいと締めつけてくるんですよ。きゅうきゅうって」

耳元で囁かれる言葉を想像してしまうと、秘処の収縮が止まらなくなる。

「わかりますか、俺の気持ちよさ。果てても果てても、お嬢の誘惑には抗えない。理性を吹き飛ばすほど、いいんです。やみつきです」

熱い息を鼓膜に吹きかけながら、瑛は耳の穴に細めた舌を差し込んだ。

「……っ、んん……っ」

ぞくぞくとして、藍は思わず身を竦める。身じろぎすると、藍の両胸が瑛の手のひらに包まれた。

「ここも……大きくなりましたね。いつもたっぷりと愛を注いでいる成果が出て、嬉しいです」

強く弱く緩急つけて揉み込まれ、胸の形が変えられる。

その淫靡な動きは、藍の欲情を掻き立てた。

「この先っぽは、俺がよく舐めて食べるところだから、念入りに洗わないといけませんね」

蕾を人差し指で強く押し込んだと思うと、今度は根元から摘まみ上げる。

そしてくりくりと捏ねた。

「ひゃああんっ」

背を反らして喘ぐと、瑛は藍の首筋に唇を落として、熱の籠もった声を響かせる。

「洗っているだけなのに、こんなに感じるなんて……本当にお嬢は可愛らしい」

技巧的な瑛の指が、藍の快感を引き出す官能的な動きになった。

羽毛で触れられているような、もどかしい刺激に焦らされたかと思うと、突如強く攻められる。

胸の形が激しく変えられ、尖った先端の蕾が容赦なく押し潰され、藍の身体は何度も跳ねた。

手荒にされればされるほど、瑛の男に触れたようで嬉しくなり、より感じてしまう。

「あ、んんっ、あぁん」

それがわかっている瑛の愛撫は、容赦がなかった。

藍は喘ぎ声を強めながら、瑛の身体に頭を擦りつけるようにして乱れる。

「あぁ、お嬢……たまりませんね」

瑛の感極まったかのような吐息も、熱い欲を滲ませている。

濡れた髪から水滴を垂らす瑛はどこまでもセクシーで、男の艶に満ちていた。

薄く開いた唇から獰猛な舌を差し込まれ、口腔内を掻き回される。ねっとりと舌が絡みついた直後、瑛は片手を滑らせ、藍の黒い茂みを弄ぶ。

そして自分の膝を使って、藍の下肢を大きく開かせる。

瑛の指は蜜でぬるぬるとしている花弁を割り、ゆっくりと表面を前後に擦り始めた。

くちゅ、くちゅ、くちゅ。

嬌声がこぼれそうな口を塞がれ、淫らな音だけが浴室に響く。

やがて、ちゅぱっと音を立てて瑛の口が離れた。

「お嬢、鏡を見てください。どれだけ愛らしく、俺を魅惑するメスになっているか確認して」

瑛が藍ごと向きを変え、曇り止め効果のある鏡に身体を向けた。

そこには、瑛の愛撫にうっとりとした表情を浮かべている自分がいる。

はしたなく両足を開いた付け根の秘めたる部分で、瑛が指をくねらせている。

気持ちよさそうだ。すべてを瑛に委ねきって悩ましく悶えている。

それは藍の羞恥を高める淫猥な光景なのに、なぜか目をそらすことができない。

それどころか、自分の姿にまた欲情してしまい、身体を昂らせて大きく乱れてしまう。

「あ、あっ、あぁっ」

そんな藍を鏡越しに見ている瑛の目は、どこまでも熱を帯びて愛おしげだ。

藍の官能を高めるように耳をねっとりと舐めながら、藍の胸の蕾をこりこりと捏ねている。

「あぁっ、だ、め……っ、一緒、だめっ」

「ふふ、すごい蜜。ぬるぬるして、泡が消えちゃいましたよ。ほら、もっとよく鏡で確かめて。俺の手から、お嬢のいやらしい蜜が垂れているでしょう？」

花園の表面で、ゆっくりと円を描いている瑛の指。彼の手首にまで垂れている蜜が、浴室の照明に反射してきらきら光っている。

刺激的な光景に、目がちかちかする。

「さあ、次は中を洗いましょう」

節くれ立った瑛の指が、蜜壷からくぷりと中へ滑り込む。

指が根元まで埋もれていく様を見て、藍はぶるりと身震いをした。

「ああ、こんなに深々と呑み込んで。洗っているだけなのに、本当にお嬢は欲しがりさんだ」

指がゆっくりと動く。

「瑛、恥ずかしい。やだ……っ」

血管が浮き出た男らしい腕を掴んで、いやいやと頭を横に振るが、瑛はやめない。

「いつもしていることじゃないですか。お嬢の中はとても喜んでますよ、すごく熱く蕩けて……きゅうきゅうと締めつけてきます。ほら、鏡を見て。俺の指の動きに合わせて、腰も揺れている。お嬢も、すごくいい顔をしているじゃないですか」

興奮するのは、瑛の卑猥な指の動きのせいだ。

半開きの唇を震わせて、切なそうに喘ぐ姿が恥ずかしい——そう思うのに。

(わたし、すごく気持ちよさそう……)

瑛に身を委ねきり、恍惚とした表情で感じている自分。

そんな自分に、妖艶な男の顔を見せてキスをしてくる瑛。

(たまらない……)

思わず瑛に頬をすり寄せると、瑛も己のそれをすり合わせてきた。そして紅潮した藍の頬に、リップ音を立てて何度もキスをしてくる。

「お嬢、中が物足りないとひくついています。指を増やしましょう。ほら、見て。二本の指、お嬢の下の口は、こんな奥まで咥えている」

くちゅんくちゅんと音を立てて、瑛は手淫の様子を藍に見せつけた。

時折手首を回したり、内壁を引っ掻くような動きに変えたり。

乱れる藍を見ると、瑛は嬉しそうに微笑み、情欲を滾らせた目を和らげた。

「ああ、すごい締めつけです。俺の指、そんなに気持ちいいですか？」

瑛の指が、粘着質な音を響かせていやらしい動きを見せている。

「う、んっ、気持ち、いいっ、瑛、瑛！」

藍がキスをせがむと、瑛は鏡で舌の絡み合いがわかるほどの激しさで口づけてきた。

上も下も瑛に淫らに触られ、幸せな快感に翻弄される。

「ん、んんっ、あっ、あぁ……」

快感に藍の身体がふるふると震える。

「俺を誘うメスの顔をしてる。ああ、たまらない……！」

瑛の抽送が激しくなる。淫靡な音が大きくなるにつれて、藍の喘ぎ声も強まった。

「鏡じゃなくて俺を見てイッてください。お嬢、気持ちいい？　ここでしょう？」

「あ、ああっ、瑛、そこ……！　瑛、気持ちいい……わたし、わたし……」

「お嬢、可愛い。お嬢……っ」

まだ繋げていないのに、瑛も感じているような悩ましい顔をする。

やがて腰からなにかが迫り上がってきて、藍の肌が粟立つ。

「あ、あああ！　ああああん！」

それが一気に身体を走り抜けると、一際強く瑛の指を締めつけて藍は果てた。

「ああ、お嬢。挿れますよ。早く挿れたい……！」

瑛は荒々しい手つきで、浴室に持ち込んでいた避妊具をつけた。

そしてくったりとしている藍を正面から抱きしめ、座位の体勢になると、ぬるりとした秘処に何度か剛直を滑らせた。そしてまだひくつく蜜壷の中に、根元までねじ込む。

「あぁ……んっ」

この質量、この熱さ。欲情した瑛に一気に下から擦り上げられて、藍は悲鳴をあげた。

ぞくぞく感が突き抜け、背を反らした藍はまた弾けてしまう。

「またイキましたね。でも休ませないですよ。今度は俺も気持ちよくさせてもらいますね」

そう言うや否や、一気に奥まで突き上げられ、藍は瑛にしがみつく。

肌を合わせながらの快感が、気持ちよくて仕方がなかった。

鏡の中から瑛の背にある死の猟犬が、こちらを見ている。

……ヤクザだ。ヤクザの男に抱かれているんだ——

戦慄にも似た昂りが、藍の身体を走り抜ける。

「くっ、お嬢……締めつけ、すぎ……」

藍は瑛の名を呼びながら激しく乱れ、鏡の中の猟犬に手を伸ばす。

瑛の裏も表も、彼のあらゆるものが愛しい。

彼のすべてで抱かれたい。骨の髄まで食べられたい。

貪欲になってしまった自分は、瑛の片面だけではもう満足できない。

「あ、んっ、あっ、あっ」

もっともっと。

息絶えてしまうほどの、重くて激しい愛が欲しい――

「ああ、お嬢……お嬢の中、よすぎる……くっ！」

瑛は荒々しく藍の唇を奪う。

激しい舌の絡み方で、彼がどれだけ感じ、そして切羽詰まっているのかが伝わった。

藍を見つめる金の目は、獰猛な死の猟犬そのものだ。

欲を滾らせ、本能を剥き出しにしている。

（ああ、食べられる。わたし……瑛に食べられてるんだ……）

ぞくぞくとした高揚感に、愛は打ち震えた。

「お嬢、イキますよ。一緒に、お嬢……っ」

瑛は藍の手を取ると、両手の指を絡ませ強く握る。

そして荒い呻き声をあげ、腰の突き上げを激しくした。

「やぁ、激し……奥、奥に……っ」

言葉にならない声を出しながら、藍は果てに向かって加速した。

「ああ、イク、イク、瑛、わたし、ああ……イ、イク――っ」

「俺も……藍、ああ……っ」

浴室にふたりの叫び声が溶け合った。

薄い膜越しに瑛の熱が注がれると、藍の身体がぶるりと震えた。

「ああ……すごい。熱い……」

「そんな……嬉しそうな顔、しないでください。直に注ぎたくなる……」

やるせない表情で呟(つぶや)くと、瑛は結合を解くことなく、しばらく藍の唇を貪(むさぼ)った。

場所を寝室に移すと、藍がおずおずと尋ねる。

「ねぇ……わたしが、瑛のを愛してもいい？」

瑛は藍の真意を悟ったのだろう、はにかんだような笑いを見せた。

「だめだと言う男がいたら、顔を見てみたいものです。お嬢さえいいのなら、喜んで」

瑛は色っぽい顔で了承すると、枕を腰に当て無防備な姿を晒(さら)した。

藍は瑛の足の間で丸くなって座りこみ、そそりたつ剛直を手にする。

美しい瑛の顔には似合わず、かなりごつごつとして猛々(たけだけ)しい。しかしうっとりするほど逞(たくま)しい身体の持ち主なのだから、これだけ大きく立派であるのも頷ける。

（こんなに大きいのが、いつもわたしの中に挿入(はい)って、わたしを気持ちよくさせているのね……）

藍は恐る恐る、筋張った軸を手のひらで扱(しご)いた。

熱いそれは、生き物のようにぴくぴくと動いた。同時に、瑛が喉元を晒(さら)す。

「あ……」

感じていることを隠すつもりがないようだ。悩ましい吐息が聞こえた。

瑛はうっとりとした面持ちで、蕩けた眼差しを寄越してくる。

「お嬢に触れられていると、気持ちよすぎる……」

「どこが……気持ちいいの？」

「お嬢が探してください。俺の弱いところを」

欲情に掠れた扇情的な声だ。

藍はゆっくりと指を這わせ、硬くエラが張っている先の部分に触れる。

瑛がびくっと太股を震わせた。

（ここが……いいの？）

艶めかしい色をした硬い部分に、指先で刺激を加えてみたり、いやらしい雫を垂らす先端を指先で突いたりしていると、瑛の息が大きく乱れた。

「先が……気持ちいいの？」

「……ええ。そこでお嬢の中をごりごりと擦ると、たまらなくなるんです」

その場面を想像するだけで、藍の中が熱く潤う。

先端を優しく手に包んで上下に扱いたり、にぎにぎとしてみると、さらに瑛が乱れた。

その色香にあてられ、藍の息も乱れてくる。

（なんでこんなにえっちなの、瑛は……。変な気分になる……）

「お嬢……」

欲情した目で見つめられ、藍は誘われるようにして剛直の先端を口で咥えた。

瑛は何度か緩やかに首を横に振ると、薄く開いた唇から甘い喘ぎ声を漏らす。

「お嬢に、こんなこと……させているのに、嬉しくて……あぁ、気持ち、いい……」

こんなに感じてくれるのなら、やりがいがある。藍はぞくぞくと興奮しながら、いつも瑛がしてくれているみたいに、ちゅうと音を立てて敏感な先端を吸った。

「……っ！」

大きな身体がひと際震えた。嬉しくなって先端を念入りに舐めていると、唾液とは違うものが垂れてきて、ぬるぬるとした舌触りになる。男らしい味だ。

「お嬢、お嬢……」

熱に浮かされたように喘ぐ瑛の肩から、バスローブが滑り落ちた。

男らしい肉体を惜しげもなく披露しながら、悩ましい顔で感じて喘いでいる。

いつもは余裕で藍を翻弄してくる瑛が、今は余裕のない顔で無防備な姿を晒していた。

（ああ、なんか……たまらない）

藍は尻を振りながら一層念入りに口淫を続ける。喉奥にまで入れて強く吸い、じゅぽじゅぽと音を立てて窄めた唇から出し入れをし、さらに軸を両手で扱いた。

すると瑛はなにかを訴えるような眼差しで、藍の頭を愛おしげに撫でる。

「藍、愛してる。藍……」

切なげに名前が呼ばれると、下腹部が呼応したみたいに収縮を繰り返した。

「俺……イキそうだ。もう、十分です。嬉しくて……幸せで、ありがとうござい、ました……。ちゃんと、お嬢の愛は、伝わったから……ああっ」

藍はこのまま終わらせたくないと、剛直を離さずに口淫を激しくした。

手で掴んでいる軸がさらに太くなり、筋張っていく。

（まだ大きくなるの？　顎が外れる……！）

咥えたまま横になり、瑛の顔と反応を窺いながら行為を続けていると、瑛の手が伸びてきた。

藍の尻の合間から指を滑らせて、もどかしくてたまらなかった部分に触れてくる。

「とろとろだ。俺のを咥えながら、こんなにさせて……。いけないひと、ですね……」

くちゅくちゅと音がして、強めに秘処が掻き回される。

思わず藍は剛直を口から離してしまいそうになるが、最後まで愛したいと必死で口淫を続けた。

「ああ、こんなに蜜を溢れさせて……。お嬢の蜜……舐めたい」

瑛はそう言うとそのまま自分の身体を横に倒し、藍の足を持ち上げた。そして秘処に顔を埋めて、じゅるじゅると音を立てて蜜を吸う。シックスナインの体勢だ。

藍の身体がびくびくと跳ねた。

（ああ、イッちゃう……！）

果てを知らせるぞくぞく感が一気に強まり、すぐに達してしまったが、瑛は愛撫をやめない。舌で情熱的に秘処を掻き回しては、何度も強く蜜を吸い立てる。

それからも快楽の波が絶えず藍を襲い、何度も達するが、負けじと瑛に奉仕をし続けた。

「あ……藍、離して。もう……限界だ。藍、んん……離せ」

しかし藍は首を横に振り、情熱的に吸い立てた。

口の中の瑛は打ち震えている。それが可愛くて、さらに愛を込めて愛撫した。

「あ、ああっ、藍、藍――あ、く――っ！」

途端、口の中に熱く広がる苦い味。

しかしそれが瑛のものだと思うだけで、愛おしい甘美なものになる。

「飲むな、吐き出せ！　そんなこと、させたいわけじゃ……」

「いいの。わたしがしたい。瑛の……美味しいよ」

藍の笑顔を見た瑛は苦しげな面持ちになり、ティッシュを藍の口に突っ込んで拭き取る。

そしてサイドテーブルに置いてあるペットボトルの水を含むと、藍に口移しをした。

強引な洗浄が完了すると、瑛は藍を抱きしめ、すりすりと頬ずりをする。

それは可愛らしい仕草に思えたが、吐精したばかりの瑛の剛直は、萎えるどころか凶悪的な大きさになっている。

藍がわずかに逃げ腰になると、瑛はベッドの上に藍を俯せた。

「お嬢に、たっぷりと御礼をしなければいけませんね」

ぴりっと、避妊具の包みが破られる音がする。

そして藍の尻が高く持ち上げられると、怒張した剛直が捻り込まれた。

背後から、みちみちと押し開いて中に入ってくる剛直に、藍の太股が戦慄く。

何度も繋がっているのに、いつだって擦り上げられながら挿入される感覚は慣れない。

やがてすべて埋め込まれて、ゆっくりと抽送が始まる。藍の口から出てくるのは、どこまでも甘さを滲ませた、感嘆のような吐息だった。

(ああ、気持ち、いい……)

猛々しいそれが、容赦なく藍の内壁を奥まで擦り上げてくる。

総毛立つほどの強い快楽に、藍は激しく啼いた。

あまりの刺激に、目の前がチカチカしてくる。

「すごい、藍。中がうねって、俺……もって……いかれそうだ……っ」

瑛の腰の動きがゆっくりなのは、暴発しないよう堪えているからだろう。

瑛をもっと感じさせたい――

その一念で藍は自分の腰を前後に動かし、瑛に刺激を与えた。しかしそれは、藍にもさらなる快感をもたらす。

無数に走っていた快楽の波がひとつになり、渦を巻くようにうねり始める。

それに呑み込まれそうになりながら、腰を振って藍は啼いた。

瑛は藍の誘惑を振り切るように一度大きな声で吼えると、藍の尻を手で掴んで動きを速めた。

「瑛、瑛っ、奥まで、奥まできてるっ」

脳まで蕩けそうな強烈な刺激に、藍の目尻から涙がこぼれる。

「ああ、お嬢。すごい……ああ、たまらない！」

瑛は藍の尻に、がつんがつんと腰をぶつけながら、彼女の手を引いて唇を貪（むさぼ）った。

窓に、交合（まぐわ）うふたりの姿が映っている。

それは二匹の獣（けもの）の交尾のようだった。

自分を犯している相手が、瑛なのか死の猟犬なのかわからない。

それらは別々のものだと認識しているのに、いつの間にかひとつになる。

そして自分は、ケダモノに貫（つらぬ）かれて喜びの声をあげる――人間ではないケダモノ。

人の道からそれたこの姿こそが、自分の真実の姿だ――

死の猟犬に少しでも近づけたようで、藍は妙な歓喜に高揚する。

「瑛、わたしを……愛して！」

この世でケダモノである彼を理解できるのは自分だけ。

愛し愛されるのは自分だけ。

「わたしを……壊して！」

理性ではない。本能が求めるこの男は、自分の番（つがい）であってほしい。

自分がいなければ、生きていけなくなってほしい。

他の女のもとで幸せになどさせてやるものか。

……そんな野蛮な愛を胸に抱く自分は、あまりに重すぎるだろうか。

やがて交わりは正常位になった。

大きく広げた足を持ち上げ、瑛は結合部分を藍に見せつけた。

自分の中に深く抜き差しされる、瑛の猛々しい剛直。

そこから溢れ出るふたりの白い淫液が、とろとろと垂れている。

剥き出しの瑛とひとつになっている淫靡な光景は、さらに藍を興奮させた。

「瑛、いい。そこ、そこ……っ、奥にあたってる、あたって……んぅ！」

目も眩むような快感に、藍は声をあげ続けた。

「あぁ、お嬢！　感じてる顔、見せて。俺でよがって、女になっている顔を俺に……」

そう言って、獰猛な金の目が藍を捕らえる。

「たまらない、顔だ……。もっともっと……感じて。もっともっと、俺に食わせて」

その目を好戦的に光らせ、瑛が舌舐めずりをする。

ぞくぞくが止まらない。

「お嬢、この激情、受け止めてください……っ」

瑛の動きが荒々しくなり、呻くような声で懇願する。

「ん。ちょうだい……瑛の、わたしに……！」

律動が速くなり、藍の両足は瑛の腰に強く巻きついた。

「藍、死んでも……俺を愛すと、生まれ変わっても、俺だけを愛すと……誓って、くれ……」

熱に滾ってぎらついた目を細めて、彼は威嚇めいた命令をする。

ああ、彼の強い愛に引きずり込まれていく。

歓喜の愛の海に、溺れそうだ――

「はい。死んでも……生まれ変わっても、あなただけを愛すると、誓います」

それは結婚の宣誓よりも重い、従愛の誓い。

「俺も……誓う。俺は番を——愛し抜く」

常識的な愛なんていらない。ケダモノには、ただ……猛然とした本能こそがすべて。

熱情の奔流が、藍を呑み込む。

瑛の激しい快楽が、藍を翻弄する。

「わたし、わたし——っ」

「藍、藍——っ」

淫靡な音を響かせ、ふたりが声をあげたのは同時だった。

そして——同時に互いの首筋を噛んだ。

それはただの獣になったふたりの求愛行為。離れることは許さないという、執愛の証でもある。

……この愛は、どんなに抗っても断ち切れないのだと、とっくにわかっていた。

いくら獰猛な獣を飼い、血と偽りの物騒な世界に身を置いていた男でも、彼は自分がすべてを捧げたいと願った初恋の相手なのだ。

否応なく引き寄せられてしまう——この愛に名をつけるのならば。

「——藍、愛してる」

「わたしも、愛してる」

昔も今もふたりを繋ぐのは、愛という名の——仁義なき溺情だ。

エピローグ

季節は移ろい、東京では涼やかな秋の気配が強まった。

蒼天に広がるのはうろこ雲。

緑の葉は赤く色づき始め、澄んだ風にさやさやと音を立てて揺れている。

下町のある公園では、花壇のコスモスが咲いた。

赤、白、ピンク、オレンジの様々な色のコスモスは、藍を始めとした下町再生プロジェクトのメンバーたちによって植えられたものだ。

花言葉は、『調和』——それらはどれも枯れることなく、活き活きとしている。

そこにトンボが二匹やってきて、仲睦(なかむつ)まじく花と戯(たわむ)れた。

「ふふ、番(つがい)かしら……」

それを微笑みながら真新しいベンチから見ているのは、仕事帰りの藍である。

子供の声で賑わう公園に置かれた遊具は、大盛況のようだ。

昔は錆(さ)びたベンチがひとつしかない、寂れた場所だった。

藍はいつもこのベンチで、商店街で働く母の帰りを待っていた。

本音を言えば、ひとりで寂しかった。

公園には今、働く親の要請を受けて、子供たちの一時預かり所ができている。そこで子供の面倒を見ているのは、子育てを終えたおば様たちのボランティアだ。

彼女たちはそれぞれの得意分野で『おばちゃんの知恵袋』を伝授しているようで、子供たちは喜んで友達や親に、それを話していると聞く。

……子供たちはもう、寂しい時間をひとりで過ごすことはないのだ。

困ったときはお互い様。気さくで面倒見のいい住人との連携で、ひとり親家庭が救われ、下町が少しでもあたたかくなればいいなと藍は心から願っている。

変えたくないものがある。

変えなくてはならないものがある。

その線引きは、ひよっこＯＬの藍にはまだまだ判断が難しいけれど、それでも住人の笑顔を増やしていくために、これからも頑張りたいと思う。

砂利(じゃり)を踏む音がして、ふと顔を向ければ、そこには袋をさげた背広姿の瑛がいた。

「お待たせしました。『たこちゅう』、人気のようでかなりの行列だったもので」

瑛は藍の隣に腰をかけ、たこ焼きのパックを差し出した。

昔と同じく十個入りのはずなのに十二個がぎゅうぎゅうに詰められ、かつお節の量も多い。

『プロジェクトメンバーさんには特別だよ』

藍が買うとかつお節しか増量してくれないのに、瑛が行くとたこ焼きも増える。

納得いかない気もするが、今は瑛を有能なたこ焼きの調達係だと思うようにした。

冷めないうちにと、ふたりは熱々のたこ焼きを口に入れる。

熱すぎて悶え、ふたりはひとつしかないペットボトルの冷水を奪い合う。

そして互いの潤んだ目を見て、ふたりは声をあげて笑った。

「『たこちゅう』、商店街に戻ってきてもらって、よかったですね」

瑛に肩を抱かれ、藍は自然と彼の肩に頭を寄せる。

「ありがとう。『たこちゅう』だけじゃなくて、この公園も、下町の色々な場所も……わたしの思い出を尊重して、記憶を塗り替えるくらいの素敵な再生案を進めてくれて」

「お嬢を筆頭に、メンバーたちが一丸になって下町との融和を考えたからです。なによりお嬢が熱意を持って案を出す姿を間近に見られて、教育係としては感慨深いものがありました」

「瑛がいたからよ。あなたのおかげで、叶わないと諦めていたことも可能になったの」

瑛がプロジェクトのトップになった時、彼は失脚した専務と金で繋がっていた取引先にメスを入れ、どう改革することが住人の笑顔に繋がるか、構想を練り直した。

メンバーたちは言われたことをこなすのではなく、自ら下町を訪れて住人の話を聞き、下町に住まう誇りと生きがいが持てる街づくりができるよう努めたのだ。

そしてその信念のもと、メンバーたちは新たな絆を強めた。

複合施設は完成するまで時間がかかる。そのため、まずは商店街や住居エリアからの改革を進めた。

何度も下町調査に繰り出したメンバーたちは、住人たちに顔を覚えられ、今や優遇されている。

「いいですよね、助け合おうとする下町は。まるでひとつの家族のようだ」

ふーふーと息を吹きかけて、できたてのたこ焼きを食べながら、瑛はなにを思い出し、なにに重ねて見ているのか。恐らくそれは、彼の懐かしい故郷のことなのだと藍は思う。

「親父さんが姐さんの店に通っていた時、たくさんのたこ焼きを買ってきましたが、そのどれもが十二個入りだったんですよ。姉さんなりの想いがこめられていたんでしょうね」

物心ついた時から藍には父親はおらず、母は藍に父親のことを語らなかった。

ずっと母とふたりで過ごすのだと思っていた。

代わり映えのしない毎日の裏で、母の恋が育っていることも知らずに。

しかしそんな日常に、突如現れたのは——

『なあ嬢ちゃん。子供の立場からすると、新しい父親が突然できるのはいやか？』

彼がいたから、苦労した母は女として幸せになり、そして遺された藍の隣に瑛がいるのだ。

些細な縁が人生に影響する。まさに、袖振り合うも多生の縁だ。

藍はバッグの中から、一枚の写真を取り出す。

それは、草薙組本家を背景に、瑛を始め全組員と義父、母が真ん中に写った集合写真だ。

瑛の家に引っ越す際、藍の荷物の中から出てきたものだ。過去、母がくれたその写真はヤクザばかりが写っていたため、ろくに見ずにしまっていた。もしそれをよく見ていたら、瑛が写っていたことを疑問に思ったはずだ。

瑛とこうして寄り添えるようになるまで、たくさんの出来事があった。

全力で泣いて笑って怒って――そして今は、思い出ごと愛に満ち溢れている。

『はい、アイのたこ焼きよ。幸せになって待っててね』

藍は写真を抱きしめながら、心の中でたこ焼きを焼いている母に告げる。

お母さん、わたし……幸せだよ。

生んでくれて、育ててくれて、ありがとうね。

いつまでも色褪せることなき思慕の情を、愛する母に――

「わたし……故郷はないと思っていたけれど、今はたくさんできたわ。……この下町。アークロジック。そして……一番は、瑛」

藍がそう言うと、瑛は藍の手を取り、指を絡めて握った。

「それは俺にとっても同じこと。お嬢の帰る場所は、俺の帰るべき場所ですから」

結婚は複合施設の落成式が終えた後にしたいという藍の気持ちを、瑛は尊重した。だから藍は感謝と愛の証として、すでに瑛の名が記された婚姻届に署名をしている。

瑛はそれを、時期が来るまでお守りのように身につけているらしい。

切れ者のくせに、本当に健気な……ワンコのような男である。

「瑛……わたし、すごく幸せ。この下町で、わたしに出会ってくれて……ありがとう」

ほろりと涙を流すと、瑛が優しく唇で涙を拭う。

「それは、俺の台詞です」

心地よい風に吹かれながら、甘美な愛に酔いしれていると、いつの間にかたくさんの子供たちがふたりの前に立っていた。

「ちゅうするぞ」

「早くちゅうしろよ。ちゅう、ちゅう！」

無邪気な子供たちの声援に、瑛は挑発的な笑いを藍に向ける。

「では、小さき下町住人の願いを叶えましょうか」

「……え、うそ、情操教育が、ちょ……！」

無理矢理奪われた唇——そこからは甘やかな愛が流れ込み、やがて藍は笑顔になった。

祝福するかのような子供たちの歓声。その中で、どこからか声が聞こえる。

『幸せであれ、愛に満ちた子たちよ——』

それは母のもののような、義父のもののような……藍に関わり合ったすべての声にも思える。

——幸せだ。瑛と巡り合い、愛し合えたこの奇跡に感謝を。

わたしはこの先も、愛するひとに胸を焦がしながら、ともに同じ未来を歩んでいきます——

藍はどこまでも続く青空に向けて、そう心に誓うのだった。

番外編　もうひとつの仁義なき溺情

瑛は、西条家当主を父に、西条家の使用人を母に持つ庶子だ。

しかし西条の姓を名乗ることは許されず、本妻に本家から追い出された。母は水商売をしながら瑛を育てていたが、瑛が八歳になった時、母は瑛を連れて突然西条家に戻った。

『瑛、ちょっとの間、このお屋敷で皆の言うことを聞いて、お利口さんにしていてくれる？　お母さん、用事が済んだら迎えに来るから』

そして、そのまま瑛を本家に残して姿を消したのだ。息子を売った金を手にして。

瑛は琥珀色の瞳が獣みたいだと忌み嫌われ、西条家で人間として扱われなかった。

床に散らばるドッグフードを食べさせられても我慢していたのは、生きていれば母に会えると信じていたから。だからどんな屈辱にも耐えていたが、母は一向に現れなかった。

そんなある夜、当主たる父親が出張中に、夫人が瑛に言った。

『瑛。お母さんに会いに行ってもいいわよ。居場所を教えてあげる代わりに……』

求められたのは、皿に入った水を犬のように舐めること。夫人の表情から、ただの水ではないと察した瑛は、恐怖から夫人を突き飛ばして逃げようとした。その時、当主たる父親が突如帰宅し、部屋のドアを開けたのだ。父親は、「宝石を盗んで逃げようとした」という夫人の言葉を鵜呑みにして、瑛を折檻した後、家から追い出した。

瑛は、実の親から二度も捨てられた、惨めな捨て犬だった。

心のどこかでわかっていたのだ。普通とは違う獣みたいな忌み子だから、親ですら嫌うのだと。いつだって彼は、その優れた容姿ゆえに好奇な目に晒され、ひとを誘惑する魔性の目を持つ獣だと、後ろ指をさされてきた。

こんな目などいらない——転がっていた木の棒を目に突き立てようとした瞬間、その手を止めたのは、恰幅のいい強面の男だった。

「坊主、早まるんじゃない。お前の目は、まだたくさんのものを映していないじゃねぇか」

「離せ！　もうなにも見たくない。俺には、生きていていい場所なんて、どこにもないんだ！」

泣きわめく瑛の頬を、男は平手打ちにした。

すると瑛は激しい怒りを見せて、男を睨みつける。

「——見知らぬ親父に叩かれて悔しいだろう。その感情こそが、お前が生きている証。お前のプライドだ。その悔しさをバネに、強く生きろ」

そして男は身を屈めて、今度は瑛の頬と頭を撫でた。

「坊主。居場所がないのなら、俺とともにくるか？」

……それが、草薙組四代目組長、草薙寛との出会いだった。

組長は、瑛以外にも、年齢を問わずによく荒くれどもを拾ってきた。

「俺はな、血統書つきの優秀犬だったが、野良になって死にかけたところを前組長に拾われた。だから捨て犬の気持ちはよくわかる。皆、家族や家が欲しいんだ。犬でも人間でも、ひとりで生きていけねぇものだからな。俺が救われたように、俺も救ってやりてぇんだ」

組長は瑛によく言っていた。どんな犬にも、犬なりの仁義があるのだと。

「ただどんな居場所を作っても、ヤクザは人間社会からは爪弾きもんだ。だが、お前たちは若い。もっと人生の選択肢があっていいはずだ。お前だって、ヤクザ業はしたかねぇだろう」

だから瑛は、大恩ある組長の役に立てる強いヤクザになろうとした。

組長に、瑛を拾ってよかったと心から喜んでもらうために。

やがて背中に入れ墨を彫った。犬のようでありながら、群れを嫌う孤高の獣の王の姿を。

「お前、生涯それを背負う気か」

この覚悟を褒めてくれると思いきや、組長は嘆き、こう言った。

「いいか、瑛。お前が背に抱えたもんは――お前を食らい尽くす心の闇。お前の中の獣だ。お前は愛するということを知らねぇからイキがっているが、もしこの先それを知り、弱さを知った途端、背中の獣に食われ、とって代わられるぞ」

上等だと思った。どんなに見て見ぬ振りをしていても、常に心には満たされないなにかが渦巻いている。その正体が、背にあるような獰猛な獣なのだとすれば、ようやく自分は〝捨てられた哀れな犬〟から昇格できる。

背にある獣（けもの）は、自分のアイデンティティだ。愛などいらない。

だが愛だけが、自分を解放できるものだと考えると、戦慄（せんりつ）にも似た興奮が湧き上がる。

愛とはなにか――その謎を追う中で、組長が恋をした。

確かにここのところ、様子がおかしかった。毎日のようにたこ焼きを何十箱も買ってきたり、ため息をついたり。だから瑛は、愛の正体を突き止めるためにも、どんな女が組長を惑わせているのか見に行った。相手は隣町の商店街でたこ焼きを焼いている、美人店員らしい。

化粧っ気がない顔は確かに整っているが、組長がのぼせ上がる要素がどこにあるのかわからない。不思議に思いつつ眺めていると、ランドセルを背負った少女がたこ焼きを買いに現れた。

こちらも地味で素朴な少女だ。どこかで見た顔のように思えたが、やけにこの少女が気になって仕方がない。

「お母さん、幸せのたこ焼きひとつ！」

「はい、アイのたこ焼きよ。幸せになって待っててね」

たこ焼きを持った少女が破顔した。その純真無垢な笑みに、入れ墨のある背中がどくんと音を立てて一気に熱くなった。彫りたての時のような、じんじんとひりついた痛みもある。

少女が歩き出すと、瑛の足は自然と少女の後を追った。組長が恋した相手のことなど、もう頭から消え去っていた。少女は近くの公園のベンチに座り、たこ焼きをひとつ口に入れる。

「う〜ん、おいちい〜」

その笑顔に、またもや背中がどくんと脈打つ。

「お母さんのたこ焼きは宇宙一！」

気づけば瑛は、少女の前に立っていた。彼女は瑛の目を怯えもせず見つめて笑う。

「お兄ちゃん、綺麗なおめめだねぇ！」

忌み嫌われる魔性の目を、少女はひと目で気に入ったらしかった。

今度は、瑛の胸の奥でどくりと不可解な音を立てる。

「もしかして、お腹空いているの？　だったら、アイのたこ焼きあげる。はい、あーん」

食べたいわけでもないのに、思わず屈んで口を開けると、たこ焼きが突っ込まれた。

熱すぎて涙が滲む。吐き出したいが、目をきらきらさせて見ている少女の手前それもできず、なんとか呑み込んだ。舌も喉もひりひりして、味などわかるはずがない。

「涙が出るほど、美味しいでしょう？　このたこ焼きを食べているとね、ひとりでいても、どんなに嫌なことがあってもへっちゃらになるんだよ。幸せの魔法がかかったたこ焼きなの！」

瑛は今まで、幸せというものを感じたことはない。草薙組という家族ができても、それらを作ってくれた組長に恩を返すことしか考えてこなかった。

幸せとはなんだろう。

「これは幸せのアイのたこ焼きなのよ！」

愛――それが幸せの正体なのか？　それをこの少女は知っているのか？

愛くるしく笑う少女が眩しい。同時に、この少女が欲しいと切望した。

たこ焼きではなく、自分だけにこの笑顔を向けてほしい。

血の匂いを嗅いだような、興奮にも似た猛烈な衝動が込み上げ、背中が燃えるように熱くなる。

「あ、お母さんが来た！　お母さーん！」

少女は瑛を擦り抜けて、母親のもとに走る。瑛が惹かれたあの笑みを向けて。

その瞬間、仄暗い感情が瑛の心を覆った。

どくり、どくり、と聞こえてくる鼓動は、背中の獣のものだ。そして獣は瑛に囁きかける。

彼女が笑顔を向ける邪魔者を、すべて排除せよ。彼女を自分だけのものにして、身も心もすべて食らい尽くすのだ。彼女のすべてを血肉としろ——と。

それが実現した時を想像するだけで、今まで満たされていなかった枯れた心が潤うような気がした。

甘美に広がる心のさざ波に、瑛はうっとりと微笑み、確信する。

……見つけた。あれは自分の番だ、と。


組長に苦笑されたのは、藍がひとり暮らしをする少し前の日のこと。

「瑛、お前だろう。藍のじいさんをぎっくり腰にさせたの」

「さてさて、なんのことでしょう？」

瑛は空惚けた様子で答える。

たまたま、宅配業者を装い軽々と届けた箱の中に、三桁の重さのカボチャが入っていただけのこと。

「藍の自立を強調して、嫁を説得したのもお前。嫁の信頼を得て自分を目付役に推させ、若頭になっても藍の様子を見に直々に出向いているのも、俺の可愛い愛娘を囲うためか」

「別にやましいことはしてませんが」

むしろ堂々と奸計(かんけい)を巡らせてきたつもりだ。

「……父親である俺を目の前に悪びれた様子もなく、本当にいい性格してるよな。藍への気持ちを隠すつもりがないなら、この家に住まわせるよう企(くわだ)てればいいじゃねぇか」

「ここは極道の本家。親父さんは極道が嫌いなお嬢を怖がらせたいので？」

悩める組長に活を入れた、度胸ある藍を気に入っているのは組長も組員も同じ。ここは、荒くれ者が住まう場所。野犬の巣窟に子羊を放り込むなど、絶対許しはしない。

「それに親父さん。全組員に向けて、お嬢が二十歳になるまでに手を出したら容赦しないと言われたのをお忘れですか？」

「覚えているけどよ。お前、おとなしくしているどころか、色々やっているじゃねぇか。古いアパートの部屋を早々に押さえた上で、いい物件だと嫁にも勧めただろう」

「俺は素晴らしい物件だから姐(あね)さんに紹介し、俺も借りただけです」

「築三十年で、お前の大学からもここからも遠くて、不便極まりねぇ家が素晴らしいだと？」

「感性の違い、というものですね」

若者が住みたがらないエリアの上、古いゆえのトラブルを多々抱えたアパートだ。それを利用すれば、若い隣人というだけで、きっと藍は心を許すはずだ――瑛はそう考えたのである。

「田舎とはいえ、あんなに可愛いのに男っ気がないのも、お前が裏で動いているからだろうが。……藍に同情するわ」

組長の呆れた言を瑛は否定せず、にっこりと笑ってみせた。

組長命令に従って、藍が二十歳になるまで手を出さないだけ。その時が来ればすぐに手に入るよう準備を整えている瑛に、組長は盛大なため息をついた後、真顔で言った。

「……瑛、お前、俺の養子になれや」

「俺に義兄の首輪をつけると？」

「ああ、お前につける首輪その一だ。俺も、藍のひとり暮らしは不安だ。藍が俺の娘だと嗅ぎつけ、危害を加えようする連中がいつ出てくるかわからねぇ。遅かれ早かれ、藍に近づく男をお前が排除しちまうなら、お前が警護しろ。目付役兼若頭として、隣家の住人として、義兄として、誰よりも近くで藍を守れ。……ただし。未成年の藍に手出しをすれば引き離す。そこは容赦しねぇからな。これは首輪その二だ。そして最後の首輪は……」

それを聞いて瑛は息をついた。まだあるらしい。

「藍の気持ちを尊重しろ。無理矢理犯したら許さねぇぞ。成人した藍が心からお前を求めるのなら、その時はお前がなにをしようが目を瞑ってやる。渋々だがな」

殴り飛ばしたくなるほど娘に甘く、娘に近づく男に厳しい父親だ。

しかし、強靱な自制心があることを証明できれば、組長公認で次のステップを踏める。

後はゆるゆると、藍をこの手に堕とせばいい。

瑛は、組長の前で片膝をついて頭を下げる。

「――御意」

「だけどよ、瑛。お前、自分の自制心を過信しすぎだぞ。姑息な策士、策に溺れる……とでも言っておこうか」

ありえないと笑う瑛に、愉快そうに組長は言う。

「断言してやる。足元掬われるのはお前の方だ。お前の奸計は俺でさえ目を瞠るものがある。だが、藍は素人の世界の住人だ。望み通りお前に惚れたところで、ヤクザとして培ったお前のすべてが足枷となる」

「……枷にすんなりと嵌められる俺だと？」

「いいか、瑛。これから近くで顔を合わせて、今までの執着が猛愛だとお前が自覚した時、背中の獣が動き出すだろう。藍だけではなく、お前も食らうために」

「――上等です」

瑛の揺るぎない返事に、組長は呆れ返ったようなため息をついた。

「切羽詰まるだろうお前の救済に、首輪を外す手立てはやる。義父心だ」

まさかそれが、組の解散を見込んだ遺言状だとは、この時の彼には知る由もなかった。

その時すでに、組長の身体には病魔が巣くっていたのだ――

それに気づいていた組長は、盃を交わした子供たちが更生し、生き残るための礎を築かせるため、瑛に学歴をつけさせた。つまり、瑛に執拗に大学行きを勧めた時には、すでに組長は身体の変調を悟っていたということになる。誰にも言わず、治療もせず。

瑛への遺言書も遺されていたのだが、それは瑛が堅気を望むだろうことが前提に書かれていた。そして瑛が組を解散させられないことも見抜いた上で、後腐れのないよう、極道に思い入れのない藍に組を解散させたのだ。

愛娘の藍に残したのは、堅気の世界でも藍を守ることができる瑛だ。

家族の絆（きずな）もあり、財産もあり、なにより藍に惜しみない愛情を注ぐことができる存在として。

組長は、遺していくすべての子供たちの未来を考えていた、愛情深い人物だったのだ。

偉大なる義父への敬意は、生涯消えることはない。

彼の遺志を継ぎながら、藍とともに生きていく。病（や）めるときも健やかなるときも、死がふたりを分かつとも、義父と義母のように寄り添いながら。

番（つがい）たる藍を、決してこの手から離すことはないと、命を賭けて誓おう——

◆・ー・◆・ー・◆

蒼白い月明かりが差し込む瑛の寝室に、藍の姿がある。

最近とみに艶（つや）めかしさを増した、魅力的な肢体。

瑛が開花させた身体を惜しげなく晒（さら）し、今宵（こよい）もまた欲情を煽（あお）る。

何度抱いても飽くことはない。むしろ深みに嵌（は）まっているのがわかるほどだ。

噎せ返るような女の匂いは、まるで媚香。

甘い嬌声を聞けば、この女を無理矢理にでも組み伏せて自分のものにしたいと、本能的な男の支配欲が強くなる。それなのに――

「瑛、好き……。瑛、瑛……」

快感に酔いしれ、恍惚とした彼女の顔は魔性のようで。

濡れた瞳、薄く開いた唇――彼女の存在すべてが、逆に瑛を支配しようとするのだ。

そこにはもう、たこ焼きを口に突っ込んできた、かつての無邪気な姿はない。

瑛を翻弄する、妖艶な女がいるだけだ。

……そんな女にしたのは自分だ。永久に自分を魅了し続けるよう、自分で仕向けたのだ。

その事実を思うだけで、瑛の欲情の度合いが大きくなっていく。

藍の身体には、瑛がつけたマーキングが艶めかしく浮かび上がっている。

それでもまだ足りない。瑛は大きく広げた藍の足の間に身体を割って入り、柔らかな胸を両手で鷲掴みにする。そして尖った胸の頂きに交互に吸いついた後、両手の指でこりこりと捏ねた。

「ひゃ、あぁん……！」

かすかに震えた甘い声が腰にずんと来る。分身が痛いくらいに猛っているのがわかった。

胸を愛撫しながら瑛は腰を動かし、藍の秘処に避妊具を装着した剛直を擦りつける。

熱く蕩けた表面の感触だけで、気が遠くなりそうなほどの快感をもたらす。

繋いでいる時のように力強く腰を動かすと、それに応じて藍の腰も動く。

ぐちゅんぐちゅんと、淫らな音が鳴り響いた。

「あ、やん、気持ち、いい。瑛……が、熱くて、大きい……」

「ああ、お嬢。また……蜜、溢れさせて、こんなに悦んで……」

瑛は、両手で彼女の尻を激しく揺らしつつ、己の腰の動きを速める。

より強い甘美な刺激に、すぐにイッてしまいそうになるのをぐっと堪えつつ、藍が感じる場所に己の硬い先端を宛てがい、ごりごりと抉った。わざと蜜口を掠めると、藍がねだるような甘えた声でせがむ。

「ぁん、焦らさないで！　瑛……やぁんんっ、外さないでよ……！」

「ふふ、お嬢。また欲しがりさんですか？　なにをどうしてほしいか言ってください」

いじめればいじめるほど、藍は羞恥ともどかしさに真っ赤に蕩ける。

「言わないと、あげませんよ？」

瑛の意地悪い言葉に観念したのか、藍は震える声で言った。

「瑛が……熱くて硬い瑛が欲しい。疼いてたまらない中を、奥まで……擦られたい！」

「……御意」

瑛は満足げに舌舐めずりをしてみせると、一気に剛直で藍の蜜壷を貫いた。

熱く蕩けている藍の中は、突然の侵入にもかかわらず、狂喜して瑛に絡みついてきた。瑛は暴発しそうになるのをなんとか堪えたが、藍は強すぎる快感に耐えられなかったようで、声を出す余裕もないまま背を反らしてあえなく果てる。しかしそれで終わる瑛ではない。

「煽った……責任、取ってくださいね」

そう言って容赦ない抽送を与えると、藍が焦ったような嬌声を響かせた。

「や、イッているのに、激し……やあああっ」

瑛の背中に突き刺さる、愛おしい女の爪。

動くたびに、薬指のダイヤの煌めきが窓硝子に反射する。

永遠なる誓い――それは神聖なはずなのに、自分の獰猛な欲で穢したくなる。

きれいごとで終わる軽い感情など、元より持ち合わせていない。

「お嬢……俯せになって。尻、突き出して……」

藍は素直に従い、俯せになる。瑛は尻を押し開いて剛直を滑らせると、熱く蕩けた隘路に己自身をねじ込んだ。

獣じみた声を漏らしたのは、どちらが先か。

うねり、絡みついて誘う蠱惑的な感触に、思わず瑛はぶるっと震えた。

すぐに果てたい誘惑を振り切り、狭道を擦り上げていると、藍が歓喜の声を迸らせた。

「あああああっ」

これは獣の交合。人でいられないほどに、獰猛さをうちに抱えたものの交わりだ。

「瑛、壊れる、壊れちゃう！」

「壊れて……ください。生半可な愛し方、してません……から！」

瑛の言葉に応えるように、藍の中がきつく締めつけ大いに乱れる。

猛りが止まらない。欲が止まらない。

もっともっと、俺を愛せ。

もっともっと、俺を求めろ。

……それは内と外、どこから聞こえる声なのか。

組長は背中の入れ墨を『心の闇』と言ったが、実際は違う。

自分と〝死の猟犬〟は同一なのだ。

愛に飢えた猛獣は、藍を求めて牙を剥く。堕ちる先が地獄だろうと、絶対に離しはしない。

ようやく手に入れたのだ。

主たる番にすべてを捧げる代わりに、この腕に閉じ込め、余すところなく彼女を貪り尽くす。

そしてひとつになり、永遠をともに生きる。

死んでも、生まれ変わっても、彼女を離さない。

それが、猛獣の愛し方。

甘やかな愛欲の沼にずぶずぶと沈め、もう自由は与えない。

「藍、愛してる。愛してる、愛してる……！」

「瑛、わたしも。わたしも瑛を……愛してる！」

獰猛な感情の波に溺れているのは、自分なのだろうか。それとも、彼女なのだろうか。

ただわかるのは、この愛には仁義など関係ないということ。

〝藍〟という名の愛を知った獣の、本能の赴くままに。

「藍、藍、一緒に……！」

「瑛、わたしも――！」

堪えていたものを解き放つ。限界を迎えた藍を抱きしめ、瑛は呻きながら滾った欲を吐いた。

気づけば空が白ばんでいる。

西条家で見ていた空はいつまでも闇だった。だが、いつからか闇空は明けるようになった。

「……お嬢、落成式も終わり、プロジェクトもひと段落しましたし、結婚の話、具体的に進めましょう。早くあなたを……俺の妻にしたい」

そう呟いて、瑛は藍の左手の薬指にあるダイヤに口づけた。

光り輝く宝石は、死の猟犬の愛情に比べれば脆いものだ。

それでも彼女の人生を公然と縛ることができる、貴重なアイテムである。

「嬉しい……！」

藍が顔を綻ばせて喜ぶと、瑛の胸がきゅっと締めつけられ、愛おしさが募った。

「実は、神前式を推すヤス派と、教会式を推すテツ派が揉めていまして。お嬢はどちらがいいですか？」

「え、ちょっと待って。まさかヤスさんたちも参列する気なんじゃ……」

「そりゃあ、腹立たしいくらいに愛されているお嬢と俺との結婚ですから、元草薙組は全員出席です。それと叔父貴にも。親族代表として幹部を従えて参加するから必ず呼べと。叔父貴の顔が立つ豪勢な式や宴にしなければ、機嫌を損ねた叔父貴がまたなにをしでかすことか」

「わ、わたしは、ただの平凡なＯＬで。一般社会で生きているんだけど……」

涙目の藍を見て、瑛はふっと笑う。

「無理ですね。元ヤクザに心底愛されたお嬢として、大勢の新旧ヤクザに祝福されてください」

「いやあああああ！」

悲鳴をあげる藍を、瑛は笑って抱きしめる。

「あ、そうそう。もうおわかりかと思いますが……」

逃げようとしても無駄ですよ、と、釘をさすことも忘れない。


大切だから壊したい。神聖だから穢したい――そんな二律背反の荒ぶる感情は、愛ゆえの逆説。

手に入れてもなお、飢えたように渇望する衝動を愛と呼ぶのなら。

この愛は――純と不純の狭間で永遠に鬩ぎ合う、仁義なき溺情なのだ。

ETERNITY
エタニティブックス

愛ある躾けに乱されて……
初恋調教

エタニティブックス・赤

流月るる

装丁イラスト／森原八鹿

お嬢様生活から一転、多額の借金を背負った音々。彼女は恋人の明樹に迷惑をかけたくない一心で、手ひどい嘘をついて別れた。三年後、偶然再会した彼に告げられたのは——音々と別れて以来ＥＤになったという事実と、責任を持って治療に協力してもらうという衝撃的な言葉。こうして再び彼と肌を合わせるようになった音々だが、初恋の彼に教え込まれた体は、あの時と変わらず淫らに明樹を受け入れて——

※エタニティブックスは大人の女性のための恋愛小説レーベルです。ロゴマークの色で性描写の有無を判断することができます（赤・一定以上の性描写あり、ロゼ・性描写あり、白・性描写なし）。

詳しくは公式サイトにてご確認ください。
https://eternity.alphapolis.co.jp/

携帯サイトはこちらから！

大手化粧品メーカーで研究員として働く華子。研究一筋の充実した毎日を送っていたものの、将来を案じた母親から結婚の催促をされてしまう。かくして、結婚相談所に登録したところ———マッチングしたお相手は、なんと勤務先の社長子息である透真！　どういうわけか彼はすぐさま華子を気に入り、独占欲剥き出しで捕獲作戦に乗り出して!?　百戦錬磨のCSOとカタブツ理系女子のまさかの求愛攻防戦！

B6判　定価：704円（10%税込）　ISBN 978-4-434-29384-9

恋愛小説「エタニティブックス」の人気作を漫画化！
EC Eternity COMICS
今夜、君と愛に溺れる
…結
抱いていい？
はぁっ
はぁっ
か…ずま…
はぁっ
はぁっ
漫画 Carawey
原作 砂原雑音
結は、同期の来栖和真と犬猿の仲。涼しい顔で次々に成果を上げる彼を勝手にライバル視していた。でもある時偶然、彼が恋人と痴話げんかをしているのを目撃！　お節介心が働いた結は勝手に来栖の相談役を買って出ることに。そうこうするうちに、彼の結に対する態度は甘いものになっていって……
B6判　定価：704円（10％税込）　ISBN 978-4-434-29385-6
冷徹男子が本気になったら野獣です。
犬猿の仲のイケメン同僚から全身甘く愛されて!?

この作品に対する皆様のご意見・ご感想をお待ちしております。

おハガキ・お手紙は以下の宛先にお送りください。

【宛先】

〒150-6008 東京都渋谷区恵比寿4-20-3 恵比寿ｶﾞｰﾃﾞﾝﾌﾟﾚｲｽﾀﾜｰ8F
（株）アルファポリス　書籍感想係

メールフォームでのご意見・ご感想は右のＱＲコードから、
あるいは以下のワードで検索をかけてください。

ご感想はこちらから

その愛(あい)の名(な)は、仁義(じんぎ)なき溺情(できじょう)

奏多（かなた）

2021年9月25日初版発行

編集－羽藤瞳
編集長－倉持真理
発行者－梶本雄介
発行所－株式会社アルファポリス
〒150-6008 東京都渋谷区恵比寿4-20-3 恵比寿ｶﾞｰﾃﾞﾝﾌﾟﾚｲｽﾀﾜｰ8F
TEL 03-6277-1601（営業）　03-6277-1602（編集）
URL https://www.alphapolis.co.jp/
発売元－株式会社星雲社（共同出版社・流通責任出版社）
〒112-0005 東京都文京区水道1-3-30
TEL 03-3868-3275
装丁イラスト－夜咲こん
装丁デザイン－AFTERGLOW
（レーベルフォーマットデザイン－ansyyqdesign）
印刷－株式会社暁印刷

価格はカバーに表示されてあります。

落丁乱丁の場合はアルファポリスまでご連絡ください。

送料は小社負担でお取り替えします。


ISBN978-4-434-29382-5 C0093